司馬相如集校注

〔西漢〕司馬相如 著
金國永 校注

上海古籍出版社

圖書在版編目(CIP)數據

司馬相如集校注 /（西漢）司馬相如著；金國永校注．—上海：上海古籍出版社，2024.1（2025.3 重印）
（中國古典文學叢書）
ISBN 978-7-5732-0978-8

Ⅰ.①司… Ⅱ.①司… ②金… Ⅲ.①古典文學—作品綜合集—中國—西漢時代 Ⅳ.①I213.412

中國國家版本館 CIP 數據核字(2023)第 229910 號

中國古典文學叢書
司馬相如集校注
〔西漢〕司馬相如 著
金國永 校注
上海古籍出版社出版發行
（上海市閔行區號景路 159 弄 1-5 號 A 座 5F 郵政編碼 201101）
（1）網址：www.guji.com.cn
（2）E-mail：guji1@guji.com.cn
（3）易文網網址：www.ewen.co
常熟人民印刷廠印刷
開本 850×1168 1/32 印張 8.875 插頁 6 字數 220,000
2024 年 1 月第 1 版 2025 年 3 月第 3 次印刷
印數：2,401—3,000
ISBN 978-7-5732-0978-8
I·3781 平裝定價：42.00 元

司馬文園集卷全

漢蜀郡司馬相如著

明太倉張　溥閱

賦

○○子虛賦

楚使子虛使於齊齊王悉發境内之士備車騎之衆與使者出畋畋罷子虛過詫烏有先生而亡是公存焉坐定烏有先生問曰今日畋樂乎子虛曰樂獲多乎曰少然則何樂對曰僕樂齊

《司馬文園集》書影（明末婁東張氏《漢魏六朝一百三家集》刊本）

司馬長卿集

漢　成都司馬相如著

明　新安　汪士賢校

子虛賦

其辭曰楚使子虛使於齊齊王悉發境内之士備車騎之衆與使者出田田罷子虛過詫烏有先生而無是公在焉坐定烏有先生問曰今日田樂乎子虛曰樂獲多乎曰少然則何樂對曰僕樂齊王之欲夸僕以車騎之衆而僕對以雲夢之事也曰可得聞乎子

《司馬長卿集》書影（明萬曆間新安汪士賢刊本）

前　言

司馬相如字長卿，原名犬子，蜀郡成都（今成都市）人，生於漢文帝前元元年（前一七九），卒於武帝元狩六年（前一一七）。他是著名的漢賦大師：既是侈麗閎衍的漢大賦的奠基人，又是作楚聲的騷體賦的佼佼者。他的散文蒼勁沈雄，不失西漢文之特色。歷代論者言及西漢文章，或稱賈（誼）馬，或稱枚（乘）馬，或稱二馬（司馬遷相如），或稱揚（雄）馬，都離不開司馬相如，足見他在我國文學發展史上的重要地位。

一

司馬相如身歷漢文帝、景帝及武帝前期，都是明主在朝，社會比較安定，國足民贍的盛世。尤其在他成年從事文學創作的時期，景帝已平定七國之亂，開始反擊匈奴入侵，內外乂安；武帝繼立，以其雄材大略舉賢良，興太學，定曆數，協音律，北征南討，四夷臣服，文治武功之盛，足以使萬民爲之踊躍，志士爲之捐軀，詩人爲之頌歌。而當武帝於師旅之後繼之以奢侈，橫徵暴斂，致「海内虚耗，户口減半」（漢書昭帝紀贊）之晚年，相如又已病逝於茂陵，長眠於地下了。處在這樣的歷史範圍之内，出現像相如這樣頌多於諷的文學家，不正是特定時代所造就，也是特定時代所需要的嗎？

相如的家世，史無明文，但言文翁守蜀曾遣其受七經，其後以貲爲郎。漢制：以貲爲郎者必十萬以上，而富埒王侯之商賈子弟不得爲官，可證其家爲富有之士紳，他有一個相當優越的學習環境。這也是造就一代文豪的重要條件。

關於相如的青少年，史記有一段十分重要的話被班固篡改得面目全非而又被歷代史漢注家所誤訓，原文是：

少時好讀書，學擊劍，故其親名之曰犬子。相如既學，慕藺相如之爲人，更名相如。

文義再明白不過了。犬子是他父親爲他取的名，而不是注家們所説的字或愛稱。後來他自己才改名相如。問題出在爲什麽他父親因他「少時好讀書，學擊劍」，「故」「名之曰犬子」。班固不理解，妄删「故其親」「之曰」五字，把前後的因果關係删掉了，對正確瞭解相如青少年時期的情況設下了障礙。

現在先解釋一下以犬子爲名的真正含義。國語越語上：「生男子，二壺酒，一犬。」注：「犬，陽畜，知擇人。」可見三國時代的韋昭，都還懂得勾踐所以用犬來激勵全國男兒，是希望他們成人後都要做個大丈夫，在他的領導下振興祖國，滅吴雪恥。那麽，在西漢初年的相如之親，見相如努力習文練武，「故名之曰犬子」，以鼓勵他日後成長爲知擇主而事、建功立業的大丈夫不是很自然的麽？但是，相如並不滿足於做一個一般建功立業的大丈夫，而立志做一個像藺相如那樣以其大智大勇，建立特殊功勛的奇男子，所以「更名相如」，不也是很自然的麽？關於這一點，華陽國志所載相如初發長安時題市觀「不乘赤車駟馬，不過汝下也」之文，可以互相印證：相如青少年時代頗有大志，又自視甚高。

但是，相如入仕後的進退行止，頗與其少志不侔。史記本傳説他初入仕是「以貲爲郎，事孝景帝爲武騎常侍」。此職雖不顯而榮，名將李廣和後來曾致丞相高位的李蔡幾乎與相如同時入選。倘相如當時能像他們一樣悉心盡職，則平步青雲，踐其少志是指日可待的。這時的相如按所有史料推算只不過而立之年，他卻像歷史上一些懷寶不遇、困頓仕途多年的人一樣棄官而去，客游梁數年。景帝中元六年（前一四四），梁孝王卒，與相如同遊的辭賦之士鄒陽、枚乘、莊忌夫子等人皆樹倒猢猻散，相如也銷聲返歸故里。這就足以説明，未至壯年的相如，並不汲汲於功名利禄。

尤有甚者。史記本傳説：「相如歸，而家貧，無以自業。」這就是説，十萬以上家財，已被他揮霍耗盡了。他只有去投靠素與相善的臨邛令王吉。「臨邛令繆爲恭敬，日往朝相如。相如初尚見之，後稱病，使從者謝吉」。既有求於人，而又慢辱相加。臨邛富人卓王孫因其爲縣令貴客，設宴相邀，親自謁請，「長卿謝病不能往」，以示鄙夷，但當王吉再次往迎，「相如不得已，彊往」，又琴挑其女。其後爲生活所迫，竟不顧己曾爲皇帝侍從、妻亦乃巨富之女的身份，夫婦酤酒於市，自著賤者之服，與奴婢爲伍而不以爲恥。所有這些，都説明三十多歲的相如對富貴榮華的蔑視態度和對禮法世俗的叛逆精神，與他少年時之醉心於赤車駟馬對照，判若兩人。

何以相如有此劇變？他那傲世狂放之資質不能爲社會所容自然可以作爲一個理由。但他輕易辭官，棄功名如敝屣者又作何解釋？史記本傳所言「景帝不好辭賦」之理由不够充分，恐怕只有從他入仕後目睹景帝刻薄寡恩，以諉過或猜忌忠臣良將之鼂錯、周亞夫等人去尋找其蛛絲馬迹。同時，還應看到相如之所棄者乃榮華富貴，而並没有泯滅他欲有所作爲、建功立業的雄心。這是從他在武帝時應召赴京再度爲郎可以得到證明的。

據通鑑繫年，相如再度赴京是建元三年（前一三八）左右，相如已届不惑之年，他仍然寫了上林賦，盡情謳歌天子苑囿之盛。這只能從武帝即位後即延攬賢俊，勵精圖治，使他受到鼓舞，焕發青春，來作出合理的説明。

可是，相如的這種熱情並没有保持多久。在元光五年至元朔元年（前一三〇—前一二八）他兩次出使返京後，因被人控告使時受賄而失官年餘，遭此挫折，自然要促使他更加冷眼看世界。同時在朝日久，也不可能不看到武帝雖雄材大略，卻也驕恣信讒；朝臣雖人材濟濟，卻也在互相傾軋的嚴酷現實。本傳説：「其進仕宦，未嘗肯與公卿國家之事，稱病閒居，不慕官爵。」

主要原因在此。所以，他除了曾以中郎將（一説郎中將）出使外，在朝官止於郎和陵園令等閑散卑職。

漢書嚴助傳曾綜論過武帝即位之初所薦拔的賢俊之士：「是時征伐四夷，開置邊郡，軍旅數發，内改制度，朝廷多事，婁（屢）舉賢良文學之士。公孫弘起徒步，數年至丞相。……上令助等與大臣辯論，中外相應以義理之文，大臣數詘。其尤親幸者，東方朔、枚皋、嚴助、吾丘壽王、司馬相如。相如常稱疾避事。朔、皋不根持論，上頗俳優畜之。唯助與壽王見任用，而助最先進。」阿意順旨而竊丞相高位的公孫弘，「上頗俳優畜之」的朔、皋輩無足論。至於嚴助官至中大夫，吾丘壽王至光禄大夫，都躋身公卿之列，確是見任用了的。豈止他們，其他先後被詔的朱買臣位列九卿，主父偃一歲四遷官職，但都和嚴助等一樣未逃脱或族或誅的命運。這些人都以才智卓異而得遇，亦以邀功倖進而被誅。比起他們來，相如雖得天子親幸，常侍左右，但卻始終淡泊自守，不爲利禄所動，不是要清高和明智得多嗎？

魯迅在漢文學史綱要中説：「武帝時文人，賦莫若司馬相如，文莫若司馬遷，而一則寂寥，一則被刑。蓋雄于文者，常桀驁不欲迎雄主之意，故遇合常不及凡文人。」可以作爲上引嚴助傳的注脚。

嵇康高士傳贊更對相如充滿仰慕之情，他説：「長卿慢世，越禮自放；犢鼻居市，不耻其狀；託疾避官，蔑此卿相；乃賦大人，超然莫尚。」

但在我國漫長的封建社會裏，男女之防、尊卑之别等倫理觀念愈演愈烈，相如之戲侮故交，琴挑文君，自詡都麗，甘伍傭保，自不免被衛道者們目爲文人輕薄，爲自作賤；而其常侍天子左右卻稱病閒居，没有冒斧鉞以犯顔直諫，也難逃希世苟合之譏。所以，歷代對相如之文雖交口贊譽，而對其爲人則毁譽參半。顔氏家訓之列相如於「文人多陷輕薄」之林，章樵古文苑注之據西京雜記詆相如「竊行喪軀」，朱熹楚辭後語之所謂「知其阿意取容之可賤」，就是詆毁聲中的强音。

二

相如既然不汲汲於生前榮寵，對身後留名就看得更加淡薄。本傳記其妻所言：「時時著書，人又取去，即空居。」説明他從不保存自己的著作，早已散失殆盡了。今所知者，史記本傳除録引文賦共八篇外，還説有遺平陵侯書、與五公子相難、草木書等篇。平陵侯蘇建是蘇武的父親，多次隨衛青擊匈奴，官至右將軍，後爲代郡太守，也身當抗禦匈奴前綫，相如所遺之書可能是有關邊事的吧？倘是，將又是一份寶貴的史料。漢書藝文志著録相如有賦二十九篇、小學凡將一篇，又禮樂志説他曾作詩以配樂。崔豹古今注也説相如曾作釣竿詩，遂傳爲樂曲。此外，還有西京雜記所引答盛覽問作賦、文選魏都賦劉逵注引之梨賦、北堂書鈔著録之魚葅賦等。就連這些知道篇名或篇目的詩、文、賦可能也早已失傳或僅留殘句，故隋書經籍志著録僅文集一卷，既然只有一卷，所輯當不會超出本傳和文選、玉臺新詠等所録多遠，其不爲世所重而亡佚是必然的了。

就現存相如文賦看，除了純屬男女戀情之琴歌和報卓文君書外，其餘各篇大抵可根據寫作時間分爲前後兩期，來探索其思想内容、藝術特色及文章風格的變化。

屬於相如前期作品的是他最爲世人所推崇的二賦二文。二賦即作於景武之交的子虛賦和上林賦，是兩漢各辭家共同奉爲典範並争相模仿的漢大賦。思想内容主要是誇耀謳歌山川之宏偉、園囿之壯麗、物産之豐饒和畋獵之盛況，最後歸結於行聖王之政，正君臣之禮，興道遷義，體恤民艱，諸侯不當僭越，天子也不宜奢侈，有着明顯模仿宋玉高唐賦的痕迹。結構上也和文選宋玉登徒子好色賦一樣用虛擬人物相互問答的形式。由於相如二賦的作成是在大一統的漢代國泰民安的極盛時期，遠非宋玉所處偏居一隅、君昏國弱的楚國季世之比，故其鋪張宏麗，馳騁想象皆遠遠過之。但在藝術技巧上，由於相如賦過分排比名物，堆砌辭藻，爲使文理條暢，難免按層次迭進，平鋪直敍，給人以遲緩呆滯之感，而不及宋玉賦之宛轉悠揚。雖有此病，它們卻能以其規模之恢宏、想象之豐富，輔之以細節處之刻意描摹，絲絲入扣，達到雄渾自然，雖乏波瀾而感壯闊，雖屬虛構而感逼真的藝術效果，很有感染力。故武帝讀了恨不得與作者同時，李白讀了由羨慕雲夢景色而隱居安陸，揚雄歎爲神化之所至，張溥譽以有得於内之賦心，千載知音皆爲之傾倒。魯迅漢文學史綱要所論相如賦「制作雖甚遲緩，而不師故轍，自攄妙才，廣博宏麗，卓絶漢代」，也是指的這兩篇。

二文是指相如兩度出使所寫的諭巴蜀父老檄和難蜀父老文。文心雕龍分體屬於檄移，劉勰説：「移者，易也，移風易俗，令往而民隨者也。相如之難蜀老，文曉而喻博，有移檄之骨焉。」所謂「骨」，就是唐宋古文運動中標舉的漢魏風骨，也就是充實而健康的思想内容，相如二文當之無愧。其時相如返朝不久，功業之心未泯，積極擁護武帝内興禮義、外攘四夷的政策，故二文着意宣揚大漢之聖德和軍威，闡明武帝開邊是非常之人建非常之功，是拯民於沈溺之急務，創業垂統之宏業，既爲輯安中國所必須，也是四夷舉首企踵之所望。兩文又因所諭對象之不同而各有側重，但皆雄辯滔滔，氣勢磅礴。所持論點又皆符合歷史發展的需要和國家民族的利益，義正辭嚴，令人折服。其中且不乏金聲玉振、發人深省之警句。

所謂後期作品，是指相如出使返京失官後，包括他那頗具超逸之氣的大人賦，給人以低徊局促之感的哀二世賦和諫獵書等，再也看不到他前期作品中那種氣象恢宏的漢大賦和揮灑自如的散文了，而代之以作楚聲的抒情小製和文辭典雅的陳情風諫。把他前後兩期的文賦加以比較，不難看出他的思想和文學修養似乎均更加成熟，但由於他已喪失了謳歌盛世的熱情，自然再也唱不出激勵人心的頌歌。

代表相如晚期新的風格和藝術造詣的，當數那首全作楚聲的長門賦。此賦與大人賦之露骨模仿楚辭遠遊不同，格調很近楚辭離騷、山鬼等屈子之作，而又無模擬之迹。它描寫一個居於深宮永巷之中的棄婦的愁悶幽思，緣情託物，委宛含蓄，纏綿悱惻，堪稱抒情小賦的極品，對後世閨情、宮怨一類題材的歌詩影響頗大。由於此賦本傳未録，輯於文選，有序，稱爲陳皇后罷居長門宮時請相如代作以向武帝陳情，武帝讀後感悟，陳皇后復得親幸。所言不經，遂成疑點。南齊書陸厥傳録厥與沈約書：「長門、上林，殆非一家之賦。」只能説明前哲爲文，前期後期風格或不盡統一，未可疑及二賦是否出於相如一人之手。這種情形，僅與沈約書所列舉就不只相如一人。顧炎武的日知録和何義門的讀書記則直指長門賦乃贋品。其實以美人自喻或別喻賢人，屈子已爲倡首；至於古人爲文，後人命題作序，也是古之常例。以這些理由判長門賦非相如作未免過於武斷。朱熹貶斥相如不遺餘力，唯獨對此文説了幾句公允而有見地的話，他在楚辭後語中説：「此文古妙，最近楚辭。或者相如以后(陳皇后)得罪，自爲文以諷，非后求之。不知敍者何從實此云。」説此賦是相如一度失官後之「自爲文」，的是灼見。只是細審文義，原是相如自展情愫，自舒憤懣之作，硬加「諷」字，就失之迂腐。

相如後期的另一篇佳什是美人賦，寫作的時間和背景當與長門賦大抵相同。此賦之内容和結構均仿宋玉登徒子好色賦，用寓言形式剖析君主信讒的可悲和自身的清白，這裏借用朱熹評長門賦「自爲文以諷」的話倒是恰當的。此賦在立意、設境等方面都比宋玉賦高出一籌，且筆意輕靈，字句妍秀，在漢賦中獨標一格。

最後談一下相如的絶筆封禪文。文選班固典引説：「司馬相如誇行無節，但有浮華之辭，不周於用。至於疾病而遺忠……言封禪事，忠臣効也。」他對相如的文和行幾乎全面否定，當然是很迂腐的。但他肯定封禪文是「忠臣効」，説明他畢竟是比較客觀的史學家，没有因人廢文。劉勰的文學觀比班固通達得多，進步得多，對相如的文賦幾乎是全面肯定的，對封禪文除贊成班固的觀點外，又從文體創新方面給了很高評價。他在文心雕龍封禪中説：「觀相如封禪，蔚爲唱首。爾其表權輿……贊之以介丘。絶筆兹文，固維新之作也。」但是，當他們把此賦和揚雄的仿作劇秦美新加以對比時，得出了頗爲皮相的結論。班固説：「相如封禪，靡而不典；揚雄美新，典而亡實。」劉勰説：「封禪麗而不典，劇秦典而不實。」何謂「不典」？是説封禪文没有像書堯典、舜典那樣直述聖王功德，而只羅列符瑞。何謂「靡」「麗」？是説它不僅大量堆砌鋪寫符瑞，而且加以美化、神化。其實，封禪文結尾强調「聖王之德，兢兢翼翼」，「興必慮衰，安必思危」，説明天命不可違，當帝王的必須敬天順德。聯繫武帝當時的驕恣放縱，窮奢極欲，隨意誅戮臣僚，惑於尊奉方士，則此文之「靡而不典」，用心又何其良苦！語云：「鳥之將死，其鳴也哀；人之將亡，其言也善。」封禪文足以當之。至於此文逐奇險而欠流暢，求典雅而病呆滯，在藝術技巧上成爲失敗之作，就只能從病入膏肓的老人，有氣無力，筆不從心來給他開脱了。

三

鑒於兩千多年來，對相如文賦的批評，多是仁智並見，抑揚任聲，許多訾議之詞，散見於浩繁的篇帙。對於那些没有專攻過相如的讀者，很容易偶然檢得一隅之見，以偏概全，不利於比較客觀地理解相如文賦，故在此就幾個影響頗大的論點作簡略的剖析。

一是所謂「虛辭濫説」問題，見史記相如本傳，可見其源遠流長。所謂「虛辭」，是本無其事而假定其有，如大人賦之駕龍神遊，美人賦之對梁王問。所謂「濫説」，是雖有其事，但加以誇張矯飾，在相如文賦中比比皆是。所以歷代抨擊詭濫，莫不首列相如。左思三都賦序説：「相如賦上林，而引盧橘夏熟……考之果木，則生非其壤。」北方的京畿怎能生長南方的植物呢？所以他批評説：「於辭則易爲藻飾，於義則虛而無徵。」「侈言無驗，雖麗非經。」貌似有理，其實是不懂文學規律，故王觀國學林駁之云：「盧橘夏熟，正所以見上林之富麗，四海之嘉木珍果莫不移植其中。」當然不是上林賦之一病。劉勰比左思通達得多，他在文心雕龍夸飾中不僅指出只要有文學，就必然有誇張的修辭手法；而且提出適當的誇張是美的概念。但他論及相如就不免有微詞了：「自宋玉景差，夸飾始盛。相如憑風，詭濫愈甚。故上林之館，奔星與宛虹入軒；從禽之盛，飛廉與鷦鷯（鵬）俱獲。」所舉「詭濫」兩例，一所以喻離宮别館之高大，一所以喻天子畋獵捕獲之衆，正常的讀者只能驚歎相如想象的豐富，而很少有人會當真相信上林苑内出現過星虹入軒，神鳥入網的奇景壯觀的。如果這也算「詭濫」，按劉勰的要求「酌詩書之曠旨，剪揚馬之甚泰」，即把子虛、上林中最形象生動的語言删去，還成其爲卓絶漢代、數朝宗師的偉大歌詩嗎？而且按劉勰的標準，詩書中也未必没有「詭濫」，如書舜典所言舜一歲之中巡狩四嶽，書泰誓中言「受有臣億萬，惟億萬心」，其誇飾程度，和相如賦又有多大區别？不過這是聖人所立的經典，劉勰不敢懷疑罷了。

二是所謂「勸百而諷一」的問題。此説源於揚雄。雄初好辭賦，每作賦，常擬相如爲式。後來認識上起了變化，漢書揚雄本傳説：「雄以爲賦者，將以風也……往時武帝好神仙，相如上大人賦，欲以風，帝反縹縹有凌雲之志。繇是言之，賦勸而不止，明矣。……於是輟不復爲。」這就是揚雄把賦説成「壯夫不爲」的「雕蟲小技」的理論根據，迄今仍被一些論者視爲至理而加以引用，足見其影響之深遠。其實這個理論是站不住脚的。詩有六義，「風」僅居其一，詩三百篇既有頌歌，也有不少情愛之作；楚辭除了離騷、九章，還有九歌、天問、遠遊，何嘗篇篇皆風？爲什麽賦必須「將以風也」？子虚、上林的成賦時間及其寫作背景雖衆説紛紜，莫衷一是，要之不出相如入武帝朝之初或稍前，其時國家安定，「民人給家足，都鄙廩庾盡滿，而府庫餘財」（漢書食貨志），可見相如在賦中用大量篇幅極麗靡之辭以謳歌誇耀大漢文物之盛，不過是頌其所當頌，且不説結尾處的「文以明道」，單就是這些對大漢盛世的頌歌，二千年來也曾起到增加人民對祖國歷史的自豪感和民族自尊心的作用，已不能視爲雕蟲小技了，更不用説它們對中國文化發展所作的貢獻，決不是揚雄那些代聖人立言的法言、太玄等所可比擬的。至於大人賦，雖非相如賦之上乘，但嵇康譽爲「超然莫尚」，劉勰許以「氣號凌雲，蔚爲辭宗」（文心雕龍風骨），給予相當高的評價，是因爲相如之所風，乃「帝王之僊意」（史記相如本傳），也就是秦皇、漢武求仙以長享帝王生活的妄想，而不是揚雄所説的「止」其神仙之所好。正因爲如此，大人賦着力於遠塵絶俗，超然高舉，使武帝讀後「飄飄有凌雲之氣，似遊天地之間意」，並於此後誅殺妄誕不經的方士女巫，又在相如死後數年登泰山封禪，則相如之所望於武帝者基本實現，使史遷許以「與詩之風諫何異」，則揚雄之所謂「賦勸而不止」，並不盡是。當然，揚雄作爲季世易代之臣僚，不能效屈子之沈江，子魚之尸諫，能够悔其飾季世爲太平、頌庸主以聖德的少作，輟不復爲，不能不説是一種進步。但他終未能痛自反省，却責相如於地下，就不免令人遺憾了。

三是「能諂而不能諒」的問題。此説出於朱熹楚辭後語：「相如之文能侈而不能約，能諂而不能諒。其上林、子虚之作……然亦終歸於諛也。特此二篇（長門賦、哀二世賦）爲有諷諫之意……亦足以知其阿意取容之可賤也。不然，豈其將死而猶以封禪爲言哉！」這個朱夫子死抱着他那一套「存天理，滅人欲」的世界觀，標舉「詩言志」，鄙夷「詩緣情」，貶斥相如賦是必然的。但他把一個官止于郎、而又「未嘗肯與國家公卿之事」、「不慕官爵」、「越禮自放」的人强加上「諂」、「諛」、「阿意取容」等等惡言穢語，也未免太武斷和霸道了。僅就封禪而論，作爲國家盛典，它之産生是適應着秦漢之際天下一統，各民族融合的需要的，故當時不管賢不肖，皆寄望於封禪之盛舉。司馬遷不僅也寫了封禪書，而且説過他父親因未得隨駕封禪，執其手泣曰：「今天子接千歲之統，封泰山，而余不得從行，是命也夫！命也夫！」因而「發憤且卒」（史記太史公自序）。按朱熹的説法推論，司馬遷父子也可納入「阿意取容」之儔而有過於相如了。章學誠文史通義文德有言：

不知古人之世，不可妄論古人文辭也。知其世矣，不知古人之身處，亦不可遽論其文也。身之所處，固有榮辱隱顯、屈伸憂樂之不齊，而言之有所爲而言者，雖有子不知夫子之所謂，況生千古以後乎！

朱熹之貶相如，便是生千載以後，不知相如之世及其身處，而又自以爲代文武周孔立言，妄充解人之例了。

四

本書以明末婁東張氏刊本漢魏六朝一百三家集司馬文園集（現藏南充師範學院圖書館）爲底本，以明萬曆間新安汪士賢校司馬長卿集（簡稱汪校本，現藏四川省圖書館）參校。其他參校各書：史記、漢書爲中華書局標點本，文選爲中華書局影印之胡刻本，楚辭後語爲黎庶昌景元刊本，古文苑爲叢書集成影印之守山閣叢書本，藝文類聚爲汪紹楹整理校訂之上海古籍出版社重印本，玉臺新詠爲穆克宏校點之中華書局本。

本書所收文章、篇目及編排順序皆一仍張氏刊本之舊，其中對作者歸屬争議較大者，於前言及該篇題解中略加説明。張氏刊本所遺之答盛覽問作賦及其他殘句，輯爲附録之一，加標點，並注明録自何書。史記本傳張氏刊本取其「相如既病免，家居茂陵」以後文字爲附録，今仍其舊，作爲附録之二。張溥題辭論相如文頗精到，有重要參考價值，録以爲附録之三。至於漢書於本傳以外（如禮樂志、嚴助傳）及其他史籍（如三國志、華陽國志）有關相如行迹之記述，凡有重要參考價值者，本書前言、各篇題解及自敍傳釋文皆分別引用，不再臚列；其他筆記小説（如西京雜記）雖有相如行迹之記述而未必可以徵實者亦皆不録。

本書採用注校合一，先釋文，後校記。爲節省篇幅，對引用較多之舊注概用省稱，如漢書顏師古注、文選李善注、説文段玉裁注等均只作「注」。蓋人所共知，不煩累舉。

本書的校注是在上海古籍出版社的鼓勵和支持下開始進行的，工作過程中又多次得到指導幫助，糾謬補缺，特深致謝意。由于本人水平有限，疏漏在所難免，懇望讀者批評指正。

金國永

一九八六年十二月二十三日於成都草堂

目録

傳

歌

附録

賦

子虛賦

〔題解〕此賦乃舖演楚王遊雲夢事，本事見戰國策楚一及文選宋玉高唐賦等文獻。史記、漢書本傳著録與上林賦合爲一篇，文選始分而爲二，後世遂以爲法。史記本傳謂此賦作於相如客遊梁國之時。會梁孝王卒（公元前一四四年），相如歸蜀。武帝時，「蜀人楊得意爲狗監，侍上。上讀子虛賦而善之，曰：『朕獨不得與此人同時哉！』得意曰：『臣邑人司馬相如自言爲此賦。』上驚，乃召問相如。相如曰：『有是。然此乃諸侯之事，未足觀也。請爲天子遊獵賦，賦成奏之。』上許，令尚書給筆札。相如以『子虛』，虛言也，爲楚稱；『烏有先生』者，烏有此事也，爲齊難；『無是公』者，無是人也，明天子之義。故空藉此三人爲辭，以推天子諸侯之苑囿。其卒章歸之於節儉，因以風諫」。晚清吴汝綸及近人高步瀛等據歷代關於史記司馬相如傳乃相如自敍傳之説，以爲相如既自謂「空藉此三人爲辭」，足見子虛、上林本爲一篇，而所謂居梁數歲「乃著子虛之賦」，武帝讀子虛賦而恨「獨不得與此人同時」，狗監楊得意因言「臣邑人司馬相如自言爲此賦」，上「乃召問相如」，及相如「請爲天子遊獵賦」等，皆虛言假設之詞（見高步瀛文選李注義疏）。此説頗具卓識，但不能解何以文選分一爲二之疑。日人瀧川資言史記會注考證云：「子虛、上林，原是一時作。合則一，分則二。而『楚使子虛使於齊』，『獨不聞天子之上林乎』，賦名之所由設也。相如使鄉人奏其上篇，以求召見耳。」不僅文選分一賦爲二賦之疑可冰釋，且謂本傳所言此賦爲武帝所知的過程並非全是假設，似更合乎情理。可從。兩賦内容有仿宋玉高唐賦，結構有仿登徒子好色賦之迹，而能自攄妙才，舖陳閎麗，卓然一格。據西京雜記載，相如爲此兩賦用力甚深，「意思蕭散，不復與外事相關，控引天地，錯綜古今，忽然而睡，焕然而興，幾百日而後成」，故得「合綦組以成文，列錦綉而爲質」，「苞括宇宙，總覽人物」，入神化之至境。遂爲相如賦之代表作，後世賦家體製所師法。雖不免遺以麗爲累之譏，然其所渲染乃景武之際天下一統，國富民殷，誇帝王之豪華和氣魄，亦可以勵士氣，揚國威，決非阿意順旨者的粉飾太平或靡靡之音可比擬。

楚使子虛使於齊，齊王悉發境内之士，備車騎之衆，與使者出畋〔一〕。畋罷，子虛過詫烏有先生，而亡是公存焉〔二〕。坐定，烏有先生問曰：「今日畋樂乎？」子虛曰：「樂。」「獲多乎？」曰：「少。」「然則何樂？」對曰：「僕樂齊王之欲誇僕以車騎之衆〔三〕，而僕對以雲夢之事也〔四〕。」曰：「可得聞乎？」

〔一〕齊王三句：畋，同田，射獵、捕捉禽獸。書五子之歌：「畋于有洛之表，十旬弗反。」易繫辭下：「作結繩以爲罔罟，以田以漁。」此賦射殺和以網捕捉兩義並存。「悉發境内之士，備車騎之衆」，漢書、文選均作「悉發車騎」。

〔二〕子虚二句：詫，誇耀，誇飾。「詫」，漢書、文選作「姹」，同聲相假。「存」，史記作「在」。

〔三〕「齊王」，史記、文選無「齊」字。

〔四〕雲夢，楚澤藪名，或泛指楚王遊獵區，其所在歷來解説不一，約爲今武漢市以西、湖南省益陽湘陰以北、湖北省江陵安陸以東以南地區，古楚國郢都之遠郊。雲夢之事，指楚王之遊雲夢。戰國策楚一：「楚王遊於雲夢，結駟千乘，旌旗蔽日。」吕氏春秋直諫：「荆（楚）文王得茹黄之狗，宛路之矰，以畋於雲夢。」

子虚曰：「可。王駕車千乘，選徒萬騎，畋於海濱〔五〕，列卒滿澤，罘網彌山〔六〕。掩兔轔鹿，射麋腳麟〔七〕，騖於鹽浦，割鮮染輪〔八〕。射中獲多，矜而自功〔九〕，顧謂僕曰：『楚亦有平原廣澤遊獵之地饒樂若此者乎？楚王之獵孰與寡人乎〔一〇〕？』僕下車對曰：『臣，楚國之鄙人也，幸得宿衛十有餘年〔一一〕，時從出遊，遊於後園，覽於有無〔一二〕，然猶未能徧覩也，又焉足以言其外澤者乎〔一三〕？』齊王曰：『雖然，略以子之所聞見而言之〔一四〕。』

〔五〕王駕車三句：乘，古兵車單位，每乘駕馬四匹。千乘，諸侯兵額，以喻諸侯。孟子梁惠王上：「萬乘之國，弑其君者，必千乘之家。」注：「萬乘兵車。萬乘，謂天子也。千乘，謂諸侯也。」選徒，選車卒。詩小雅車攻：「之子于苗，選徒囂囂。」序：「因田獵而選車徒焉。」「駕車」二字，文選倒置。

〔六〕列卒二句：罘（fú浮），罟之省字。説文：「罟，兔罟也。从网，否聲。」注：「隸作罘。」罘網，泛指捕鳥獸之網罟。晏子春秋雜上：「齊有北郭騷者，結罘罔，捆蒲草。」罔同網。彌，亦滿也，遍也。兩句爲對文。

〔七〕掩兔二句：掩，同揜，捕也。集韻：「揜、掩，覆取也。」轔，説文作「蹸」，釋曰「車所踐也」，即用車輪輾壓。腳，此作動詞。史記索隱引韋昭曰：「謂持其一腳也。」麟，此指鹿類之麟。説文：「麟，大牝鹿也。」陸璣毛詩草木鳥獸蟲魚疏：「今并州界有麟，大小如鹿，非瑞應麟也。故司馬相如賦曰『射麋腳麟』，謂此麟也。」「腳」，漢書作「格」。王先謙漢書補注（以下簡稱王補）以爲捕鹿只能抓其腳，捕猛獸才需格擊，「明此『格』字爲『腳』之變文而誤」。可參。

〔八〕鶩於二句：鹽浦，海邊之鹽灘地。割，分取。戰國策齊二：「然後王可以多割地。」注：「割，取。」鮮，新捕殺之野獸。書益稷：「暨益奏庶鮮飡。」傳：「鳥獸新殺曰鮮。」割鮮，謂分取新射殺之兔鹿麋麟之屬。染輪，血染車輪，以喻射殺之多。按：此句史記、漢書、文選舊注皆引郭璞、李奇說，訓爲切生肉擩車輪鹽而食之，意即撩取車輪上之鹽粒和於生肉食之。胡紹煐文選箋證以爲準擬情事，殊爲不倫。王補引郭嵩燾說，亦以「割鮮染輪」應與下句之「射中獲多」相應，而與後文言齊王之「脟割輪焠」異訓。胡、郭之說皆精審可信。參見後文注〔七八〕。

〔九〕矜而自功：漢書注：「自矜其能以爲功也。」

〔一〇〕與，如、及。寡人，古代帝王貴族自謙寡德之詞。老子：「侯王自謂孤、寡、不穀。」唐以後爲帝王專用。「寡人乎」，史記、漢書無「乎」字。

〔一一〕楚國二句：鄙人，僻處一隅之人。荀子非相：「楚之孫叔敖，期思之鄙人也。」注：「鄙人，郊野之人也。」此處用爲謙稱。宿衛，宫中值宿警衛。

〔一二〕有無，偏義複詞，謂園中之所有。

〔一三〕外澤，謂楚王「後園」以外可供遊獵之「平原廣澤」。「焉」，史記作「惡」，漢書作「烏」。

〔一四〕「而言之」，史記無「而」字。

「僕對曰：『唯唯。臣聞楚有七澤〔一五〕，嘗見其一，未覩其餘也。臣之所見，蓋特其小小者耳，名曰雲夢。雲夢者，方九百里，其中有山焉。其山則盤紆茀鬱，隆崇嵂崒〔一六〕；岑崟參差，日月蔽虧；交錯糾紛，上干青雲〔一七〕；罷池陂陁，下屬江河〔一八〕。

其土則丹青赭堊，雌黃白坿，錫碧金銀〔一九〕，衆色炫燿，照爛龍鱗〔二〇〕。其石則赤玉玫瑰，琳瑉昆吾〔二一〕，瑊玏玄厲，碝石碔砆〔二二〕。其東則有蕙圃蘅蘭，芷若射干〔二三〕，穹藭菖蒲，江離蘪蕪，諸柘巴且〔二四〕。其南則有平原廣澤，登降陁靡，案衍壇曼〔二五〕，緣以大江，限以巫山〔二六〕。其高燥則生葴菥苞荔，薛莎青薠〔二七〕。其埤濕則生藏莨兼葭，東蘠彫胡〔二八〕，蓮藕觚蘆，菴蕳軒芋〔二九〕。衆物居之，不可勝圖〔三〇〕。其西則有湧泉清池，激水推移，外發芙蓉菱華，内隱鉅石白沙〔三一〕。其中則有神龜蛟鼉，瑇瑁鼈黿〔三二〕。其北則有陰林巨樹，楩柟豫章〔三三〕，桂椒木蘭，蘗離朱楊〔三四〕。樝梨梬栗，橘柚芬芳〔三五〕。其上則有赤猿玃猱，鵷鶵孔鸞，騰遠射干〔三六〕。其下則有白虎玄豹，蟃蜒貙豻〔三七〕，兕象野犀，窮奇獌狿〔三八〕。

〔一五〕唯唯二句：唯唯，應辭。文選宋玉高唐賦序：「王曰：『試爲寡人賦之。』玉曰：『唯唯。』」七澤，楚扼長江中下游，兩岸大小湖澤甚多，此言「七澤」，及下文謂雲夢「方九百里」，均分別言其多廣，未可視爲實數。

〔一六〕其山二句：盤紆，盤回紆曲。宋玉高唐賦：「水澹澹而盤紆兮。」淮南子本經：「木巧之飾，盤紆刻儼。」注：「盤，盤龍也。紆，曲屈。」茀（fú伏），盤曲貌。楚辭淮南小山招隱士：「坱兮軋山曲茀。」注：「茀亦曲也。」鬱，滯塞、不通暢。茀鬱，盤曲而不通暢，當訓山勢曲折貌，故王補謂「茀鬱與盤紆同義」，是。　隆，爾雅釋山：「宛中，隆。」注：「山中央高。」疏：「山形中央蘊聚而高者名隆。」　崇，説文：「山大而高也。」隆崇，山高聳貌。　嵂（lǜ律），同硉，山崖。集韻：「硉，硉矹，山崖也。或作硉、峍。」　崒（zú卒），爾雅釋山：「崒者，厜㕒。」注：「謂山峯頭巉巖。」説文：「崒，危高也。」注據詩小雅十月之交箋，以爲厜㕒即崔嵬，謂山巔之末也，故曰「危高」。故嵂崒，山巔危高之貌。　「嵂」，史記作「律」，漢書作「律」。

〔一七〕岑崟四句：岑，爾雅釋山：「山小而高，岑。」　崟（yín銀），説文：「山之岑崟也。」注引子虛賦本句，可證岑崟爲山高峻之貌。　參差，不齊貌。詩周南關雎：「參差荇菜。」疏：「言此參差然不齊之荇菜。」　日月蔽虧，王補引王文彬曰：「蔽，全隱也；虧，半缺也。山岑崟而參差，明日月或隱或虧。」　糾紛，交錯雜亂之貌，以喻羣山延綿重疊。詩魏風葛屨：「糾糾葛屨。」管子樞言：「紛紛乎若亂絲。」　干，觸也。上干青雲，極言山之高峻，觸青天而入雲霄。按：此四句即後世「干雲蔽日」成語之所出。　「崟」，史記作「巖」。

〔一八〕罷池二句：罷（pí皮），玉篇：「罷，極也。」楚辭離騷：「時曖曖其將罷兮。」　池，通陁，陁同陀。罷池，謂極其所至，傾斜而下之貌。按：王補引王文彬曰：「一曰罷池即坡池之異文，坡誤爲疲，疲又轉寫作罷耳。」據此，則罷池與陂陁，或作陂池，音義並同。　陂陁，即斜坡。文選枚乘七發「險險戲戲，崩壞陂池」，即言斜坡被江濤沖壞。　屬，連屬。下屬江河，漢書注：「總言山之廣大，（山坡）所連者遠耳。」

〔一九〕其土三句：丹，朱砂，汞之硫化物。書禹貢：荆州厥貢「礪砥砮丹」。傳：「丹，朱類。」疏引王肅云：「丹可以爲采。」即可作顔料。　青，漢書注引張揖曰：「青，青雘也。」即青色土，今石青之屬，可作顔料。　周禮秋官職金：「掌凡金玉錫石丹青之戒令。」傳：「青，空青也。」山海經南山經：「青丘之山，其陽多玉，其陰多青雘。」雘同臒。　江淹有空青賦，可參。　赭堊（zhě è者餓），赤土和白土。　韓非子用人：「夫人主不塞隙穴，而勞力於赭堊，暴風疾雨必壞。」可證古代廣泛用於塗抹牆壁。　雌黄，類於雄黄之晶體礦物，又名石黄，可作染料，入藥。　本草綱目：「雌黄、雄黄同産，但以山陰山陽受氣不同分别。」　白坿，史記集解引漢書音義，索隱引張揖，文選注引蘇林，並謂即白石英，王補以爲即今之石灰，因其可以坿飾牆壁，故得白坿之名。　碧，説文：「石之青美者。」青白色之玉亦稱碧，山海經西山經：「高山，其上多銀，其下多青碧。」注：「碧亦玉類也，今越嶲會稽縣東山出碧。」

〔二〇〕爛，燦爛。　照爛龍鱗，漢書注：「言采色相耀，若龍鱗之間雜也。」

〔二一〕其石二句：玫瑰，一種紫色玉石，一説是寶珠。説文：「玫瑰，火齊珠，一曰石之美者。」急就篇：「璧、碧、珠、璣、玫瑰。」注：「玫瑰，美玉名也……或曰珠之尤精者曰玫瑰。」異物志：「火齊如雲母，重沓而可開，色黄赤，似金，出日南。」　琳，説文：「美玉也。」桂注：「馥謂琳，色青碧者也。」書禹貢：「（雍州）厥貢惟球琳琅玕。」傳：「球琳皆玉名。」　瑉（mín民），同瑉，石似玉者。　禮聘義：「敢問君子貴玉而賤瑉者何也？」注：「瑉石似玉，或作玟也。」釋文：「字亦作瑨，似玉之石。」按：説文「玟」字注：「砇、瑨、琘皆玟之或體，與珉各部。」昆吾，古族名，或作琨珸，山名。其族善治金，故又以稱鐵礦石。史記集解引漢書音義曰：「琨珸，山名也，出善金，尸子曰『昆吾之金』者。」舊題東方朔十洲記：「流州，在西海中……上多山川，積石爲昆吾，治其石成鐵，作劍……割玉物如割泥。」史記索隱引河圖同。

〔二二〕瑊玏二句：瑊（jiān 間），本作玪。玏（lè 勒），墊之省字。瑊玏，亦屬次玉之美石。説文：「玪，玪墊，石之次玉者。」注：「按玪、瑊同字，墊、玏同字，玪墊合二字爲石名，亦有單言玪者。」玄厲，黑色磨刀石。急就篇顏注：「黑石曰厲。」書禹貢：「礪砥砮丹。」疏引鄭云：「礪，磨刀刃石也。精者曰砥。」礪同厲。碝石，白中帶赤之美石。山海經中山經：「扶豬之山，其中多礝石。」注：「音耎。今雁門中出礝石，白者如水，半有赤色者。」礝同碝。碔砆，一作武夫，赤色帶白紋之美石。戰國策魏一：「白骨疑象，武夫類玉，此皆似之而非者也。」

〔二三〕其東二句：蕙，香草，亦名薰草。本草綱目一四：「古者燒香草以降神，故曰薰、曰蕙。薰者熏也，蕙者和也。」蕙圃，香草之園圃。蘅，杜蘅，本草綱目作杜衡，香草，江淮呼爲馬蹄香。蘭，通闌、欄。列子説符：「宋有蘭子者。」注：「蘭，與闌同。」漢書王莽傳：「與牛馬同蘭。」可證。蘅欄，以香草爲飾之欄，與蕙圃爲對文。茝，白芷。説文：「虈，楚謂之蘺，晉謂之虈，齊謂之茝。」注：「茝，本草經謂之白芷，茝芷同字。」若，杜若。説文：「若……一曰杜若，香草。」　射干，即本草綱目所言烏扇，根可入藥。　以上諸香草楚辭均已言及，不煩引。又文選宋玉高唐賦：「箕踵浸衍。芳草羅生：秋蘭茝蕙，江離載菁，青荃射干，揭車苞并。」「射干」，漢書、文選無此二字。若無「射干」二字，句讀當改爲「其東則有蕙圃：蘅蘭茝若」，而訓「蘭」爲香草。文義雖順，然不如保留「射干」二字，訓「蘭」爲欄，使「其東」及下文之「其南」以下各五句相對成文爲勝。

〔二四〕䓖藭三句：　䓖藭（xiōng qióng 匈窮），香草，根可入藥。䓖一作穹、芎；藭一作窮。本草綱目一四：「芎藭，以胡戎者爲佳，故曰胡藭；……其出關中者，呼爲京芎，亦曰西芎；出蜀中者，爲川芎；出天台者，爲台芎；出江南者，爲撫芎，皆因地而名也。」　菖蒲，亦香草，可作香料。因其産地及形狀之不同，而分別有泥（或曰白）菖蒲、石菖蒲、水菖蒲之名。　江離，蘼（mí 靡）蕪，爾雅釋草：「蘄茝，蘼蕪。」疏：「芎藭苗也，一名蘄茝，一名蘼蕪，本草一名薇蕪，一名江離。」說文既以蘺、虈、茝爲一物而異名（見上注引），又曰：「蘺，江蘺，蘼蕪。」通訓定聲亦謂：「江蘺，芎藭苗也。」似皆以江蘺、蘼蕪爲芎藭之苗，一物而二名。然證諸相如賦，非一物甚明，故顔師古、毛晃、洪興祖、桂馥、段玉裁等皆疑之，尤以王先謙所釋爲精闢，王補曰：「三者若是一物，文中不應加入菖蒲。蓋其苗曰江離，根曰芎藭，葉名蘼蕪，又名蘄芷，雖一本所出，判然三物，名稱各不相混。」可從。　諸柘，藷蔗之假，即今之甘蔗。楚辭招魂：「有柘漿些。」注：「柘，藷蔗也。」　巴且（pō jū 破苴），王補證「巴」爲「蓴」之異字，蓴苴，一作苴蓴，楚辭大招：「醢豚苦狗，膾苴蓴只。」注釋「苴蓴」爲「蘘荷」，是一種水草。按：文穎、顔師古皆以爲巴且即巴蕉，巴蕉晚出，似不確。「諸柘」，史記作「諸蔗」。「巴且」，史記作「猼且」，文選作「巴苴」。

〔二五〕登降二句：登，爾雅釋詁：「陞也。」登降，猶升降，此指地勢之高低。陁（yǐ以），通陁，一作阤、迤。周禮考工記總序：「戈柲六尺有六寸，既建而迆。」注：「謂著戈於車邪倚也。」故陁靡，即邪靡，乃地勢斜長、綿延不斷之貌。案衍壇曼，史記索隱引司馬彪曰：「案衍，窳下；壇曼，平博也。」窳下，地勢低窪貌。平博，平坦寬廣貌。

〔二六〕緣以二句：大江，即長江。巫山，史記集解引郭璞曰：「巫山今在建平巫縣也。」漢書注、文選注並引張揖曰：「巫山在南郡巫縣。」均謂今四川境内之巫峽。按：此處寫雲夢澤布長江兩岸，以巫山爲界，文義甚明。然考漢書地理志：「華容，雲夢澤在南，荆州藪。」又曰：「江陵，故郢都，西通巫、巴，東有雲夢之饒。」高誘注戰國策、吕氏春秋及朱熹楚辭集注訓雲夢皆本此。則雲夢之西限當爲今江陵一帶，而非距江陵數百里外之巫峽。故所謂「限以巫山」云云，不過文人虚構誇飾之辭，不可詳考。

〔二七〕其高燥二句：葴（zhēn針），爾雅釋草有二訓，一爲寒漿，即酸漿草；一爲馬藍，即大葉冬藍。説文、本草皆取馬藍爲訓。此處各家注亦皆謂：「葴，馬藍也。」菥（sī斯），菥草。史記索隱引廣志曰：「涼州地生析草，皆如中國燕麥。」析同菥。按：史記「菥」作「蔪」，集解引徐廣，索隱引埤蒼，皆言「生水中，華可食」，與上文所謂「其高燥」者不侔，不可從。 苞，蓆草，爲編製蓆、屨之材料。禮曲禮：「苞屨不入公門。」説文：「苞，草也。南陽以爲麤屨。」 荔，馬荔，一稱馬藺。説文：「草也，似蒲而小，根可作刷。」故又稱旱蒲。 其草堅韌可代繩。 薜（bì 避），爾雅釋草凡四見：一謂「庾草」，注：「未詳。」一謂「山蘄」，注引廣雅曰：「山蘄，當歸。當歸，今似蘄而粗大。」一謂「白蘄」，注：「即上山蘄。」又一謂爲「山麻」，注曰：「似人家麻，生山中。」則薜亦如葴之異物而同名。按：薜若從爾雅訓爲山蘄或山麻，皆生高燥處，於文義甚洽。而史記、漢書、文選各家注均從張揖説訓爲「賴蒿」，即艾蒿。據王補：爾雅釋草謂「苹，藾蕭」，即賴蒿，苹與薜一聲之轉。或從史記、文選薜作薛，薛與蕭雙聲。故諸家從張揖説亦有據。録以供參考。 莎（suō 梭），即莎草，塊根名香附子，供藥用。按：張揖曰：「莎，鎬侯也。」本草：「莎草，一名薃，一名侯莎。」兩説皆本爾雅釋草「薃，侯莎，其實媞」，而斷讀有異。鎬、薃皆同蒿，則莎亦爲蒿之屬。 青薠（fán 煩），説文：「薠，青薠，似莎而大者。」亦蒿之屬。按：山海經西山經：「陰山，上多穀，無石，其草多茆蕃。」蕃同薠。又淮南子覽冥：「田無立禾，路無莎薠。」可證青薠亦生於高燥處。而漢書注、文選注皆引張揖曰：「青薠似莎而大，生江湖，雁所食。」與文義相悖。按楚辭九歌湘夫人：「登白薠兮騁望。」朱熹集注：「薠草，秋生，今南方湖澤皆有之。」則「生江湖，雁所食」者蓋白薠，非青薠也。

「菥」，史記作「蘄」，漢書作「析」。 「薜」，史記、文選作「薛」，王補以爲作「薜」是。

〔二八〕其埤濕二句：埤，同卑。埤濕，指地勢低窪潮濕之處。　藏莨（zāng láng 臧狼），文選注引郭璞曰：「草名，中牛馬芻。」史記索隱引郭璞則謂：「狼尾，似茅。」集解引漢書音義以爲二物：「藏，似薍而葉大。莨，莨尾草也。」薍，即蘆荻。莨尾草，即狼尾巴草，與狗尾巴草雜生而相混。　兼葭（jiā 加），兼通蒹。詩秦風蒹葭：「蒹葭蒼蒼。」傳：「蒹，薕；葭，蘆也。」通訓定聲：「爾雅：『蒹，薕；葭，蘆；菼，薍。』皆疊韻字，方音微别耳。」　東蘠（qiáng 牆），本草作「東廧」，謂苗似蓬，子似葵，九月十月熟，可爲飯食。朱珔文選集釋以爲即水蓼之實。　彫胡，即菰米。説文：「苽，雕胡，一名蔣。」注引廣雅曰：「菰，蔣也，其米謂之彫胡。」「埤」，史記作「卑」。

〔二九〕蓮藕二句：觚蘆，即葫蘆，論語所謂匏瓜，説文稱瓠瓜，本草作壺盧。觚、葫、瓠，皆與壺同音，蓋先民製陶壺係仿其形也，故音讀亦如之。匏又作瓢，因其可以浮水如泡如漂也。按：史記「觚」借爲「菰」，索隱引郭璞曰：「苽，蔣也。蘆，葦也。」漢書注引同。若此，則觚與上文之「彫胡」複出，蘆與上文之「兼葭」複出，且既爲二物，與「蓮藕」之爲一物者句法不對稱，顯誤。故顔師古疑之，又引張晏曰：「觚盧，扈魯也。」王補：「觚盧即瓠𤬋，（廣韻：「瓠𤬋，瓢也。」）觚盧、瓠𤬋、扈魯並一聲之轉。」是。　菴䕡（ān lǘ 庵閭），艾蒿之屬。政和證類本草六：「菴，草堂也；閭，里閭也。此草乃蒿屬，老莖可以蓋覆菴閭，故以名之。」是䕡原作閭。　軒芋，一名蔓于，即蕕草。爾雅釋草「莤，蔓于」，注：「草生水中，一名軒于，江東呼茜。」茜即蕕，莖似蕙而臭。左傳僖四年云「一薰一蕕」者即指此。「蔄」、「芋」，漢書、文選作「閭」、「于」。

〔三〇〕衆物二句：圖，計也。公羊傳莊十三年：「君不圖與？」注：「圖，計也，猶言君不當計。」

〔三一〕外發二句：外，廣雅釋詁：「表也。」此指水池之表面。發，生長、滋生。詩大雅生民：「實發實秀。」疏：「發者，穗生於苗，初發苗生也。」又爾雅釋天：「春爲發生。」芙蓉，池表之芙蓉，自是荷花。蔆同菱。蔆華，即菱花。鉅同巨，大也。莊子天下：「以巨子爲聖人。」釋文：「巨，崔本作鉅。」

〔三二〕其中二句：其中，指池中。蛟，龍蛇之屬。楚辭九歌湘夫人：「蛟何爲兮水裔？」注：「蛟，龍屬。」山海經中山經：「貺水……其中少蛟。」注：「似蛇。」鼉（tuó 沱），一名黑龍、豬婆龍，即揚子鱷。四足，背尾鱗甲，力猛，皮可冒鼓。瑇瑁（dài mào 代帽），龜類，出南海。甲殼有花紋，可作裝飾品。黿（yuán 元），大鼈，背青黃色，頭有疙瘩，故俗稱癩頭黿。國語晉語九：「黿鼉魚鼈，莫不能化。」禮月令季夏之月：「命漁師伐蛟，取鼉，登龜，取黿。」

〔三三〕其北二句：陰林，漢書注：「言其樹木衆而且大，常交陰也。」或以山北曰陰，陰林即山北之林。皆通。楩（pián 駢），即黄楩木；柟，通楠，即楠木；豫章，即樟木：皆紋理緻密、質地堅硬之珍貴木材。一說豫爲枕木，章乃樟木。本草綱目三四引顔注謂二木生七年乃可分別，又引藏器曰：「枕生南海山谷，作舸船次于樟木。」墨子公輸：「荆有長松文梓，楩柟豫章。」尸子：「水積則生吞舟之魚，土積則生楩楠豫章。」「巨」，文選作「其」；上句斷至「陰林」，「其」另起一句。

〔三四〕桂椒二句：桂，説文：「江南木，百藥之長。」注：「牡桂生南海山谷，菌桂生交趾桂林山谷。」牡桂葉似枇杷而大，周生鋸齒，花白色，樹皮多脂，即木桂是也。菌桂葉作長橢圓形，堅厚如革，花有黄有白，微帶紫色，其皮味辛温，爲諸藥先聘通使，所謂「百藥之長」者即此。椒，此指木本椒樹，俗名花椒。陸璣毛詩草木鳥獸蟲魚疏：「椒樹似茱萸，有鍼刺，莖葉堅而滑澤。蜀人作茶，吴人作茗，皆合煮其葉以爲香。」木蘭，本草綱目三四：「一名杜蘭，枝葉俱疏，其花内白外紫，亦有四季花者。深山生者尤大，可以爲舟。」木蘭之皮、花均可入藥。蘗（bò 簸），蘗木，俗稱黄柏。説文：「檗，黄木也。」注：「俗加艸作蘗。」羽狀複葉頗繁密，花細碎黄緑，結黑實如豆大，樹皮灰白，内皮深黄。内皮可作染料，與根可入藥。離，山梨。説文：「棃，棃果也。」注：「釋木：『棃，山樆。』謂棃之山生者曰樆也。樆，本亦作離。」朱楊，即檉柳。説文：「檉，河柳也。」注：「生水旁，皮正赤如絳，葉細如絲。……檉之言赤也，赤莖故曰檉。」

〔三五〕櫨梨二句：櫨，楂之本字，即山楂。梬（yǐng 影）栗，即梬棗，又稱羊矢棗、黑棗。説文：「梬，梬棗也，似柹。」注：「梬棗，果名，非今俗所食棗也。」注又引何焯曰：「羊棗，非棗也，乃柹之小者。初生色黄，熟則黑，似羊矢。其樹再椄，即成柹矣。」橘柚，書禹貢：「厥包橘柚。」傳：「小曰橘，大曰柚。」

〔三六〕其上三句：其上，指樹上。猨，同蝯。説文：「蝯，善援，禺屬。」注：「郭氏（璞）山海經傳曰：『蝯似獮猴而大，臂脚長，便捷，色有黑有黄，其鳴聲哀。』柳子厚言猴性躁而蝯性緩，二者迥異。」　玃（qú 瞿）、猱（náo 撓），皆獮猴之屬。爾雅釋獸：「玃父，善顧。」注：「似獮猴而大，色蒼黑，能攫持人，好顧盼。」玃同玃。釋獸又曰：「猱蝯善援。」疏：「猱一名蝯，善攀援樹枝。」説文段注非之，謂猱蝯同類，而非一物。　鵷（yuān 寃）雛，鸞鳳之屬。山海經南山經：「南禺之山……有鳳皇鵷雛。」又莊子秋水：「夫鵷雛，發於南海而飛於北海，非梧桐不棲，非練實不食，非醴泉不飲。」　孔鸞，孔雀和鸞鳥。説文謂鸞鳥「赤色五彩，雞形，鳴中有五音」；段注謂「鸞似鳳多青」；初學記引毛詩草蟲經謂「雄曰鳳，雌曰凰，其鶵爲鸞」。按：鸞鳳既爲傳説之瑞鳥，似有似無，故其説多異。趙翼廿二史劄記兩漢多鳳凰謂或係天子「本喜符瑞，而臣下遂附會其事」，「可知郡國所奏符瑞，皆未必得實」。此或其説多異之本源，録以備考。　枚乘七發：「孔鳥鶤鵠，鵷鶵鵁鶄。」　騰遠，史記、漢書、文選引諸家注或謂蛇，或謂鳥，或謂獸，皆不明出處。焦竑筆乘、梁章鉅文選旁證、胡紹煐文選箋證及王補以爲，「遠」爲猿之誤字，即莊子山木「騰猿得枳棘」、文選張衡南都賦「騰猨飛蠝棲其間」之「騰猿」。此説較近情理，可參。　射（yè 夜）干，一名野干。漢書注引張揖謂其「似狐，能緣木」。唐釋道世諸經要集引僧祇律謂「有羣野干來趣井，飲池殘水」，可證其出没以羣。

「赤猿玃猱」，漢書、文選無此四字，王補以爲是班固所删。

〔三七〕其下二句：其下，指樹下。白虎，白色虎。山海經西山經：「鳥鼠同穴之山，其上多白虎白玉。」玄豹，黑色豹。山海經海内經：「幽都之山，黑水出焉。其上有玄鳥玄蛇，玄豹玄虎。」蟃蜒（wàn yàn萬晏），同獌狿。廣韻：「獌狿，大獸名，長八尺。」集韻：「狿，蜒。獌狿，獸名，似貍而長，或作蜒。」貙豻（chū àn初按），貙虎之大者。爾雅釋獸：「貙獌似貍。」注：「今山民呼貙虎之大者爲貙豻。」按：史記集解引漢書音義，索隱引張揖説，漢書、文選注引郭璞説，皆以貙豻爲二物，訓貙似貍而大，豻爲胡地野犬，似狐而小。按此處之貙豻與白虎、玄豹、蟃蜒等雙音詞並列，不當爲二詞。且前三物皆大獸，若釋貙豻爲野犬、大貍，下文何必舉勇士如專諸者與之格鬭？故王補引爾雅注正之。

〔三八〕兕象二句：兕（sì四），爾雅釋獸謂「似牛」，注：「一角，青色，重千斤。」野犀，釋獸又曰：「犀，似豕。」注：「形似水牛，豬頭，大腹，庳脚。脚有三蹄，黑色。三角一在頂上，一在額上，一在鼻上。鼻上者，即食角也。」窮奇，傳説食人之猛獸。山海經西山經：「邽山，其上有獸焉，其狀如牛，蝟毛，名曰窮奇，音如獋狗，是食人。」又見海内北經。獌狿，與上文之「蟃蜒」複出，當有舛誤。「兕象野犀，窮奇獌狿」二句，漢書、文選均未載，疑與「獌狿」二字複出有關，遂爲疑案。錢大昕廿二史考異以爲史記此二句乃後人妄增，王補以爲漢書乃班固所删。張溥所輯司馬文園集本從史記，而清代之翻刻本亦有删此二句者。

『於是乎乃使專諸之倫〔三九〕，手格此獸。楚王乃駕馴駮之駟，乘彫玉之輿〔四〇〕，靡魚須之橈旃，曳明月之珠旗，建干將之雄戟〔四一〕，左烏號之彫弓，右夏服之勁箭〔四二〕；陽子驂乘，孅阿爲御〔四三〕，案節未舒，即陵狡獸〔四四〕，蹵蛩蛩，轔距虚〔四五〕，軼野馬，轊騊駼〔四六〕，乘遺風，射游騏〔四七〕，儵眒倩浰，雷動猋至，星流霆擊〔四八〕，弓不虚發，中必決眥〔四九〕，洞胸達掖，絶乎心繫〔五〇〕，獲若雨獸，揜草蔽地〔五一〕。於是楚王乃弭節徘徊，翱翔容與〔五二〕。覽乎陰林，觀壯士之暴怒〔五三〕，與猛獸之恐懼，徼谻受詘，殫覩衆物之變態〔五四〕。

〔三九〕專諸，左傳作鱄設諸。史記刺客列傳：專諸，吴堂邑人。伍子胥知其能，進專諸於公子光。光善客待之，遂請其殺王僚。光具酒請王僚，王僚使兵陳自宫至光之家，夾立侍，皆持長鈹。專諸置匕首魚炙之腹中而進之。既至王前，專諸擘魚，因以匕首刺王僚，王僚立死。倫，類也。「專」，漢書、文選作「剸」。

〔四〇〕楚王二句：駮(bó 駁)，猛獸。爾雅釋畜：「駮，如馬，倨牙，食虎豹。」説文同。段注：「云如馬，則非真馬也。」山海經西山經：「中曲之山……：有獸焉，其狀如馬，而白身黑尾，一角，虎牙爪，音如鼓音，其名曰駮，是食虎豹，可以禦兵。」馴駮，馴養以任駕之駮。駟，同駕一車之四匹馬。彫，同雕。彫玉之輿，漢書注：「以玉飾輿而雕鏤之。」文選宋玉高唐賦：「（楚）王乃乘玉輿，駟倉螭。」「駮」，史記作「駁」。

〔四一〕靡魚須三句：靡，摇曳，與下句之「曳」字相對。胡紹煐文選箋證以爲靡同麾，即今之麾字。說文：「麾，旌旗所以指麾也。」亦通。魚須，大魚之鬚。橈，彎曲。橈旃，旌旗之曲柄。此言揮動以魚鬚爲旒穗之曲柄旌旗。明月之珠，即夜光珠。李斯諫逐客書：「垂明月之珠，服太阿之劍。」此泛指寶珠，謂摇曳綴有寶珠之旗幟。建，執持。干將，代指雄戟。吴有冶師干將，嘗與妻莫邪冶二利劍，雄名干將，雌名莫邪。後世即以干將、莫邪爲利劍之代稱。此以干將喻戟，當言其鋒利。按：王念孫讀書雜志及胡紹煐文選箋證皆謂干將爲利刃貌，戟之有刃而大者謂之干將，無刃而大者謂之鏌釾（莫邪），亦通。

〔四二〕左烏號二句：烏號（háo豪），以桑柘爲材料之良弓。淮南子原道：「射者扞烏號之弓，彎棊衛之箭。」注：「烏號，桑柘。其材堅勁，烏峙其上。及其將飛，枝必撓下，勁能復巢，烏隨之。烏不敢飛，號呼其上。伐其枝以爲弓，因曰烏號之弓也。」舊謂烏號爲黄帝使用之弓名，史記封禪書：「有龍垂胡頿下迎黄帝。黄帝上騎……餘小臣不得上，乃悉持龍頿，龍頿拔，墮，墮黄帝之弓。百姓仰望黄帝既上天，乃抱其弓與胡頿號，故後世因名其處曰鼎湖，其弓曰烏號。」服（fú浮），同箙，盛箭器。夏服，史記索隱謂一説爲夏羿之盛箭器，一説爲夏后氏之盛箭器。按：亦有謂夏指四時之夏，高步瀛文選李注義疏：「（周禮）槀人注曰：『矢箙，春作秋成。』豈夏箙謂經夏日所曝而名之乎？抑夏日所製乎？」録以備參。　枚乘七發：「右夏服之勁箭，左烏號之彫弓。」「號」，史記作「嘷」。

〔四三〕陽子二句：陽子，漢書音義謂指仙人陵陽子，張揖謂指善御者孫陽，即伯樂。孅阿，史記索隱引服虔、樂産皆謂指月神之御者，文選注引郭璞則謂指古之善御者。按：高步瀛文選李注義疏曰：「陽子爲仙人陵陽子，則孅阿爲月御；陽子爲孫陽，則孅阿當如郭説。此等處實難定其孰是，但必其人相配耳。」甚是。「孅」，史記作「纖」。

〔四四〕案節二句：節，本爲音樂之節奏。爾雅釋樂疏：「八音克諧，無相奪倫，謂之和樂，和樂則應節。」此處引申爲行步之節奏。案節，案轡徐行得節。未舒，指因案節徐行，故馬足未得舒展。陵，攻擊、侵襲。國語晉語：「襲侵之事，陵也。」狡，狡捷、狡健。

〔四五〕蹵蛩蛩二句：蹵（cù促），踐踏。蛩（qióng 瓊）蛩，善奔走之異獸。山海經海外北經：「北海……有獸焉，狀如馬，名蛩蛩。」逸周書王會：「獨鹿邛邛。邛邛，善走者也。」邛同蛩。距虚，與蛩蛩爲一物，此變文互言之。爾雅釋地：「西方有比肩獸焉，與邛邛岠虚比，爲邛邛岠虚齧甘草。即有難，邛邛岠虚負而走。其名謂之蟨。」注據吕氏春秋不廣篇謂「蟨鼠前而兔後，趨則跲，走則顛」，則「邛邛岠虚亦宜鼠後而兔前，前高不得取甘草，故須蟨食之」。岠同距。「蹵」、「轔」字史記互易。

〔四六〕軼野馬二句：軼（yì逸），侵突。左傳隱九年：「懼其侵軼我也。」野馬，爾雅釋畜注：

「如馬而小，出塞外。」　轊（wèi衛），通䡬，蹋也。説文：「䡬，衛也。」注：「按此必有脱誤。當云䡬，踶也。」説文又曰：「踶，䡬也。」注引李軌曰：「踶，蹋也。」即踐踏之意。　騊駼，野馬名，與上句之「野馬」爲互文。　山海經海外北經：「北海有獸，狀如馬，名騊駼。」爾雅釋畜：「騊駼，馬。」疏引字林曰：「北狄良馬也，一曰野馬。」　兩句之間史記有「而」字。「騊」，文選作「陶」。

〔四七〕乘遺風二句：乘遺風，言馬行迅疾，每在風前。漢書王褒傳聖主得賢臣頌：「及其駕齧厀……追奔電，逐遺風。」注：「呂氏春秋云：『遺風之乘。』言馬行尤疾，每在風前，故遺風於後。」按：舊注遺風一訓千里馬，一訓秦始皇馬名。　騏，此處亦指野馬。爾雅釋獸：「驨，如馬，一角。不角者騏。」　兩句之間史記有「而」字。

〔四八〕儵眒三句：儵，同倏，楚辭少司命：「儵而來兮忽而逝。」注：「儵，一作倏。」儵眒，奔逐急速貌。　倩浰，即淒浰、清浰，疾貌。集韻：「淒、清。淒浰，疾貌。或從倩（當脱作清二字），通作倩。」　猋（biāo標），疾風。雷動猋至，漢書注：「若雷之動，如焱之至，言其威且疾也。」焱爲猋之誤字。　星流，指流星隕墜，以喻迅疾。　霆擊，迅雷相擊，以喻威猛。按：後兩句義相同而詞序互易：上句言猛且疾；下句言疾且猛。　「倩」，史記作「淒」。　「猋」，史記作「熛」，漢書作「焱」。　「霆」，漢書作「電」。

〔四九〕中（zhòng仲），射中。　決，裂。　眥（zì自），眼眶。此句謂射必中其目而使眼眶綻裂，以喻射技之高超。

〔五〇〕洞胸二句：洞，穿也。掖，同腋。增韻：「左右脅之間曰腋。」此指禽獸之翅腿與腹部連接處。心繫，指連繫心臟之筋絡。按：沈欽韓漢書疏證據詩毛傳孔疏，言古人射獵，以從左前胸射入而從右肩下穿出（即洞胸達掖）爲「上殺」，鳥獸以一箭穿胸而死（即絶乎心繫）者「肉最佳美」。

〔五一〕獲若二句：雨（yù芋），降雨。詩大雅大田：「雨我公田。」雨獸，喻所獲之獸甚多，紛紛墜落，如天之降雨。揜，通掩，掩蓋。禮聘禮：「瑕不揜瑜，瑜不揜瑕。」文選五臣注劉良曰：「言所殺既多，如天之雨獸，以蔽掩其地焉。」

〔五二〕於是二句：弭節，猶案節。楚辭離騷：「吾令羲和弭節兮。」集注：「弭，按也，止也，按節徐步也。」參本文注〔四四〕。容與，安閑自得貌。楚辭湘君：「聊逍遥兮容與。」朱熹集解：「逍遥、容與，皆遊戲閒暇之意也。」「徘徊」，史記作「裴回」。

〔五三〕怒，憤也，奮也，言士氣振奮。孫子作戰：「故殺敵者怒也。」注引曹操曰：「威怒以致敵。」梅堯臣曰：「殺敵則激吾人以怒。」

〔五四〕徼㧊二句：徼，通要（腰），遮攔，截擋。此謂遮截而殺取之。孟子萬章上：「孔子不悦於魯衛，遭宋桓司馬，將要而殺之。」㧊（jù劇），㩴之異文，疲極。詘，同屈，指力盡。漢書注：「言獸有倦極者要而取之，力盡者受而有之。」殫，説文：「極盡也。」注：「窮極而盡之也。」　變態，多種姿態。　「埶」，史記作「𢊁」，漢書作「𡎐」。

「『於是鄭女曼姬，被阿緆，揄紵縞〔五五〕，雜纖羅，垂霧縠〔五六〕，襞積褰縐，紆徐委曲，鬱橈谿谷〔五七〕；衯衯裶裶，揚袘戌削，蜚襳垂髾〔五八〕；扶輿猗靡，翕呷萃蔡〔五九〕；下摩蘭蕙，上拂羽蓋〔六〇〕；錯翡翠之葳蕤，繆繞玉綏〔六一〕；眇眇忽忽，若神仙之髣髴〔六二〕。

〔五五〕於是三句：鄭女，美女之代稱。史記正義引文穎曰：「鄭國出好女。」王補：「鄭女多美，故鄭女爲當時美女恆稱，不必果出自鄭。」　曼，美也。淮南子氾論「綈綿曼帛温煖於身」，曼帛猶美帛也。如淳指曼姬爲楚武王夫人鄧曼，過於坐實。但世本姓氏謂「鄧，曼姓」。則泛指曼姓之姬亦通。　被，同披。阿，細繒；緆（xī錫），細布：皆指所被衣服。列子周穆王：「鄭衛之處子衣阿緆。」又淮南子修務：「今夫毛嬙、西施……衣阿錫，曳齊紈。」　揄，曳也。紵（zhù住），苧麻布所製夏季裙裳。淮南子人間：「夏日服絺紵。」　縞，素絹，此亦指裙裳。戰國策齊四：「後宮十妃，皆衣縞紵。」　「緆」，漢書作「錫」。

〔五六〕雜纖羅二句：雜，説文：「五采相合也。」注：「所謂以五采彰施五色作服也。」雜纖羅，即着各色之纖羅。按：此二句語本戰國策齊四：「下宮糅羅紈，曳綺縠。」糅即雜也。　纖羅，細紋起花之絲織品。　霧縠，薄紗。文選宋玉神女賦：「動霧縠以徐步兮。」注：「縠，今之輕紗，薄如霧也。」垂霧縠，據郭璞説紗爲頭巾，「垂以覆頭」，則當垂於身後。

〔五七〕襞積三句：襞（bì壁）積，衣裙上的褶子。史記索隱引小顏曰：「襞積，今之裙襵，古謂之素積。」儀禮士冠禮：「皮弁服素積。」注：「積，猶辟也。以素爲裳，辟蹙其要（腰）中。」褰（qiān千）縐，與上句之「襞積」爲對文，謂（衣裙）折叠成縐紋。紆徐、委曲，均婉曲貌，重而言之，狀其多姿。鬱橈，深曲貌。鬱橈谿谷，謂如谿谷之深曲。王補引郭嵩燾曰：「緆縞羅縠之屬，輕輭多蹙紋，故以『鬱橈谿谷』爲言，言表裏之深邃也。」「襞積」，原譌「襞襀」，據衆本改。漢書無「紆徐委曲」四字。

〔五八〕衯衯三句：衯衯、裶裶，皆衣長貌。袘（yì義），衣裙下端之緣邊。玉篇：「袘，衣袘也。」儀禮士昏禮：「纁裳緇袘。」注：「緇袘謂緣。袘之言施，以緇緣裳，象陽氣下施。」戌削，衣裙裁製合身貌。漢書注引張揖曰：「戌，鮮也。削，衣刻除貌也。」蜚，古飛字。蜚纖（xiān先），飄動之纖帶。王補引郭嵩燾説，纖帶是婦女上衣之正幅，其下垂者上廣下狹如刀圭形，用以爲飾。垂髾，漢書注：「髾謂燕尾之屬，皆衣上假飾。」郭嵩燾以爲，所謂燕尾，是指綴雙帶於上衣之前，飾其下爲垂絲，交股歧分，形如燕尾。「戌」，史記作「卹」。

〔五九〕扶輿二句：扶輿，猶扶摇，輿、摇聲之轉，盤旋而上之貌。楚辭王褒九懷昭世：「登羊角兮扶輿。」注：「輿一作與。」洪補即引莊子逍遥遊「摶扶摇羊角而上者九萬里」及相如賦此句並史記集解引郭璞曰：「淮南所謂『曾折摩地，扶與猗委（今本作「扶於猗那」）』也。」淮南子修務乃狀舞姿，此處扶輿當爲長裙因轉動而掀起之貌。按：漢書注、文選注、史記正義皆謂爲扶持車輿，非是。　猗靡，猶綺靡，姣美貌。漢書外戚孝武李夫人傳：「的容與以綺靡兮。」翕，同喈。翕呷，衆聲貌。埤雅：「鵲鳴喈喈，鴨鳴呷呷。」按：舊注以爲衣裳張起之貌，可備一説，然不如訓象聲詞勝。　萃蔡，同綷縩，亦屬象聲詞，同翕呷皆狀鄭女曼姬行步時衣裳顫動摩擦之聲。漢書外戚孝成班倢伃傳：「紛綷縩兮紈素聲。」注：「綷縩，衣聲也。縩音蔡。」　「扶輿」，史記作「扶與」。　「翕」，史記作「噏」。

〔六〇〕下摩二句：蘭蕙，指行途之香草。　羽蓋，羽毛綴飾之車蓋。　文選注：「垂髾飛襳，飄揚上下，故或摩蘭蕙，或拂羽蓋。」　「摩」，文選作「靡」。

〔六一〕錯翡翠二句：錯，錯雜。　翡翠，鳥名。説文以爲赤羽雀爲翡，青羽雀爲翠。漢書賈山傳注引應劭曰：「雄曰翡，雌曰翠。」説法稍異，要之其羽色鮮麗，常取以爲飾。此處即指羽飾。　葳蕤，鮮麗貌。狀羽飾。舊注有頭飾、旗飾二説，高步瀛文選李注義疏謂：「以羽毛飾旗謂之葳蕤，以羽毛爲首飾亦謂之葳蕤。」審上下文義，可並存。　繆繞，同繚繞，迴環旋轉貌。　玉綏，玉飾之綏。沈欽韓漢書疏證以爲此處綏之義當同緌，即帽帶。禮内則：「冠緌纓。」疏：「結纓頷下以固冠，結之餘者，散而下垂，謂之緌。」　「葳」，史記作「威」。

〔六二〕眇眇二句：眇眇、忽忽，皆遠視隱約貌。楚辭湘夫人：「帝子降兮北渚，目眇眇兮愁予。」文選宋玉高唐賦：「悠悠忽忽，怊悵自失。」注：「悠悠，遠貌。忽忽，迷貌。」　髣髴，看不真切。楚辭遠遊：「時髣髴以遥見兮。」文選宋玉神女賦：「目色髣髴，乍若有記。」　「眇眇」，史記作「縹乎」。

「『於是乃相與獠於蕙圃，媻姍勃窣，上乎金隄〔六三〕，揜翡翠，射鵔鸃〔六四〕，微矰出，孅繳施〔六五〕，弋白鵠，連駕鵞，雙鶬下，玄鶴加〔六六〕。怠而後發，游於清池，浮文鷁，揚旌枻〔六七〕，張翠帷，建羽蓋，網瑇瑁，鉤紫貝〔六八〕；摐金鼓，吹鳴籟，榜人歌，聲流喝〔六九〕。水蟲駭。波鴻沸，涌泉起，奔揚會〔七〇〕，磊石相擊，硠硠礚礚，若雷霆之聲，聞乎數百里之外〔七一〕。

〔六三〕於是三句：獠（liáo遼），本義爲夜獵。爾雅釋天：「宵田爲獠，火田爲狩。」亦泛指畋獵，此處即指與上文所言之鄭女曼姬共同畋獵。媻（pán盤）姍，膝着地匍匐而行。史記索隱引韋昭曰：「盤姍，匍匐上下也。」勃窣（sù速），傴身搖擺而跛行。王補引沈欽韓曰：「世説（文學）：『張憑勃窣於理窟。』則勃窣亦蹩躄之狀也。」金隄，漢書注：「言水之隄塘堅如金也。」文選注引司馬彪曰：「隄名也。」皆可通。「上乎金隄」，底本句首有「而」字，據衆本删。「乎」，史記、漢書無。「勃」，文選作「教」。

〔六四〕揜翡翠二句：揜，同罨，謂以網捕捉禽獸。翡翠，此指鳥。鵔鸃（jùn yí郡儀），雉屬。漢書注：「似山雞而小冠，背毛黄，腹下赤，項緑色，其尾毛紅赤，光采鮮明。」按此爲今之錦雞。若按楚辭劉向九歎遠逝「撫朱爵與鵔鸃」注，則以爲鳳皇。可兩存。

〔六五〕微矰二句：矰（zēng增），短箭。周禮司弓矢：「矰矢茀矢，用諸弋射。」孅，同纖，纖細，與上文之「微」相對。微、孅皆切鄭女曼姬。繳（zhuó酌），繫於箭上以弋射之生絲繩。施，施放，射出。此二句謂以矰繳弋鳥。漢書注：「以繳係矰仰射高鳥，謂之弋射。」「孅」，史記作「纖」。

〔六六〕弋白鵠四句：白鵠（hú胡），天鵝。莊子天運：「夫鵠不日浴而白。」連，弋射之一種方法，即黏鳥。淮南子覽冥：「連鳥於百仞之上。」注：「黏鳥曰連。」列子湯問：「蒲且子之弋也，弱弓纖繳，連雙鶬於青雲之際。」可見黏鳥仍需用矰繳。廣韻：「黐膠，所以黏鳥。」知此法乃以黐膠代箭頭之鋒刃，弋中鳥落而生擒之。駕鵞，説文作「駕䳘」，即野鵝。鶬（cāng倉），即鶬鴰。爾雅釋鳥：「鶬，麋鴰。」注：「今呼鶬鴰。」本草謂之鶬雞，大如鶴，青倉色，亦有黑色者。下，謂射下。戰國策楚四：「更羸謂魏王曰：『臣爲王引弓虚發而下鳥。』」玄鶴，黑鶴。漢書注引相鶴經曰：「鶴壽滿二百六十歲則色純黑。」加，文選注引淮南子注曰：「加，制也。」戰國策楚四：「黄鵠……不知夫射者方將修其苻盧，治其繒繳，將加己乎百仞之上。」「駕」，漢書、文選作「鴐」。

〔六七〕怠而四句：怠，倦怠。發，發舟。謂弋射既倦，即蕩舟於池水之中。按：姚鼐古文辭類纂謂清池指雲夢西之涌泉清池，或係附會之詞，不足爲訓。浮，此指泛舟。書禹貢：「浮於濟漯。」楚辭九章哀郢：「過夏首而西浮兮。」鷁，水鳥。文鷁，古俗繪鷁鳥之紋飾於船首，以厭水神。淮南子本經：「龍舟鷁首，浮吹以娱。」旍，此指桅旗。漢書注引張揖曰：「析羽爲旍，建於船上。」王補引王念孫曰：「當從史記作『揚桂枻』。……桂枻，謂以桂爲檝，猶楚辭（湘君）言『桂櫂兮蘭枻』也。浮文鷁、揚桂枻、張翠帷、建羽蓋，皆相對爲文。旍字隸書或作旌，與桂字相似。」二説皆通，可並存。枻，船槳。楚辭漁父：「鼓枻而去。」「怠而後發，游於清池」，漢書無「發」字，當作一句讀。「旍」，史記作「桂」。「枻」，文選作「栧」。

〔六八〕張翠帷四句：翠帷，以翠色鳥羽裝飾之船上帷蓋。瑇瑁（dài mào代帽），海龜科動物名，甲片可作裝飾品。紫貝，呈紫色之貝介。「網」，史記、漢書、文選皆作「罔」。「鉤」，史記、漢書作「釣」。

〔六九〕摐金鼓四句：摐（chuāng窗），撞擊。金鼓，即鉦，古代行軍用以節止步伐之樂器。漢書注：「金鼓謂鉦。」王補：「鉦，鐃也。其形似鼓，故名金鼓。」或訓爲金鉦及戰鼓二物，亦通。左傳僖二二年：「三軍以利用也，金鼓以聲氣也。」孫子兵争：「夫金鼓旌旗者，所以一民之耳目也。」籟，排簫，編管樂器。莊子齊物論：「人籟則比竹是已。」禮月令仲夏之月：「均琴瑟管簫。」疏引郭景純曰：「編二十二管，長尺四寸。」榜，同㮁、舫，即船。榜人，説文即作「舫人」。注：「月令六月：『命漁師伐蛟。』鄭注：『今月令漁師爲榜人。』按榜人即舫人，舫正字，榜假借字。」又説文：「舫人，習水者。」注：「張揖所謂船長，杜詩所謂長年。」按張揖説見漢書注引：「榜人，船長也，主倡聲而歌者也。」流喝（yè夜），嘶啞悲咽之聲。按：漢書注引郭璞曰：「言悲嘶也。」後漢書張酺傳：「（王）青亦被矢貫咽，音聲流喝。」注：「流，或作嘶。喝……聲之幽也。」訓流字與郭説正相合。王補則以爲：「喝讀若暍，所謂暍迺之聲，即櫂歌也。暍迺與欸乃同。」欸乃爲行船摇櫓之聲，可備一説。

〔七〇〕水蟲駭四句：水蟲，指魚鱉之屬。鴻，通洪，大也。波鴻沸，猶言波濤大作、波濤翻滾。涌泉，向上直噴之泉。公羊傳昭五年：「濆泉者何，直泉也。直泉者何？涌泉也。」會，逆流。書禹貢：「會于渭汭。」傳：「逆流曰會。自渭北涯逆水西上。」奔揚會，文選注引郭璞曰：「暴溢激，相鼓薄也。」即謂溢出之涌泉水與流來之翻滾波濤相激而成逆流漩渦，甚爲壯觀。按：文選五臣注本作「奔物會」，吕延濟説：「奔物，謂急波也。」言涌泉騰起，與波相會合也。」史記會注考證引日人中井積德訓奔揚爲「濤也」，義同吕延濟注。

〔七一〕磊石四句：磊石，衆石。説文：「磊，衆石皃。从三石。」注：「石三爲磊，猶人三爲衆，磊之言絫也。」 硠（láng郎）硠磕（kē科）磕，流水擊石、衆石相擊聲。「磊」，史記、漢書、文選均作「礧」。 「硠硠」，漢書、文選作「琅琅」。 「數百里之外」，漢書、文選無「之」字。

「『將息獠者，擊靈鼓，起烽燧〔七二〕，車案行，騎就隊〔七三〕，纚乎淫淫，般乎裔裔〔七四〕。於是楚王乃登陽雲之臺〔七五〕，泊乎無爲，澹乎自持〔七六〕，勺藥之和具而後御之〔七七〕，不若大王終日馳騁，曾不下輿，脟割輪焠〔七八〕，自以爲娱。臣竊觀之，齊殆不如〔七九〕。』於是齊王無以應僕也。」

〔七二〕將息獠三句：息獠，謂罷獵。靈鼓，六面鼓。周禮秋官冥氏：「爲阱擭以攻猛獸，以靈鼓敺之。」注：「靈鼓，六面鼓，敺之使驚趨阱擭。」烽燧，此指火炬。按：王補引郭嵩燾曰：「左文十年傳：宋華御事逆楚子，遂道以田孟諸，命夙駕載燧。燧所以舉火，畋亦用之。此獵罷飭歸之事，猶始畋也。」此説甚審，可知「將息獠者」及上文「於是相與獠於蕙圃」之「獠」，皆泛指田獵。舊注皆訓爲「宵獵」，不僅與文中所言弋鳧鳥、網水産之情理不侔，且與獵罷始舉火飭歸之説相悖，不可從。

〔七三〕車案二句：案行，案着行列。就隊，排着隊伍。言獵罷返營時，車騎仍秩序井然也。

〔七四〕纚乎二句：纚（shǐ 始），王補：「若織絲相連屬也。」亦可訓爲纚纚之省。纚纚，垂繩貌，引申爲編次井然，以狀車騎之魚貫而行，亦勝。韓非子難言：「言順比滑澤，洋洋纚纚然。」注：「纚纚，有編次也。」淫淫、裔裔，皆行貌。文選宋玉神女賦：「步裔裔兮曜殿堂。」注：「裔裔，行貌。」又揚雄羽獵賦：「淫淫與與，前後要遮。」注：「淫淫與與，皆行貌也。」般，通班，班次，排列。與上句之「纚」爲對文，均狀車騎之依次魚貫而行。按：舊注皆從漢書注：「般音盤。」若是則文義難通。檢漢書禮樂志郊祀歌練時：「雲之來，神哉沛，先以雨，般裔裔。」此「般裔裔」即相如賦之「般乎裔裔」，顔注于此則曰：「般讀與班同。班，布也。」可證「班音盤」乃師古一時之忽。「般」，史記即作「班」。

〔七五〕陽雲之臺，即宋玉高唐賦序所述雲夢澤中之陽臺。漢書注引孟康曰：「雲夢中高唐之臺，宋玉所賦者，言其高出雲之陽也。」文選五臣注劉良曰：「陽臺，神自言之，實無有也。」説皆精當。參見上文注〔二六〕。「陽雲」，文選作「雲陽」，非是。

〔七六〕泊乎二句：泊、澹，皆安静貌。無爲、自持，皆指保持本性的寧静心情，而不爲聲色利禄所動之一種思想修養境界。老子：「我獨泊兮其未兆，如嬰兒之未孩。」又曰：「澹兮其若海，飂兮其若止。」又曰：「使乎知者不敢爲也，爲無爲。」莊子天下：「以本爲精，以物爲粗，以有德爲不足，澹然獨與神明居。」文選宋玉神女賦：「頩薄怒以自持兮，曾不可乎犯干。」「泊」，文選作「怕」。「澹」，文選作「憺」。

〔七七〕勺藥（zhuó lüè 酌略），調和，調和五味。王念孫讀書雜志一〇謂勺藥乃適歷之聲轉。適歷，均調也。枚乘七發：「勺藥之醬。」具，備辦。儀禮特牲饋食禮：「宗人告有司具。」御，進奉。禮曲禮上：「御食於君。」此言所捕食之禽獸，必待烹炙而調和五味後，乃得進奉楚王。

〔七八〕脟（luán 巒），臠之假。吕氏春秋察今「嘗一脟肉，而知一鑊之味」，淮南子説山用此語時作「嘗一臠肉，知一鑊之味」可證。脟割，謂把鮮肉割成小塊。焠，灼炙。荀子解蔽：「有子隊而焠掌，可謂能自忍矣。」注：「焠，灼也。」輪焠，謂就輪間炙而食之也。參見上文注〔八〕。

〔七九〕齊殆句，意謂齊王以就輪間炙肉而食爲娱，不及楚王罷獵而登陽雲之臺，和五味而後進食之雍容澹泊也。

烏有先生曰：「是何言之過也！足下不遠千里，來貺齊國〔八〇〕，王悉發境内之士，備車騎之衆與使者出田，乃欲戮力致獲以娛左右〔八一〕，何名爲夸哉！問楚地之有無者，願聞大國之風烈，先生之餘論〔八二〕。今足下不稱楚王之德厚，而盛推雲夢以爲驕〔八三〕，奢言淫樂而顯侈靡，竊爲足下不取也。必若所言，固非楚國之美也。有而言之，是彰君之惡；無而言之，是害足下之信〔八四〕。彰君之惡而傷私義，二者無一可〔八五〕，而先生行之，必且輕於齊而累於楚矣。且齊東渚鉅海，南有琅邪〔八六〕，觀乎成山，射乎之罘〔八七〕，浮渤澥，遊孟諸〔八八〕，邪與肅慎爲鄰，右以湯谷爲界〔八九〕，秋田乎青丘，仿偟乎海外〔九〇〕，吞若雲夢者八九，於其胸中曾不蔕芥〔九一〕。若乃俶儻瑰瑋〔九二〕，異方殊類，珍怪鳥獸，萬端鱗萃，充牣其中者〔九三〕，不可勝記，禹不能名，卨不能計〔九四〕。然在諸侯之位，不敢言游戲之樂，苑囿之大；先生又見客，是以王辭而不復，何爲無以應哉〔九五〕！」

〔八〇〕足下二句：不遠千里，孟子梁惠王上：「叟不遠千里而來，亦將有以利吾國乎？」貺（kuàng況），贈賜，此謂貺教。左傳隱十一年：「君若辱貺寡人，則願以滕君爲請。」「貺」，史記、漢書作「況」。

〔八一〕王悉發三句：悉發，盡發。士，士卒。孔子家語屈節解：「請悉發境内士卒三千人。」戮，通勠。戮力，并力、勉力。左傳成十三年：「昔逮我獻公及穆公相好，戮力同心。」致獲，取得收獲，此指獵得禽獸。左右，敬稱，不敢直稱對方，而稱其左右。戰國策燕二：「臣不佞，不能奉承先王之教，以順左右之心。」漢書無「發」字。「出田」上，史記無「與使者」三字，有「以」字。「戮」，史記作「勠」。

〔八二〕願聞二句：風烈，高風德業。先生，指子虛。餘論，遺談美論。

〔八三〕「驕」，史記、文選作「高」。

〔八四〕有而言之四句：語本樂毅報遺燕惠王書：「臣不佞，不能奉承王命……恐傷先王之明，有害足下之義。」（見史記樂毅傳）「彰」，史記作「章」。漢書「彰君之惡」、「害足下之信」下均有「也」字。文選無「有而言之，是彰君之惡」二句。王補：「據顔注（見下條注引），則漢書本亦無此十字。『必若所言』，即『有而言之』也，淺學不察，妄加入耳。史記有此二句，亦後人所加。」可參。

〔八五〕彰君二句：漢書注：「非楚國之美，是傷君惡；害足下之信，是傷私義也。」漢書、文選均無「之」、「而」二字。底本「可」字下衍「也」字，據衆本删。

〔八六〕且齊二句：渚，水涯，水邊。此作動詞，謂以鉅海爲邊界。鉅海，大海。文選注：「呂氏春秋辛寬曰：『太公望封於營丘，渚海阻山也。』」按：李善所引正相如賦之所本。唯今本吕氏春秋長利在「渚海阻山」之首加「之」字，末加「高」字，標點應爲：「昔者太公望封於營丘之渚，海阻山高，險固之地也。」「渚」字不作動詞。胡紹煐文選箋證以爲「吕覽『渚海阻山』，亦謂邊海恃山，故云『險固之地』」，今本所增「之」、「高」二字，「皆後人不解『渚』字之義而妄加之」。此説甚審，可參。琅邪，即琅琊山，秦始皇二十八年登臨刻石紀功處，在今山東省諸城市東南。「渚」，今本史記、漢書、文選皆作「陼」。李注引聲類曰：「陼，一作渚。」

〔八七〕觀乎二句：觀，游覽。孟子梁惠王下：「吾何脩而比於先王觀也？」注：「當何修治可以比先王之觀遊乎？」成山，在今山東榮成東。之罘，在今山東煙臺市北，三面環海，乃煙臺之一景。秦始皇、漢武帝均曾登臨。

〔八八〕浮渤澥二句：渤澥（xiè 謝），即渤海。説文：「澥，勃澥，海之别也。」注：「海之别猶江之别。勃澥屬於海，而非大海；猶沱屬於江，而非大江也。」因渤海在山東半島與遼東半島之間形成一巨大深水港灣，既與黄海相通而又别於黄海，故有是説。史紀高帝紀：「（齊）東有勃海之利。」勃同渤。孟諸，古宋國大澤名。戰國時宋爲齊所滅，漢書注引文穎曰：「故屬齊。」金元間淤塞，故迹已不可考，約在今河南商丘市東北。「渤」，史記、漢書皆作「勃」。

〔八九〕邪與二句：邪，同斜。肅慎，古國名，故地在今東北。因遼東半島與山東半島隔海相望，航行可通，故謂斜與爲鄰。左傳昭九年：「肅慎燕亳，吾北土也。」注：「肅慎，北夷。」湯谷，即暘谷，舊説日所出處。書堯典：「分命羲和宅嵎夷，曰暘谷。」傳：「日出於谷而天下明，故稱暘谷。」按：古人坐北面南，故常以東爲左，以西爲右。齊濱東海，暘谷當爲齊之東界，故「右以暘谷爲界」句難解，注家頗有異説。文選注：「言爲東界，則『右』當爲左字之誤也。」史記正義則謂：「言『右』者，北向天子也。」即齊爲諸侯國，北面以事天子，故以東爲右矣。

〔九〇〕秋田二句：青丘，舊注有二説。一是海外國名。胡紹煐文選箋證、高步瀛文選李注義疏據山海經海外東經「青丘國在其北，其狐四足九尾」，及呂覽求人「禹東至榑木之地……鳥谷青丘之鄉、黑齒之國」推論，謂指遼東、高麗一帶。一是海外島名。王補引郭嵩燾説，據舊題東方朔十洲記「長洲，一名青丘，在南海辰巳之地」等記載推論，謂指蓬萊諸島。然此固賦家誇飾之辭，不可詳考矣。此謂秋獵於青丘，漫步於海外，皆極言齊國威加于海外，非楚國之比。「仿偟」，文選作「彷徨」。

〔九一〕吞若二句：吞，比喻之辭。蔕（dì帝）芥，果蒂草芥，以喻細小之梗塞物。漢書賈誼傳服鳥賦：「細故蔕芥，何足以疑！」此謂齊國即使吞下雲夢八九，胸中亦無蔕芥之梗塞，極言版圖之廣大。「於其」二字，史記、漢書倒置。

〔九二〕俶儻（tì tǎng惕倘），同倜儻，卓越貌。史記魯仲連傳：「好奇偉俶儻之畫策。」瑰瑋，此指奇珍異産。「瑋」，史記作「偉」。

〔九三〕萬端二句：萃，聚集。鱗萃，漢書注：「如鱗之集，言其多也。」牣（rèn刃），盈滿。詩大雅靈臺：「王在靈沼，於牣魚躍。」傳：「牣，滿也。」「萃」，漢書、文選作「崒」。「牣」，漢書作「仞」。

〔九四〕禹不能名二句：據書舜典：禹，堯時爲司空，平水土，辨九州；卨（xiè謝，即商之始祖契），堯時爲司徒，敷五教，率萬事。此謂齊國珍奇極多，雖若禹、卨之博識洽聞，猶不能道其名而計其數。「卨」，史記作「契」。

〔九五〕先生三句：客，以客禮相待，即禮遇。見客，受到禮遇。復，回答。王辭而不復，謂王出於禮讓而不答辯。漢書、文選無「而」字。「無以應」，史記作「無用應」。

上林賦

〔題解〕上林，即上林苑，秦闢以供帝王玩賞、田獵之園林，漢武帝時擴建至周圍三百里。地址在今陝西西安周至、鄠邑一帶，南傍終南山而北濱渭水。此賦舖演天子上林田獵之事，詳見子虛賦〔題解〕。

亡是公听然而笑曰：「楚則失矣，齊亦未爲得也〔一〕。夫使諸侯納貢者，非爲財幣，所以述職也〔二〕；封疆畫界者，非爲守禦，所以禁淫也〔三〕。今齊列爲東藩而外私肅慎〔四〕，捐國踰限，越海而田〔五〕，其於義固未可也。且二君之論，不務明君臣之義，正諸侯之禮，徒事争遊戲之樂，苑囿之大，欲以奢侈相勝，荒淫相越〔六〕，此不可以揚名發譽，而適足以貶君自損也〔七〕。

〔一〕亡是公三句：听（yǐn引），説文：「笑皃。」漢書、文選「齊亦未爲得」上有「而」字。

〔二〕夫使三句：納貢，古代諸侯國定期朝見天子並進獻一定額量之方物。史記齊太公世家：「命燕君復修召公之政，納貢于周，如成康之時。」述職，指諸侯定期朝見天子，陳述其職守情況。孟子梁惠王下：「諸侯朝見天子曰述職。述職者，述所職也。」

〔三〕封疆三句：封疆，諸侯所封國的疆界。戰國策燕三：「國之有封疆，猶家之有垣墻。」畫界，畫分疆界。淫，此指過度之欲求。書大禹謨：「罔淫于逸，罔淫于樂。」此謂天子所以封賜諸侯以固定之土地，不僅要其守禦國土，主要在限制其産生過度的欲求。商君書墾令：「聲服無通於百縣，則民行作不顧，休居不聽。休居不聽則氣不淫。」又説民：「民貧則弱，國富則淫。」相如取其意而變通用於諸侯之有封疆。「疆」，漢書作「彊」。

〔四〕藩，藩國，對周王畿起屏藩的作用。齊爲周東方之屏藩。外私，指與諸夏外之夷狄私相交通。古以天子所封之諸侯國，即諸夏爲内，以夷狄之國爲外，故有是説。公羊傳成十五年：「春秋：内其國而外諸夏，内諸夏而外夷狄。」肅慎，東北夷，於齊爲海外異國。參子虛賦注〔八九〕。「藩」，漢書作「蕃」。

〔五〕捐國二句：捐，捐棄。限，指國界。捐國踰限，謂捐棄自己的國土而越界去他國。越海而田，指齊王渡海至青丘田獵。參子虛賦注〔九〇〕。「踰」，漢書作「隃」。

〔六〕徒事四句：荒淫相越，謂子虛與烏有先生互相以荒淫之事爭勝。「戲」，史記作「獵」。

〔七〕此不可以二句：揚名發譽，謂發揚聲譽。鄧析子無原：「因勢而發譽，則行等而名殊。」貶君自損，謂貶其國君之德而損己爲臣之義，與子虛賦「彰君之惡而傷私義」互義。參子虛賦注〔八四〕、〔八五〕。「貶」，漢書、文選作「㝵」，古今字。

「且夫齊楚之事又烏足道乎！君未覩夫巨麗也，獨不聞天子之上林乎？左蒼梧，右西極〔八〕，丹水更其南，紫淵徑其北〔九〕。終始灞滻，出入涇渭〔一〇〕；酆鎬潦潏，紆餘委迆，經營乎其内〔一一〕。蕩蕩乎八川分流，相背而異態〔一二〕，東西南北，馳騖往來；出乎椒丘之闕，行乎洲淤之浦〔一三〕；經乎桂林之中，過乎泱漭之野〔一四〕。汩乎混流，順阿而下〔一五〕，赴隘陜之口〔一六〕，觸穹石，激堆埼〔一七〕，怫乎暴怒，洶涌滂湃〔一八〕；滭沸滵汩，偪側泌瀄〔一九〕；横流逆折，轉騰潎洌，澎濞沆溉〔二〇〕。穹隆雲橈，宛潬膠戾〔二一〕，踰波趨浥，莅莅下瀨〔二二〕；犇揚滯沛〔二三〕；批巖衝擁，臨坻注壑，瀺灂霣墜〔二四〕；沉沉隱隱，砰磅訇礚〔二五〕；潏潏淈淈，湁潗鼎沸〔二六〕；馳波跳沫，汩急漂疾〔二七〕；悠遠長懷，寂漻無聲，肆乎永歸〔二八〕。然後灝溔潢漾，安翔徐徊，翯乎滈滈〔二九〕，東注太湖，衍溢陂池〔三〇〕。

〔八〕左蒼梧二句：左、右，分别指東西方，參子虛賦注〔八九〕。蒼梧，即九疑山，今湖南寧遠縣南，傳説舜之葬處。禮檀弓上：「舜葬於蒼梧之野。」水經注湘水：「磐碁蒼梧之野，峯秀數郡之間，羅巖九舉……遊者疑焉，故曰九疑山。」西極，指西極之汃水。説文：「汃，西極之水也。从水，八聲。爾雅曰：『西至於汃國……謂之四極。』」所引爾雅見釋地，「汃」作「邠」，邠或作豳。段玉裁以爲汃「亦可讀如邠」。按：舊注皆以此二句爲實指，訓蒼梧爲漢之蒼梧郡，西極爲周之始祖太王所居之邠。蒼梧郡在今之廣西，其實在上林之南，不得言「左」；太王所居之邠，亦不得言「西極」；且蒼梧郡與邠作爲上林之東西界，雖是賦家誇飾之詞，與下文之言丹水、紫淵之經其南北實嫌過遠，而文不協調。故高步瀛文選李注義疏引吴汝綸説：「此皆上林中所爲，以象蒼梧、西極者，猶昆明也。舊注並非。」昆明指武帝開鑿以象滇池之昆明湖。則所謂「左蒼梧」，當是於上林之東假山以象蒼梧，蒼梧非郡名矣；而「右西極」，亦指其西假渠以象汃水矣。

〔九〕丹水二句：丹水，發源於今陝西商州西北之冢嶺山，東流入河南境。在漢三輔（京畿附近地區）之東西横亘，故曰「更其南」。更（gēng耕），經過。史記大宛列傳：「因欲通使（大月氏），道必更匈奴中。」紫淵，流經上林以北之水名。高步瀛文選李注義疏：「李商隱隋宫詩曰：『紫泉宫殿鎖煙霞。』唐人避高祖（李淵）諱，以泉爲淵。詩言『紫淵宫殿』，正指長安宫殿而言。是李義山解紫淵，即以爲上林北之水名矣。」 徑，通經。史記高祖本紀：「高祖被酒，夜徑澤中。」

〔一〇〕終始二句：終始即始終，謂灞滻二水由源頭到終盡皆在上林苑中。 灞，灞水，源出今陝西藍田縣，經長安過灞橋，西北流合滻水而注入渭水。 滻，滻水，源出今藍田縣西南谷中，西北流經長安，合灞水而注入渭水。 出入，謂涇渭二水流經上林苑，入而復出。 涇，涇水，有南北二源，南源出華亭，北源出平涼，至涇川會合，東南流至高陵南注入渭水。 渭，渭河，源出今甘肅渭源縣西北鳥鼠山，東南流至清水縣，入陝西省境，東西横貫渭河平原，至潼關注入黄河。 「灞」，史記、漢書作「霸」、「滻」，漢書作「産」。

〔一一〕酆鎬三句：酆，酆水，源出今秦嶺山中，西北流經長安，納潏水，又西北分流，並注入渭水。 鎬，古之鎬水，源出今長安區南，其故道流經鎬池故址，北流注入渭水。唐以後因鎬池湮廢，故其上游已改道注入潏水。 潦（láo 勞），潦水，説文作澇水。 源出今陝西鄠邑南，東北入咸陽西南境，注入渭水。 潏（jué 決），潏水，一名泬水，俗稱沈水。亦源於秦嶺，西北流，歧爲二支：一支北流爲阜水，注入渭水；一支西南流，合鎬水注入澧水。 紆餘，同迂徐，婉曲貌。參子虛賦注〔五七〕。 逶迤，一作逶蛇、委蛇、委移，緜延曲折貌。楚辭離騷：「駕八龍之婉婉兮，載雲旗之委蛇。」 經營，周旋往來，此謂衆水縱横交錯流經上林苑内。 「鎬」，史記作「鄗」。 「逶迤」，史記、漢書、文選均作「委蛇」。漢書無「乎」字。

〔一二〕蕩蕩乎二句：蕩蕩，廣遠貌。論語泰伯：「蕩蕩乎，民無能名焉。」八川，指上文灞、滻、涇、渭、酆、鎬、潦、潏八水，通稱「關中八川」。漢書無「而」字。「乎」，史記作「兮」。

〔一三〕出乎二句：椒丘，陡削的高丘。楚辭離騷：「步余馬於蘭皋兮，馳椒丘且焉止息。」注：「土高曰丘，四墮曰椒丘。」闕，宮闕，又名門觀，也稱象魏。古代宮廟大門前建二臺於兩旁，上有樓觀，中有闕口以爲通道。此爲喻詞，以喻二峯對峙，如宮闕然。洲淤，淤亦洲之別稱。方言一二：「水中可居爲洲，三輔謂之淤。」浦，水涯。詩大雅常武：「率彼淮浦。」傳：「浦，涯也。」此二句謂八川之水流經山闕與洲浦之間。

〔一四〕經乎二句：桂林，桂樹林。楚辭王褒九懷株昭：「步驟桂林兮，超驤卷阿。」王補云：「集解引郭璞，文選注引張揖，並舉南海經『桂林』爲證，誤。」王説是。泱漭，廣遠貌。詩小雅瞻彼洛矣：「瞻彼洛矣，維水泱泱。」文選宋玉高唐賦：「涉漭漭，馳苹苹。」「經」，史記、漢書作「徑」。「漭」，史記作「莽」。「野」，漢書、文選作古文「壄」，以下均同。

〔一五〕汩乎二句：汩(yù聿)乎，猶汩汩，水流迅疾貌。混流，漢書注：「豐流也。」謂水勢盛大。阿，大丘陵。詩小雅菁菁者莪：「菁菁者莪，在彼中阿。」或訓斜坡亦貼。穆天子傳一：「天子飲于河水之阿。」注：「阿，山坡也。」

〔一六〕隘陜，即陜隘，謂兩岸山崖陡峭，水面狹窄之河段。「陜」，原作「峽」，漢書、文選作「陿」，今從史記。

〔一七〕觸穹石二句：穹，爾雅釋詁：「大也。」穹石，即大石。　埼，史記索隱引郭璞曰：「曲岸頭也。」堆埼，王補：「蓋沙壅而成曲岸，水遇之則激起，正與『穹石』對文。」是。

〔一八〕佛乎二句：佛，通沸，暴怒不安之貌。　文選王褒洞簫賦：「故其武聲，則若雷霆輘輷，佚豫以沸憒。」注引埤蒼曰：「佛憒，不安貌。」集韻亦曰：「佛憒，心不安。」是沸佛相通之證。　按：此「佛」字史記、漢書、文選皆作「沸」，舊注從郭璞說：「沸，水聲也。」審上下文義似欠安，張溥改「沸」爲「佛」，或即取其非泛指水聲，而乃暴怒不安之武聲也。　滂湃，水勢浩大貌，原當爲象聲詞（象大水之聲），故字無定書。　此二句狀水勢之汹湧。　文選枚乘七發：「波湧而濤起。……觀其兩旁，則滂渤怫鬱……有似勇壯之卒，突怒而無畏。」或即相如賦之所本。

「佛」，史記、漢書、文選均作「沸」。　「滂湃」，史記作「滂潰」，漢書、文選作「彭湃」。

〔一九〕滭沸二句：滭沸，泉水湧出貌。　說文：「畢沸，濫泉也。」注：「畢，一本從水作滭。上林賦『滭弗』……詩大雅、小雅皆有『觱沸檻泉』之語，傳云：『觱沸，泉出皃。檻泉正出。』釋水曰：『濫泉正出。正出，涌出也。』司馬彪注上林賦曰：『滭弗，盛皃也。』按畢沸疊韻字，毛詩觱、檻皆假借字。」　瀄汨，一作宓汨。　舊注皆引司馬彪曰：「瀄汨，去疾也。」吕文錦文選古字通補訓以爲：「宓與泌同，說文曰：『流俠也。』」其意謂俠通狹，因水道狹窄，故流去迅疾也。　此說甚精當。　王補則據說文「宓，安也」，及國語周語「決汨九川」韋昭注「汨，通也」，釋曰：「宓汨，言水勢稍平處得安通也。」亦可備一說。　偪，同逼；側亦偪也。　偪側，史記索隱引司馬彪曰：「相迫也。」即謂水流迫蹙之貌。胡紹煐文選箋證以爲，偪側同湢汄，玉篇：「湢汄，水驚涌貌。」義亦相近。 泌瀄，史記索隱引司馬彪曰：「相楔也。」即急流衝擊之貌。胡紹煐據文選王褒洞簫賦「啾咇嘟而將吟兮」李注「咇嘟，聲出貌」，以爲：「泌瀄猶咇嘟，聲急出謂之咇嘟，故水急出謂之泌瀄。」 此二句並前四句，皆言水流入峽谷後觸崖激石，因受阻而暴怒，所呈洶湧急流之態。 「沸」，史記作「浡」，漢書、文選作「弗」。 「滵」，漢書、文選作「宓」。 「偪側」，史記作「湢測」。

〔二〇〕橫流三句：橫流，謂水流過急，不按原道而向兩側流溢。孟子滕文公上：「洪水橫流，氾濫於天下。」 逆折，謂水逆流折轉爲旋渦。 潎（piè 撇）洌，漢書注引孟康曰：「相撇也。」即翻滾之波濤互相擊打之貌。 用例如文選王褒四子講德論：「故膺騰撇波而濟水，不如乘舟之逸也。」雖通，然不能釋何以潎洌連用之疑。 胡紹煐文選箋證以爲潎洌爲象聲詞：「説文：『潎，水中擊絮也。』今人以物擊水，猶狀其聲爲潎洌矣。 本書（指文選）秋興賦『玩游魚之潎潎』，亦謂水中出没之聲。」胡説近是，然例引亦未及潎洌一詞。 檢文選嵇康琴賦：「或摟𢱢擽捋，縹繚潎洌。」注：「縹繚潎洌，聲相糾激之貌。」可證潎洌爲波濤翻滾之聲無誤。 澎濞，同澎湃。 沆溉，義猶忼慨、慷慨。 史記索隱引郭璞曰：「鼓怒鬱軼之皃也。」皆所以狀波濤之起伏不平。 「澎」，漢書、文選作「滂」。 「溉」，史記作「瀣」。 朱起鳳辭通以爲「瀣」乃「傳寫之訛」。

〔二一〕穹隆二句：穹隆，隆起貌。橈，橈曲。穹隆雲橈，王補：「言水勢起伏，乍穹然而上隆，旋如雲而低曲也。」宛潬（shàn善），猶蜿蜒，曲折延伸貌。此指水勢之綿遠。膠，集韻：「糾也。」戾，説文：「曲也。」膠戾，繞曲貌。此指水流之屈折縈繞。此二句謂水出峽谷後所呈波浪起伏，蜿蜒縈繞之態。「橈」，史記作「撓」。「宛潬」，史記作「蜿蟺」。「戾」，漢書、文選作「盭」。

〔二二〕踰波二句：踰，踰越。踰波，史記索隱引司馬彪曰：「後陵前也。」即今語後浪趕前浪。浥（yà亞），低下之處。趨浥，即水往低處流。胡紹煐文選箋證曰：「卑下爲水之所歸，故曰趨浥。」莅（lì利）莅，史記索隱、漢書注及文選注皆引司馬彪、郭璞説爲水聲。文選五臣注張銑則謂：「湁湁，流貌，下於磧瀨也。」可參。湁同莅。瀨，水激石間形成之急湍。楚辭九歌湘君：「石瀨兮淺淺。」注：「瀨，湍也。」「莅莅」，漢書、文選作「湁湁」。

〔二三〕批巖二句：批，擊也。左傳莊十二年：「宋萬遇仇牧于門，批而殺之。」巖，此指河床兩旁之石崖。擁，通壅，壅塞、遮障，以喻隄防。爾雅釋言：「邕、支，載也。」疏：「邕又作擁。」集韻：「壅，竭塞也。或作邕。」是擁、邕、壅互用之證。禮月令孟秋之月：「完隄防，謹壅塞，以備水潦。」犇揚，奔騰沸揚。滯沛，謂水流遇阻，稍作停滯即沛然直奔之貌。王補所謂「水觸巖衝壅（隄防），奔而忽揚，滯而仍沛也」。史記「巖」作「巗」，「擁」作「壅」。

〔二四〕臨坻二句：坻，水中小塊沙灘或陸地。詩秦風蒹葭：「溯游從之，宛在水中坻。」壑，溝池。

禮郊特牲：「土反其宅，水歸其壑。」　瀺灂（chán zhuó 潺酌），小水聲。文選宋玉高唐賦：「巨石溺溺之瀺灂兮，沫潼潼而高厲。」　霣，同隕，墜落。此謂進入平曠地區，水流漸緩，或臨抵沙灘，或注入溝池，發出細小之瀺灂聲而下墜。　「墜」，漢書作「隊」。

〔二五〕沉沉二句：沉同沈、湛，墨子非命中「内沈於酒樂」，非命下作「湛」。沉沉，同湛湛，水深貌。楚辭宋玉招魂：「湛湛江水兮上有楓。」　隱隱，同殷殷，盛貌。文選潘岳閑居賦：「煌煌乎，隱隱乎。」注：「隱隱，一作殷殷，音義同。」呂氏春秋慎人：「丈夫女子，振振殷殷。」注：「振振殷殷，衆友之盛。」　砰磅，同乒乓，象水流激蕩之聲。　訇（hōng 烘）礚，象水流宏大之聲。文選成公綏嘯賦：「磞硠震隱，訇礚嘲嘈。」注引字林曰：「礚，大也。」按：漢書注曰：「皆水流鼓怒之聲也。」史記正義從之。然上下文義皆言水流已進入平曠地區，似不得言「鼓怒」。文選注引司馬彪曰：「砰磅訇礚，皆水聲也。」稍審。　「沉沉」，史記作「湛湛」。

〔二六〕潏潏二句：潏（jué 決）潏、淈（gǔ 骨）淈，皆水涌出貌。楚辭九章悲回風：「氾潏潏其前後兮。」淈或省爲汩，文子道原：「原流汩汩，沖而不盈。」或通滑，淮南子原道：「原流泉浡，沖而徐盈，混混滑滑，濁而徐清。」注：「滑讀曰骨也。」　湁潗（chì jí 赤集），水涌翻騰之貌。

〔二七〕馳波二句：沫，水泡。　㴔（xī 吸），一作潝。集韻：「潝，水疾聲，或作㴔。」汩㴔，水流急轉貌。漢書注：「言水波急馳而白沫跳起，汨（汩）㴔然也。」　漂，通剽。漂疾，即剽疾，猛悍迅疾之貌，亦以狀馳波跳沫。此謂流水即將入湖，水位驟降，故波濤急馳，跳起白沫，流勢剽疾。按：自「穹隆雲橈」至此共十四句，皆言關中八川之水穿過峽谷以後流經平曠地區注入太湖之千姿百態。以下即言注入太湖之情景。「滺」，文選作「瀀」。

〔二八〕悠遠三句：懷，爾雅釋言：「來也。」詩齊風南山：「既曰歸止，曷又懷止？」長懷，此謂八川之水從遠處流來。寂漻，同寂寥。肆，安也。歸，往也。肆乎永歸，王補：「安然而長往也。」

〔二九〕然後三句：灝，同浩。灝溔（yǎo杳），同浩溔。玉篇：「浩溔，水無涯際也。」廣韻：「大水貌。」太平御覽地部水上引淮南子覽冥：「火爁炎而不滅，水浩溔而不息。」按：今本淮南子「浩溔」作「浩洋」，疑「洋」爲「溔」之形誤。安翔徐佪，本謂鳥禽緩慢盤旋飛行，此喻水流之迂徐迴旋。翯（hè鶴），水波泛白光貌。詩大雅靈臺：「白鳥翯翯。」朱熹集傳：「翯翯，潔白貌。」滈滈，音義並同浩浩，廣大貌。書堯典：「浩浩滔天。」楚辭九章懷沙：「浩浩沅湘。」此謂河水注入湖泊，水流迂徐迴旋，平靜而遲緩，茫茫白光一片。「佪」，漢書作「佪」，文選作「回」。

〔三〇〕東注二句：太湖，舊注多從郭璞説，謂是今江蘇之震澤湖，非是。太同大，當泛指關中之大湖。齊召南謂：「凡巨澤瀦水，俱可稱太湖，不必震澤。」（見清乾隆宫本漢書卷五十七所附考證）衍溢，滿盛而溢出。陂，蓄水之池。國語周語下：「陂塘汙庳，以鐘其美。」淮南子説林：「十頃之陂，可以灌四十頃。」此謂諸水東流注入大湖，並衍溢于其他池塘之中。

「太」，史記、漢書皆作「大」。

「於是乎蛟龍赤螭，䱭鰽漸離〔三一〕，鰅鱅鰬魠，禺禺魼鰨〔三二〕；揵鰭掉尾，振鱗奮翼，潛處乎深巖〔三三〕。魚鼈讙聲，萬物衆夥〔三四〕；明月珠子，的皪江靡〔三五〕；蜀石黄碝，水玉磊砢〔三六〕：磷磷爛爛，采色澔汗，叢積乎其中〔三七〕。鴻鷫鵠鴇，駕鵞屬玉〔三八〕，交精旋目，煩鶩庸渠〔三九〕，箴疵鵁盧，羣浮乎其上〔四〇〕。汎淫泛濫，隨風澹淡，與波摇蕩〔四一〕，掩薄水渚，唼喋菁藻，咀嚼菱藕〔四二〕。

〔三一〕於是乎二句：龍，説文謂乃鱗蟲之長，能幽能明，春分而登天，秋分而入川。蛟、螭，亦龍屬。廣雅：「有鱗曰蛟龍，有翼曰應龍，有角曰虬龍，無角曰螭龍。」説文則曰「無角曰蛟」，「螭若龍而黄」。别説甚多，不可詳究。䱭鰽（gèng měng 絚猛），魚名，即鮪。史記正義引李奇曰：「周洛曰鮪，蜀曰䱭鰽。」蓋司馬相如蜀人也。漸離，説文作螹離。段注云：「司馬彪曰：螹離，魚名也。張揖曰：其形狀未聞。按許以此次於蠵、蟹二篆間，必介蟲之類。」漢書無「乎」字。「䱭」，漢書作「魱」。「漸」，史記作「螹」。

〔三二〕鰅鱅二句：鰅（yóng 喁），説文：「鰅魚也，皮有文，出樂浪東暆。」鱅（yōng 庸），鱅魚，又名黑鰱，俗稱胖頭魚。鰬（qián 虔），即鰻魚。廣雅：「大鰈謂之鰬。」疏證：「鰈爲鱓魚，鰬爲鰻鱺魚。鰬似鰈而大，故云大鰈謂之鰬。」鱓同鱔。漢書音義則謂「鰬似鯉而大」。或「鯉」

爲「鰈」之形訛。　魠（tuō托），魠魚，一名黄頰魚。　禺（yóng喁）禺，魚名。漢書注引郭璞曰：「禺禺魚皮有毛，黄地黑文。」　魼（qū蛆）、鰨（tǎ踏），漢書注、文選注引郭璞曰：「魼，比目魚也，狀似牛脾，細鱗紫色，兩相合乃得行。鰨，鯢魚也，似鮎，有四足，聲如嬰兒。」俗稱娃娃魚。但説文曰：「鰨，虚鰨也。」「魼鰨」，史記即作「鱸魶」，魶一作鰨。説文又曰：「魶，魶魚，似鼈無甲，有尾無足，口在腹下。」廣韻「魶」即作「魶」。依説文，鰨即虚鰨，亦即鱸鰨或鱸魶，而非鯢魚甚明。胡紹煐文選箋證謂禺禺既是一種魚，則魼鰨亦不當爲二物，證諸説文，亦言之有理。今以時代久遠，文字異體，名物滄桑，不可詳考矣，特析之如上。「鰫」，漢書、文選作「鰫」。　「魼鰨」，史記作「鱸魶」。

〔三三〕揵鰭三句：揵（qián前），舉起。　掉，摇擺。國語楚上：「譬之如牛馬……而不能掉其尾。」　翼，此指魚腮邊之兩鰭。文選宋玉高唐賦：「黿鼉鱣鮪，交積縱横，振鱗奮翼。」注：「翼，魚腮邊兩鬣也。」　深巖，水底之巖穴。　「掉」，史記作「擢」。

〔三四〕夥，多也。説文：「齊謂多爲錁。」錁爲夥之本字。　衆夥，衆多。

〔三五〕明月二句：明月珠子，史記索隱引應劭説：「明月珠子生於江中，其光耀乃照於江邊。」漢書注、文選注同。王補引沈欽韓説，以爲明月即海月，珠子乃蚌。按：沈説近是。文選郭璞江賦：「玉珧海月，土肉食華。」注引臨海水土物志：「海月大如鏡，白色，正圓，常死海邊，其柱如搔頭大，中食。」則海月即海産之蛤蚌類動物，因其貝殼可嵌門窗，俗稱窗貝者。此稱其明月，蓋其圓而白也。蚌産珍珠，美稱爲珠子，亦屬理之自然。　的皪（dì歷），音義並同玓瓅。説文：「玓瓅，明珠色也。」廣韻：「的皪，白狀。」皆言光亮、鮮明之貌。　靡，通湄。　江靡，猶江湄，即江邊。　「的皪」，史記作「玓瓅」。

〔三六〕蜀石二句：蜀石，漢書注引張揖曰：「石次玉者也。」　黄碝，黄色碝石。　參子虚賦注〔二二〕。　水玉，即水晶石。　山海經南山經：「堂庭之山多桂木，多白猿，多水玉。」注：「水玉，今水精也。」精通晶。　磊砢（luǒ裸），石累積貌，以狀蜀石、黄碝、水玉之多。

〔三七〕磷磷三句：磷磷，同粼粼，奇石珍玉在水中輝映之光采貌。　集韻：「粼，水在厓石間粼粼也。」　爛爛，詩大雅韓奕「爛其盈門」箋：「爛爛，粲然鮮明且衆多之貌。」　澔（hào皓），字彙補：「同皓。」説文：「皓，日出貌。」注：「謂光明之貌也。天下惟絜白者最光明，故引申爲凡白之稱，又改其字从白，作皓。」澔汗，同皓旰，光明貌，潔白貌。　楚辭劉向九歎怨思：「曳慧星之皓旰兮。」　「叢」，文選作「藂」，古今字。　「乎」，原作「于」，據衆本改。

〔三八〕鴻鷫二句：鴻，即大雁。　詩小雅鴻雁毛傳：「大曰鴻，小曰雁。」　鷫，鷫鷞，雁屬，長頸緑身，其羽可製裘。　楚辭景差大招：「鴻鵠代遊，曼鷫鷞只。」　鵠，鴐鵞，見子虚賦注〔六六〕。鴇（bǎo保），亦作�鮑，似鴈而大，無後趾，虎文。　詩唐風鴇羽：「肅肅鴇羽，集于苞栩。」　屬（zhǔ煮）玉，鳥名。　史記正義引郭云：「似鴨而大，長頸赤目，紫紺色。辟水毒，生子在深谷澗中。若時有雨，鳴。　雌者生子，善鬭。　江東呼爲燭玉。」　「鴻」，漢書作「鳿」。　「鷫鵠」二

字，史記倒置。「駕鵞屬玉」，史記作「鴚鵝鸀鳿」。「鵞」，文選作「鵝」。

〔三九〕交精二句：交精，爾雅釋鳥及本草綱目作鵁鶄，水鳥，俗名茭雞，似鳧而脚高，長喙，有紅毛冠，色翠緑。　旋目，王補引禽經曰：「旋目其名䴉，方目其名鴋，交目其名鳽。」説文：「鳽，鵁鶄也。」是知旋目與交精同屬水鳥。　漢書注：「今荆郢間有水鳥，大於鷺而短尾，其色紅白，深目，目旁毛皆長而旋，此其旋目乎？」或即是。　鵞，説文：「鵞，舒鳧也。」與爾雅「舒鳧，鵞」合。　煩鶩，史記集解引徐廣曰：「一作番鸏。」煩、番通借，鶩、鸏古聲部相同，一音之轉。　説文：「鸏，水鳥也。」王補以爲即劉欣期交州記所載出九真交趾之鸏𪈀，可備一説。　庸渠，漢書注：「即今之水雞也。」又引郭璞曰：「庸渠似鳧，灰色而雞脚。」足見爲似雞之水鳥。　山海經西山經：「松果之山……有鳥焉，其名曰螐渠。其狀如山雞，黑身赤足。」注：「螐音彤弓之彤。」王補引沈欽韓説螐渠即庸渠，又謂今太湖邊有此鳥，土人呼爲樟雞。　史記「交精」作「鵁鶄」，「旋目」作「䴉目」，「庸渠」作「鷛鸈」。

〔四〇〕箴疵二句：箴疵，亦水鳥，説文作鱵鴜，注云：「鴜之言觜也。觜，口也。鱵鴜，蓋其味似鍼之鋭。」漢書注引張揖曰：「箴疵似魚虎而蒼黑色。」　鵁盧，説文：「鵁，鵁鶄也。从鳥，交聲。一曰鵁鸕也。」一切經音義三曰：「鵁鶄，鳥名也。一名鵁鸕。」皆混而爲一矣。若爲一，則交精前見，此不當重出。又舊注皆以鵁、盧爲二名，以鵁爲魚鵁或鵁頭，盧爲盧鷀，皆水鳥名，然與箴疵之言一物者不協。以説文觀之，鵁鸕自爲一名。　羣，指上述各種水鳥結伴成羣。「箴疵鵁盧」，史記作「鱵嶋鵁鸕」。

〔四一〕汎淫二句：汎（fēng 馮）淫，浮游不定貌。泛濫，猶沉浮。楚辭劉向九疑憂苦：「折鋭摧矜，凝氾濫兮。」注：「氾濫，猶沉浮也。」氾同泛。澹淡，水波動摇貌。宋玉高唐賦：「徙靡澹淡，隨波闇藹。」枚乘七發：「湍流溯波，又澹淡之。」此謂各類成羣之水鳥在水上自由沉浮漂游，水面隨風而波起，水鳥則隨波而摇盪。

〔四二〕掩薄三句：掩薄，同淹薄，謂停泊。文選謝靈運富春渚：「定山緬雲霧，赤亭無淹薄。」注：「薄與泊同。」唼喋（shà zhá 廈鍘），水鳥啄食。菁、藻，皆水草。吕氏春秋本味：「菜之美者……具區之菁。」左傳隱三年：「蘋蘩蕰藻之菜。」足見菁藻皆可作美菜，當爲水鳥喜食之物。「掩」，漢書、文選作「奄」。「水」，史記作「草」。「喋」，文選作「唼」。「菱」，史記作「蔆」。

「於是乎崇山矗矗，巃嵸崔嵬〔四三〕；深林巨木，嶄巖嵾嵳〔四四〕。九嵕巀嶭，南山峩峩〔四五〕；巖陁甗錡，摧崣崛崎〔四六〕。振溪通谷，蹇産溝瀆〔四七〕，谽呀豁閜，阜陵別隝〔四八〕。崴嵬嵔廆，丘虚堀礨，隱轔鬱壘，登降陁靡〔四九〕。陂池貏豸，沇溶淫鬻，散渙夷陸〔五〇〕；亭皋千里，靡不被築〔五一〕。掩以緑蕙，被以江蘺〔五二〕，糅以蘪蕪，雜以留夷〔五三〕；布結縷，攢戾莎〔五四〕；揭車衡蘭，稾本射干〔五五〕；茈薑蘘荷，葴持若蓀〔五六〕；鮮支黄礫，蔣芧青薠〔五七〕；布濩閎澤，延蔓太原〔五八〕。麗靡廣衍，應風披靡〔五九〕；吐芳揚烈，郁郁菲菲〔六〇〕；衆香發越，肸蠁布寫，晻薆咇茀〔六一〕。

〔四三〕於是乎二句：崇，説文：「山大而高也。」注：「崧、嵩二形，皆即崇之異體。」段氏於此引徵極富，讀者可參。　矗矗，高起貌。　巃嵸，山勢高峻貌。或訓雲氣滃鬱貌，亦所以喻山之高峻也，兩通。　楚辭淮南小山招隱士：「山氣巃嵸兮石嵳峩。」　崔嵬，山勢高峻貌。同義詞疊用。詩小雅谷風：「習習谷風，維山崔嵬。」楚辭九章涉江：「冠切雲之崔嵬。」　史記無「矗矗」二字，王念孫讀書雜志以爲，文選西都賦注引亦無此二字，且漢書及文選注皆無「矗」字音釋，可證漢書、文選此二字皆後人所加，應「崇山巃嵸崔嵬」連讀。　「崔嵬」，史記作「崔巍」，其後並有「嵯峨」二字。

〔四四〕嶄巖，險峻貌。　嵾嵳，不齊貌。

〔四五〕九嵕二句：九嵕（zōng宗），即九嵕山，在今陝西禮泉縣東北。山之南麓，即咸陽北坂。因有九峰高聳，故名。　巀嶭（jié niè截孽），文選注引郭璞曰：「高峻貌也。」按：史記集解引漢書音義釋爲巀嶭山，又名嵳峩山。漢書注同。山在今陝西涇陽、三原、淳化交界。若此，則與下句「南山峨峨」文不對稱。説文：「巀，巀嶭山也。」注：「巀嶭、嵳峩，語音之轉，本謂山陵皃，因以爲山名也。」此處當從文選注以本義爲訓。　南山，即横亘關中南面之終南山。此當指上林苑南之主峯。　峩峩，山陵高貌。楚辭宋玉招魂：「增冰峨峨，飛雪千里些。」

〔四六〕巖阤二句：巖，險也。左傳隱元年：「制，巖邑也，虢叔死焉。」阤，同陁，文選注引司馬彪曰：「陁，靡也。」謂傾斜而下也。參子虚賦注〔一八〕。甗（yǎn 眼），本古炊器。此指山形險峻，上大下小如甗。爾雅釋畜：「騉蹄趼，善陞甗。」注：「甗，山形似甑上大下小。」錡（qí 其），三足的釜。說文：「錡，鉏鋤也。从金，奇聲。江淮之間謂釜錡。」方言五：「鍑，或謂之鑊。……江淮陳楚之間謂之錡。」注：「或曰三脚釜也。」此亦以喻山形。按：此句四字各爲一義，分别狀不同之山勢。文選注引司馬彪說釋錡爲欹，以「甗錡」爲「欹甑」，失之。摧崣（zuǐ wěi 嘴委），山高貌。崛崎，陡峻貌。同義詞叠用。「阤」，史記、文選作「陁」。

〔四七〕振溪二句：振，收斂。禮中庸：「振河海而不洩。」注：「振，猶收也。」振溪，言山水收斂于山溪之中。通，指水流相通。漢書地理志：「浮于泲漯，通于河。」注：「因水入水曰通。」通谷，言溪水流通於山谷之間。蹇產，漢書注引張揖曰：「屈折也。」溝瀆，此泛指溪谷所匯集之水流。易說卦傳：「坎爲水，爲溝瀆。」此謂崇山峻嶺之間，有吞吐山水之溪谷，蜿蜒曲折之水流。「溪」，史記作「谿」。

〔四八〕谽呀二句：谽（hān 憨）呀，同谽谺。六書故：「谽谺，谷口張也。亦通作唅呀。」集韻：「谽谺，谷中大空皃。」豁閜（xiā 瞎），說文：「通谷也。」六書故：「谷敞也。」閜同[illegible]，說文：「大開也。」故豁閜義近谽呀，亦谷中大空之貌。同義詞叠用。阜，說文：「大陸也，山無石者。」陵，說文：「大阜也。」阜陵，大小丘陵。隝，同島。别隝，漢書注：「言阜陵居在水中，各別爲隝也。」 此並上二句謂在崇山之外圍，可見溪谷縱横，溝瀆蜿蜒，頓感開闊而空盪，遍布丘陵島嶼。 「谽」，漢書作「谺」。 「閜」，史記、漢書作「問」。 「隝」，史記作「島」。

〔四九〕巖嵬四句： 巖嵬，高峻貌。 楚辭九章抽思：「軫石巖嵬，蹇吾願兮。」 嵔廆（wěi 偉），義同巖嵬。同義詞疊用。 丘虛，山壟。 堀礨（kū lěi 窟磊），起伏不平貌。 隱轔鬱壘，漢書注引郭璞曰：「堆壟不平貌。」 登降陁靡，謂地形高低不平而帶傾斜。 參子虛賦注〔二五〕。

此四句總言山勢由險峻之高巔降至錯落之丘壟，再降而至傾斜不平之山脚。 「嵬」，史記、漢書、文選皆作「磈」。 「廆」，史記作「瘣」。 「堀」，史記作「崛」。 「礨」，史記作「畾」。 「陁靡」，史記、漢書、文選均作「施靡」，義同。 文選五臣本作「陁靡」。

〔五〇〕陂池三句： 陂池，同陂陁，傾斜貌。 參子虛賦注〔一八〕。 貏，音義並同卑，豸（zhì 志），爾雅釋蟲：「無足謂之豸。」義疏：「凡蟲無足者，身恆憜長，行而穹隆其脊。」貏豸，乃以蟲喻山形，謂其漸低而隆長也。 按： 文選注：「貏豸，漸平貌。」於義未晰，今從王補。 沇（yǎn 眼）溶，水流盛溢貌。 文選揚雄羽獵賦「萃從沇溶」，注：「盛多之貌也。」 淫鬻，史記索隱引郭璞曰：「游激淖衍皃。」與沇溶皆狀水流之盛。 散渙，狀水流分散貌。 夷，説文：「平也。」夷陸，平坦的陸地。 此謂自山脚之斜坡而降，水則因溪谷匯流與地勢平緩而呈盛溢淖衍之態，流散於廣大平野之上。 「沇」，漢書作「允」。

〔五一〕亭皋二句： 亭，此處當訓平。 淮南子原道：「味者甘立而五味亭矣。」注：「亭，平也。」史記秦始皇本紀：「決河亭水。」正義：「亭，平也。」 皋，澤邊平地。楚辭屈原離騷：「步余馬於蘭皋兮。」注：「澤曲曰皋。」澤曲猶水濱。 靡不被築，無不經人工築擣也。

〔五二〕掩以二句：掩，覆蓋。 蕙，蕙草，又名零陵香，蘭屬香草。楚辭離騷：「蘭芷變而不香兮，荃蕙化而爲茅。」 被，亦覆也，與上句之「掩」字爲對文。楚辭宋玉招魂：「皋蘭被徑兮。」江蘺，芎藭苗，香草。見子虚賦注〔二四〕。 「掩」，漢書、文選作「揜」。 「蘺」，史記、漢書作「離」。

〔五三〕糅以二句：糅，混雜，與下句之「雜」字爲對文。楚辭九章懷沙：「同糅玉石兮。」 蘪蕪，同蘼蕪，見子虚賦注〔二四〕。 留夷，香草。楚辭離騷：「畦留夷與揭車兮。」 「蘪」，漢書作「蘼」。 「留」，史記作「流」。 底本「蕪」作「無」，「留夷」作「藰荑」，今從衆本。

〔五四〕布結縷二句：結縷，鼓箏草。形似白茅，多年蔓生，着地之處皆生細根，如綫相結，故名。爾雅釋草：「傅，横目。」注：「一名結縷，俗謂之鼓箏草。」 攢，叢聚。 戾，同綟、莀，此指黄緑色。説文：「綟，帛莀艸染色也，留黄。」又曰：「莀，艸也，可以染留黄。」注：「漢制盭綬在紫綬之上，其色黄而近緑。故徐廣云：『似緑。』」莎同沙。 戾莎，黄緑色莎草。 史記「布」作「尃」，「攢」作「櫕」。

〔五五〕揭車二句：揭車，爾雅、説文作「藒車」，本草作「藒車香」，高數尺，黄葉白花。楚辭離騷：「畦留夷與揭車兮。」 蘅蘭，杜蘅與澤蘭，均香草。杜蘅，見子虚賦注〔一三〕。 澤蘭，多年生草本菊科植物，如薄荷微香，可作藥用。參政和證類本草九。　槀本，香草，莖葉有細毛，葉呈羽狀，夏開白花，根可入藥。荀子大略：「蘭茝槀本。」　射（yè 夜）干，此指入藥之烏扇，花白莖長，如射人之執竿。荀子勸學：「西方有木焉，名曰射干，莖長四寸，生於高山之上，而臨百仞之淵。」　「蘅」，衆本均作「衡」。

〔五六〕茈薑二句：茈，通紫。山海經南山經：「洵山……其中多茈蠃。」注：「紫色螺也。」是茈可通紫之證。茈薑，即子薑，蓋子薑呈紫色，故名。漢書注：「薑之息生者，連其株本，則紫色也。」　蘘荷，即巴苴，見子虚賦注〔二四〕。　葴持，王補引李慈銘説：「葴持即葴蘵也，持蘵一聲之轉。」爾雅釋草：「葴，寒漿。」注：「今酸漿草，江東呼曰苦葴。」又曰：「蘵，黄蒢。」注：「蘵草，葉似酸漿，華小而白，中心黄，江東以爲葅食。」是葴蘵即酸漿草。按：高步瀛文選李注義疏引吴汝綸説，則以爲即子虚賦中的「葴菥」，詳見子虚賦注〔二七〕。　若蓀，李慈銘、吴汝綸皆謂若蓀爲一物，因此處上下文所言衆草多以雙聲叠韻爲名，若蓀亦雙聲也。吴汝綸疑乃菖蒲之一種。按：舊注多以若爲杜若，蓀爲荃草。杜若已見子虚賦注〔二三〕。荃，香草。莊子外物：「荃者所以在魚，得魚而忘荃。」釋文：「荃，七全反，崔（譔）音孫，香草也，可以餌魚。」成玄英疏：「筌……亦有從草者，蓀荃也，香草也，可以餌魚。」可參。「持」，原從史記作「橙」，與此皆言草者不類，從漢書、文選改。

〔五七〕鮮支二句：漢書注、文選注及史記索隱皆從司馬彪説：「鮮支，支子。或云鮮支亦香草也。」

支子即梔子，屬木本，與此處上下文皆言草本者不類。索隱又引張揖曰：「草也，未詳。」故王補從沈欽韓説，以爲即燕支，一作橪支或焉支，似薊，花如蒲公英，可以染紅。黄礫，漢書注：「今用染者黄屑之木也。」亦以其爲木本，諸家注皆疑而不從。王補引李慈銘説當爲莀，可以染留黄之草也。見前注引説文。李云：「本字作莀，通作綟，假借作礫。」或是。蔣，即蔣蒲草，實即菰米。參子虛賦注〔二八〕。苧（zhù住）説文：「艸也。从艸，予聲。可以爲繩。」注即引本賦漢書注引張揖説，以爲即三棱。又説：「按三棱者，蘇頌圖經所謂葉似莎艸極長，莖三棱如削，高五六尺，莖端開花是也。江蘇蘆灘中極多，呼爲馬苧，音同宁。莖可繫物，亦可辮之爲索。」青蘋，見子虛賦注〔二七〕。「支」，史記作「枝」。「苧」，文選李注本作「苧」，五臣本作「芋」。胡克家文選考異及説文段注皆以爲誤字。今從史記、漢書。

〔五八〕布濩二句：濩（hù互），説文：「雨流霤下皃。」注：「屋水流下也。」引申爲流散。布濩，遍布。閎澤，大澤。曼，同蔓。延曼，蔓延之倒文。太原，廣闊之原野。

〔五九〕麗靡二句：麗，通離。麗靡，同離靡，相連不絶貌。廣衍，廣布。披靡，此謂摇曳，即隨風前後俯仰。「麗」，漢書、文選作「離」。

〔六〇〕吐芳二句：烈，濃烈之香氣。文選注：「烈，酷烈，香氣盛也。」郁郁、菲菲，皆狀芳香之盛美。論語八佾：「郁郁乎文哉！」言文采之盛。楚辭離騷：「芳菲菲而難虧兮。」又九歌少司命：「芳菲菲兮襲予。」「菲菲」，史記作「斐斐」。

〔六一〕衆香三句：發越，發散遠揚。　肸蠁（xī xiǎng 吸響），散布，此言香氣彌漫。說文：「蠁，知聲蟲也。」又曰：「肸，肸蠁，布也。」注：「肸蠁者，蓋如知聲之蟲，一時雲集。」蓋以蠁之雲集喻散布也。　寫，同瀉。布寫，遍布四溢。　晻薆，亦作晻藹、馣馤，言香氣盛也。文選曹子建王仲宣誄：「芳風晻藹。」五臣注呂延濟曰：「晻藹，盛貌。」本賦文選注：「說文曰：『馣馤，香氣奄藹也。』（今本説文無此文）馣與晻、馤與薆音義同。」咇茀，同馝馞，亦香氣濃烈貌，與晻薆同義疊用。　王念孫廣雅疏證：「香盛謂之馝馞，猶水盛謂之滭浡。」滭浡即滭沸，參注〔一八〕。　「晻」，漢書作「晻」。「薆」，史記作「曖」。「咇茀」，史記作「苾勃」。

「於是乎周覽泛觀，縝紛軋芴，芒芒怳忽，視之無端，察之無涯〔六二〕。日出東沼，入乎西陂〔六三〕。其南則隆冬生長，涌水躍波〔六四〕；其獸則㺎旄貘犛，沈牛麈麋〔六五〕；赤首圜題，窮奇象犀〔六六〕。其北則盛夏含凍裂地，涉冰揭河〔六七〕；其獸則麒麟角端，騊駼橐駝〔六八〕，蛩蛩驒騱，駃騠驢騾〔六九〕。

〔六二〕於是乎五句：泛觀，遍觀，與周覽同義疊用。　縝紛，衆盛貌。　芴，同忽，怳忽不分明之貌。　莊子至樂：「芒乎芴乎，而無從出乎！芴乎芒乎，而無有象乎！」釋文：「芴乎，音忽。」郭慶藩集釋：「芴芒，即忽荒也。」是芴同忽之證。　軋芴，同軋忽，悠遠而不分明貌。　漢書禮樂志郊祀歌天門：「月穆穆以金波，日華燿以宣明。假清風軋忽，激長至重觴。」按：此句句意史記集解引郭璞説：「皆不可分貌。」庶幾近之。而漢書注、文選注皆引孟康曰：「軋芴，緻密也。」失之。　芒芒，廣遠貌。詩商頌長發：「洪水芒芒，禹敷下土方。」左傳襄四年：「芒芒禹迹，畫爲九州。」　怳忽，隱約不清。老子：「道之爲物，唯怳唯惚。」忽、惚同。　端，涯也。無端與無涯同義，皆言無邊無際。　「縝紛」，史記作「瞋盼」。　「芴」，史記作「沕」。　「怳」，史記、文選作「恍」。　「涯」，史記作「崖」。

〔六三〕日出二句：沼，池。此極言上林苑由東至西之廣闊。　文選注引張揖曰：「日朝出苑之東池，暮入於苑西陂中。」　「乎」，史記作「於」，漢書作「虖」。

〔六四〕其南二句：謂縱是嚴冬季節，苑之南域亦草木不凋，河池不凍，以極言苑囿之廣大。　與上二句皆誇飾之辭。　「涌」，史記作「踊」。

〔六五〕其獸二句：㺎，文選注引郭璞曰：「㺎似牛，領有肉堆也。」集韻：「𤛱，牛名。領有隆肉者。」㺎同𤛱，當爲野牛之一種。　旄，即今之牦牛，出西南山區。　貘（mò 瞙），爾雅釋獸：「貘，白豹。」注：「似熊，小頭，庳脚，黑白駁，能舐食銅鐵及竹骨，骨節強直，中實少髓，皮辟濕。」説文：「貘，似熊而黄黑色，出蜀中。」又字林、爾雅翼皆言貘出蜀中。　則各書所載除言食銅鐵等神秘色彩外，其形性皆類今之大熊貓。　犛（máo 毛），説文：「西南夷長髦牛也。」山海經中山經：「荆山……其中多犛牛。」注：「旄牛屬，黑色，出西南徼外也。」當爲牦牛之一種，其特點是體小毛長而色黑。　沈牛，漢書注引張揖曰：「水牛也，能沈没水中。」　麈（zhǔ

主），説文：「麋屬。」因其角類鹿，蹄類牛，尾類驢，頸背類駱駝，故俗稱四不像。魏晉時清談之士常以其尾爲拂塵。

〔六六〕赤首二句：赤首，異獸。按山海經東山經有「其狀如狼，赤首鼠目，其音如豚」之猲狙，又中山經有「其狀如龜，而白身赤首」之蛫，未詳孰是。題，額也。圜題，額作圜文狀之異獸，未詳其名。王補以「題」爲「踶」之誤文，踶通蹄，故圜題即圜蹄，亦即漢書武帝紀注「麕身、牛尾、馬足、黄色、圜蹄、一角」之白麟。可備一説。窮奇、象、犀，均見子虚賦注〔三八〕。

〔六七〕其北二句：含凍，猶凝凍。涉，步行渡水。揭（qì器），掀衣而渡。詩邶風匏有苦葉：「濟有深涉。深則厲，淺則揭。」傳：「揭，褰衣也。」此二句謂苑之北域雖盛暑而地爲之凍裂，可涉冰而渡河，亦以極言苑囿之廣大。

〔六八〕其獸二句：麒麟，古代傳説中的瑞獸，亦稱仁獸。據説仁人出乃現。其形象大致爲麇（或麕）身，牛尾，狼額，馬蹄，一角，異説不一。角端，説文作角䚙，謂其「狀似豕，角善爲弓」，出胡尸或休尸國。宋書符瑞志謂其日行一萬八千里，又曉四夷之語。駒駼，見子虚賦注〔四六〕。橐駝，駱駝。漢書注以爲因其可負橐囊而馱（同駝）物，故名。史記無「其」字，「端」作「䚙」，「駝」作「駞」。

〔六九〕蛩蛩二句：蛩蛩，見子虚賦注〔四五〕。驒騱（diān xí顛奚），野馬之屬。爾雅釋畜：「野馬……前足皆白，騱。」説文：「驒，驒騱，野馬屬……一曰驒馬，青驪白鱗，文如鼉魚也。」又曰：「騱，驒騱也。」是驒騱可簡稱驒或騱。　駃（jué 決）騠，公馬母驢雜交所生，行極速。漢書注、文選注引郭璞說：「駃騠生三日而超其母。」說文：「駃騠，馬父驘（同騾）子也。」注：「言馬父者，以別於驢父之騾也。」注文引孟康說三日作七日。　騾，公驢母馬雜交所生，類馬而更加高大。　說文：「驘，驢父馬母者也。」「騾」，漢書作「驘」，文選作「驘」。

「於是乎離宮別館，彌山跨谷〔七〇〕；高廊四注，重坐曲閣〔七一〕；華榱璧璫，輦道纚屬〔七二〕；步櫚周流，長途中宿〔七三〕。夷嵕築堂〔七四〕，纍臺增成，巖突洞房〔七五〕。俯杳眇而無見，仰攀橑而捫天〔七六〕；奔星更於閨闥，宛虹拖於楯軒〔七七〕。青龍蚴蟉於東廂，象輿婉蟬於西清〔七八〕；靈圄燕於閒館，偓佺之倫暴於南榮〔七九〕；醴泉涌於清室，通川過於中庭〔八〇〕。盤石振崖，嶔巖倚傾〔八一〕，嵯峨嶕嶢，刻削崢嶸〔八二〕；玫瑰碧琳，珊瑚叢生〔八三〕。瑉玉旁唐，玢豳文鱗〔八四〕，赤瑕駁犖，雜插其間〔八五〕；鼂采琬琰，和氏出焉〔八六〕。

〔七〇〕彌，遍也。彌山，謂離宮別館遍山。按：上林苑經武帝擴建，規模宏偉，漢舊儀云「離宮七十所，容千乘萬騎」；關中記云「苑門十二，中有苑三十六，宮十二，觀二十五」。然或皆後於相如爲上林賦之事。相如爲此賦之所依據，當在景帝時爲武騎常侍或曾親覽秦之故苑。則所謂離宮別館遍山云云，亦誇飾之辭。　跨，跨越。跨谷，謂於谿谷低狹處以浮梁承柱而跨越之，使離宮別館依次相連。

〔七一〕高廊二句：廊，堂下四周有頂的過道。注，屬也。戰國策秦四：「一舉事而注地於楚。」四注，謂高廊四相連屬。重坐，猶言重軒，泛指高屋。一説「廊廡上級下級皆可坐，故曰重坐」，見文選注引司馬彪説，亦通。曲閣，屈曲相連之樓閣。

〔七二〕華榱二句：榱（cuī催），房椽。華榱，前沿有雕繪花紋者。璫，清鄭珍説文新附考：「華飾也。」凡華飾皆可謂璫，如飾耳之璫、飾冠之璫等。此指房椽之飾。璧璫，以玉爲椽頭。一説以玉飾瓦之璫，亦通。輦，天子之車乘。輦道，可乘輦以往來之宮中道路。纚，絲織頭巾。古禮以纚束髮而後加冠。禮士冠禮：「纚廣終幅長六尺。」注：「纚，今之幘。終，充也。纚一幅長六尺，足以韜髮而結之矣。」纚屬喻宮中閣道迴環連結。

〔七三〕步櫩二句：櫩，古檐字。步櫩，走廊。楚辭景差大招：「曲屋步壛，宜擾畜只。」注：「步壛，長砌也。上林賦作『步櫩』。」周流，周遍流行。此謂走廊四通八達，互相連接。中宿，中道而宿。極言步櫩之長也。

〔七四〕嵕，數峯相連之山。夷嵕，夷平高山以築建房屋。或訓嵕爲九嵕山，在今陝西禮泉縣東北，屬相如賦中所言上林苑地域。説文：「嵏，九嵏山也，在左馮翊谷口。」可證漢時已稱九嵏山爲嵏，作此訓亦通。

〔七五〕纍臺二句：纍，或作累，增高，累積。增，通層，重累也。楚辭宋玉招魂：「增冰峨峨，飛雪千里些。」注：「言北方常寒，其冰重累，峨峨如山。」成，亦層也。爾雅釋丘：「丘一成爲敦丘，再成爲陶丘。」注：「成，重也。」增成，猶言層層、重重，謂平山以築堂，累爲層層樓臺也。　巖窔（yào 曜），幽深貌。　洞房，深邃之内室。　楚辭宋玉招魂：「姱容修態，絚洞房些。」注：「洞，深也。」　「纍」，漢書作「絫」，文選作「累」。　「窔」，史記作「穾」，漢書作「穾」，注：「於巖穴底爲室，若竈突然，潛通臺上。」

〔七六〕俯杳眇二句：杳眇，深遠貌。　橑（lǎo 老），房椽。　楚辭九歌湘夫人：「桂棟兮蘭橑。」注：「以木蘭爲榱也。」一説檐前木，於此亦貼。　捫天，摸天。　極言樓臺之高。　楚辭九章悲回風：「據青冥而攄虹兮，遂儵忽而捫天。」　「俯」，漢書、文選作「頫」。　「攀」，漢書、文選作「𠬜」。

〔七七〕奔星二句：奔星，流星。　爾雅釋天：「彗星爲欃槍，奔星爲彴約。」　更，經過。　閨闥，指宫中小門。　宛，彎曲。　拖，曳引。　楯（shǔn 吮），欄檻。　軒，檻下之版。　楯檻，泛言欄檻。　「拖」，文選作「拕」。

〔七八〕青龍二句：青龍，與下句之「象輿」對舉，指升天任駕之龍。　爲下文靈圉、偓佺等仙人所御者。　蚴蟉（yǒu liú 有流），説文作「蛐蟉」，桂注引玉篇：「蛐與蚴同。」龍行蜿蜒盤曲之貌。　象輿，即象車，韓非子十過師曠言黄帝「駕象車而六蛟龍」。　或釋象駕之車，或釋山精瑞應之車。　宋書瑞符志下：「象車者，山之精也。　王者德澤流洽四境則出。」　婉蟬，或作蜿蟬、宛蟺，古今注：「蚯蚓，一名蜿蟬，一名曲蟺。」引申爲盤曲行動之貌。　楚辭王逸九思守志：「乘六蛟兮蜿蟬。」古文苑劉歆甘泉宮賦：「黃龍遊而宛蟺。」此爲象車曲折前行之貌。　西清，與上句之「東廂」對舉，當指西廂清静之處，言「清」者，避複變新之故。　此謂仙人之車乘分列於東西兩廂，以喻離宮別館之華美幽静，雖仙人可居，是以先見其車乘。　「龍」，史記作「虯」。　「廂」，史記、漢書作「箱」，文選作「葙」。　「蟬」，漢書、文選作「僤」。

〔七九〕靈圉二句：靈圉（yǔ羽），史記集解引郭璞云「仙人名」，文選注引張揖云「衆仙之號」，難以詳考。依文勢此與下文「偓佺之倫」對舉，從張揖説較勝。　燕，燕居、燕處。論語述而：「子之燕居，申申如也，夭夭如也。」禮經解：「燕處則聽雅頌之音。」　閒館，幽悠閒寂之館舍。　偓佺，仙人名。搜神記一：「偓佺者，槐山採藥父也，好食松實，形體生毛長七寸，而目更方，能飛行逐走馬。」　暴（pù瀑），同曝，謂曬太陽。　榮，飛檐，即房檐兩端上翹部分。儀禮士冠禮：「設洗直于東榮。」注：「榮，屋翼也。」　「圉」，文選作「圄」，底本譌「囿」，今從史記、漢書改。

〔八〇〕醴泉二句：醴泉，甘美之泉水。禮禮運：「故天降膏露，地出醴泉。」　清室，清淨之房舍。　通川，漢書注：「言（醴泉）於室中涌出，而通流爲川，從中庭而過也。」　下句「於」字史記作「乎」。

〔八一〕盤石二句：盤石，堅不可摧之巨石。古文苑宋玉笛賦：「隆崛萬丈，盤石雙起。」　振，通整。崖，通涯。振崖，整治流川之水涯，即今所謂整修河道保坎。按：漢書注引孟康説，王補引沈欽韓説，皆謂「振」字應從史記、漢書作「裖」，裖爲砱之變文。砱崖，謂以石將水涯修砌整齊。則二説並無異義，故王補以爲文選作「振」無誤，「裖」乃「振」之形誤。録以備參。嶔（qīn欽）巖，險峻的山巖。公羊僖三十三年：「爾既死，必於殽之嶔巖。」「盤」，史記作「槃」，漢書作「磐」。「振」，史記、漢書作「裖」。

〔八二〕嵯峨二句：嵯（cuó痤）峨，高大貌。楚辭淮南小山招隱士：「山氣巃嵸兮石嵯峨。」𡾊嶫（jié yè捷業），山高貌。集韻：「磼𥗁，山高皃，或从山。」又曰：「𡾊嶫，山皃，或作嵲。」刻削，言巖石剖面平整，紋理分明，如經人工刻削者然。崢嶸，高峻貌。此謂水涯高處之情狀：山勢高大宏偉，巖石平整峻峭。「𡾊嶫」，史記作「磼𥗁」。

〔八三〕玫瑰二句：玫瑰、碧、琳，皆玉屬。見子虛賦注〔一一一〕。珊瑚，説文：「色赤，生於海。」按現代科學考察，珊瑚乃熱帶深海腔腸動物珊瑚蟲之石灰質骨骼聚集而成，多爲紅色，亦有白色或黑色者。形似樹枝，故又稱珊瑚樹。珊瑚蟲體呈圓筒形，多觸手，觸手中央有口，喜羣居。此皆誇飾之辭，謂上林山中蘊藏各色美玉，水中盛産珊瑚。

〔八四〕瑉玉二句：瑉，類玉美石，見子虛賦注〔一一二〕。旁唐，同磅唐，廣大貌。古文苑宋玉笛賦：「其處磅唐千仞，絶谿凌阜。」玢（fēn紛），廣韻：「文采狀也。」豳，同邠，揚雄太玄經文：「斐如邠如。」注：「邠者，文盛貌也。」玢豳，紋理分明之貌。文鱗，王補：「言其文班然鱗次也。」此言遍山美石，斑然鱗次，甚是壯觀。「瑉」，漢書作「珉」。「玢豳」，史記作「璸斒」。

〔八五〕赤瑕二句：瑕，赤玉，亦謂白玉上的斑點。説文：「瑕，玉小赤也。」桂注：「玉尚潔白，故謂小赤爲病。」集韻：「瑕，石之似玉者。」駮，同駁，本爲雜色馬。犖，本爲雜色牛。駁犖，謂色采斑駁不純。插，指赤瑕雜插於鱗次磅唐的美石之間，文采斑駁。「駁」，文選作「駮」。「插」，史記、漢書、文選均作「臿」。「間」，史記、文選作「閒」，古籍常間、閒通用。

〔八六〕鼂采二句：鼂，通朝，旦也。楚辭九章哀郢：「甲之鼂吾以行。」鼂采，旦現光采之美玉名。漢書注：「朝采者，美玉。每日有白虹之氣，光采上出，故名朝采，猶言夜光之璧矣。」琬琰，美玉。楚辭遠遊：「懷琬琰之華英。」和氏，寶玉之代稱。和氏本指卞和。據韓非子和氏：卞和，春秋楚人，善識玉。曾先後奉璧以獻厲王、武王，玉人相之爲石，以爲誑而刖其左右足。後文王立，聞和抱璞而哭于楚山之下，使人問之，取璞而剖之，得寶玉，稱和氏璧。後遂以和氏爲寶玉之代稱。「鼂采」，史記作「垂綏」。

「於是乎盧橘夏熟，黄甘橙楱〔八七〕，枇杷橪柿，楟柰厚朴〔八八〕，梬棗楊梅，櫻桃蒲萄〔八九〕，隱夫薁棣，荅遝離支〔九〇〕，羅乎後宮，列乎北園；貤丘陵，下平原〔九一〕；揚翠葉，扤紫莖〔九二〕，發紅華，垂朱榮〔九三〕；煌煌扈扈，照曜鉅野〔九四〕。沙棠櫟櫧，華楓枰櫨〔九五〕，留落胥邪，仁頻并閭〔九六〕，欃檀木蘭，豫章女貞〔九七〕。長千仞，大連抱〔九八〕，夸條直暢，實葉葰楙〔九九〕。攢立叢倚，連卷欐佹〔一〇〇〕；崔錯登骫，坑衡閜砢〔一〇一〕；垂條扶疏，落英幡纚〔一〇二〕。紛溶萷蔘，猗柅從風〔一〇三〕；瀏莅芔歙，蓋象金石之聲，管籥之音〔一〇四〕，偨池茈虒，旋還乎後宮〔一〇五〕。雜襲絫輯，被山緣谷，循坂下隰〔一〇六〕，視之無端，究之無窮。

〔八七〕於是乎二句：盧橘，本草作金橘，橘屬。秋天結實，次年二月漸青黑，至夏始熟，熟則呈金黃色。盧，黑色。故有盧橘、金橘之名。參本草綱目三〇。　甘，一作柑，橘屬，實似橘而圓大，霜後始熟，味甘美，故名。參本草綱目三〇。　楱（còu 湊），亦橘屬，實小，皮有皺紋，故又名小橘、皺子。　「熟」，史記、漢書作「孰」。

〔八八〕枇杷二句：橪（rán 然），棗屬。說文：「橪，酸小棗。」按：舊注說法各異，漢書注、文選注皆從郭璞說：「橪，橪支，木也。」史記集解從徐廣說：「果也。」皆不確。索隱並列各家說，中有張揖說：「橪，橪支，香草也。」亦非是。段玉裁據說文，並史記索隱引淮南子「伐橪（今本淮南子兵略作「棘」）棗以爲矜」，以爲上林賦既言「枇杷橪柹」，廁橪於枇杷、柹之間，當爲果屬，即酸小棗無疑。　楟，廣雅釋木：「梨也。」諸家注引張揖、徐廣說，皆以爲山梨，即棠梨，俗名海棠果。　柰，說文：「柰果也。」今或稱花紅、沙果。　按：史記索隱以楟柰爲一物，即山梨，非。　朴，說文：「木皮也。」厚朴，以其皮厚而得名。落葉喬木，葉長橢圓形。花大而呈白色，有濃香。皮、花均可入藥。參政和類證本草一三。「楟」，漢書作「亭」。「柰」，文選作「奈」。

〔八九〕梬棗二句：梬棗，即羊矢棗。見子虛賦注〔三五〕。蒲萄，即葡萄。字彙：「俗以葡爲蒲萄字。」本草綱目三三：「葡萄，漢書作蒲陶。可以造酒，人酺飲之，則陶然而醉，故有是名。」按葡萄爲外來詞，本草之釋或屬望文生義。據本賦可知葡萄在張騫通西域以前已傳入中國。「蒲萄」，史記、漢書、文選均作「蒲陶」。

〔九〇〕隱夫二句：隱夫薁棣，漢書注、文選注皆謂隱夫未詳，薁即郁李，棣即山櫻桃。高步瀛文選李注義疏則謂：「竊意隱夫乃夫栘。栘、隱聲之轉，夫栘、隱夫名之轉，其實一也。夫栘爲常棣。」又謂：「隱夫爲一物，薁棣亦爲一物，蓋即召南之棠棣也。」按：高說近是。然考諸名物之實，似以隱夫爲棠棣，薁棣爲常棣勝。爾雅釋木：「唐棣，栘。」注：「似白楊，江東呼夫栘。」說文：「栘，棠棣也。」詩召南何彼襛矣傳：「唐棣，栘也。」本草綱目三五：「扶栘，栘楊，唐棣。」是皆以夫栘爲棠棣。又爾雅釋木：「常棣，棣。」注：「今山中有棣樹，子如櫻桃，可食。」詩小雅常棣傳釋「常棣」同爾雅。說文：「棣，白棣也。」羣芳譜云：「棣，亦名郁李，山野處處有之。花及子並似木李，惟子小如櫻桃，熟赤色，五月成實可食，又可入藥。」郁李又名薁李（見本草綱目三六），詩豳風七月「六月食鬱及薁」正義：「薁李即薁。」可見棣爲常棣，又稱白棣、薁李、郁李、薁。此句之薁棣當爲常棣。爾雅義疏區別栘（棠棣）與棣（常棣）云：

「（棣）小於櫻桃而多毛，味酢不美。」故又名山櫻桃。而「（栘）其樹高七八尺，華葉俱似常棣。但其樹皮色紫赤，不似白楊耳」。古今注：「栘楊圓葉弱蒂，微風大摇。」可證棠棣雖以花葉似棣而得名，其實楊類。然二名相混，實不自高步瀛始。三國陸璣毛詩草木鳥獸蟲魚疏即謂：「唐棣，奥李也。」宋朱熹論語集注亦以唐棣爲郁李。説文段注則謂：「唐與常音同，蓋謂其花赤者爲唐棣，花白者爲棣，一類而錯舉……實一物也。」可見高説亦有所宗。荅遝，漢書注、文選注引張揖曰：「似李，出蜀。」説文作楮樾，謂「果似李」。離，同荔。離支，即産於南方之鮮果荔支。史記「薁」作「鬱」，「荅遝」作「楮樑」，「離支」作「荔枝」。

〔九一〕貤，通迤，延展。言上述各種果木由丘陵延展到平原。「貤」，史記、文選作「貤」。

〔九二〕抓（wù兀），摇動。言上述果木之枝葉隨風摇曳。「抓」，原譌「抗」，據衆本改。

〔九三〕發紅華二句：紅華、朱榮，皆紅花也。發謂花向上，垂謂花向下。爾雅釋木：「木謂之榮，草謂之華。」

〔九四〕煌煌二句：煌煌，光采盛貌。詩陳風東門之楊：「昏以爲期，明星煌煌。」扈扈，同俁俁，美貌。詩邶風簡兮「碩人俁俁」，釋文引韓詩即作「碩人扈扈」。或訓爲「煌煌」之互文，亦光采盛貌，均貼。曜，同耀。鉅野，廣大原野。

〔九五〕沙棠二句：沙棠，木名。山海經西山經：「有木焉，其狀如棠，黄華，赤實，其味如李而無核，名曰沙棠。」櫟（lì利），一名柞。詩秦風晨風：「山有苞櫟。」陸璣疏：「秦人謂柞爲櫟。」

本草綱目三〇「橡實」：「櫟，柞木也。實名橡斗、皂斗。謂其斗刓剜象斗，可以染皂也。南方人呼皂如柞，音相近也。」木質堅韌，葉可飼柞蠶。　櫧（zhū豬），廣韻：「木名。」常緑喬木。山海經中山經：「又東南二百里曰前山，其木多櫧。」注：「似柞子，可食，冬夏生，作屋柱難腐。」據本草綱目三〇，郭璞所謂「可食」者是甜櫧之實，另有一種苦櫧，則實不可食。華，同樺，即白樺。本草綱目三五謂其生遼東及臨洮河州西北諸地。間亦有呈黑色者名黑樺。　楓，説文：「楓木也，厚葉弱枝，善摇，一名欇欇。」落葉喬木，葉入秋經霜變紅，花黄褐色，翅果。樹脂甚香，入藥名曰白膠香。參本草綱目三四。　枰，説文：「平也。」即平仲木，一名銀杏樹，俗稱白果。落葉喬木，雌雄異株，葉呈扇形，實橢圓，仁可食，亦入藥。木材緻密，供雕刻用，爲我國特産。參本草綱目三〇。　櫨，黄櫨，落葉灌木。葉互生，卵形，有光澤，入秋變紅。春夏之間開小花，實小。木黄，入藥，亦可製染料。又可采蠟。見本草綱目三五。　史記「楓」作「汜」，「枰」作「檘」。

〔九六〕留落二句：留，同劉，即劉杙，一稱劉子。爾雅釋木：「劉，劉杙。」注：「劉子生山中。實如梨，酢甜核堅，出交趾。」　落，即檴，榆屬。葉似榆，皮堅韌，可作組索，甑帶。爾雅釋木：「檴，落。」疏：「檴，一名落。某氏曰：『可作杯圈。皮韌，繞物不解。』」詩小雅大東：「無浸穫薪。」箋：「穫，落木名也。」穫同檴。按：錢大昕廿二史考異以爲「留落」爲一物，即劉杙；高步瀛文選李注義疏以爲留同榴，即石榴，録以備參。　邪同椰。胥椰，即椰子樹。説文無椰字，集韻：「椰，本作枒，或作梛。」文選張衡南都賦：「楈枒栟櫚。」注引郭璞上林賦注曰：「楈枒似栟櫚，皮可作索。」而郭璞上林賦注在史記、漢書、文選中各家注所引皆爲「胥邪似并閭」，是胥邪即楈枒，亦即椰子樹之確證。椰子樹，常緑喬木，幹直立，不分枝，羽狀複葉生於樹頂。實大呈橢圓形，肉可食，亦可榨油，汁甘美。産熱帶。參本草綱目三一。仁頻，漢書注：「即賓桹也。頻字或作賓。」即檳榔樹。亦産熱帶。常緑喬木，幹高，羽狀複葉生於樹頂。實作房，自葉中出，一房數百，狀如雞子，尖長而有紫文者曰檳，圓而矮者曰榔。參本草綱目三一。　并（bīng 檳）閭，一作栟櫚，説文：「栟，栟櫚，椶也。」又曰：「椶，栟櫚也。」即椶櫚樹，常緑喬木。幹呈圓柱形，不分枝，葉大柄長，掌狀深裂，裂片呈披針狀。葉鞘纖維可製蓑衣、繩索、椶刷。木材可製器具。參本草綱目三五。「邪」，史記作「餘」。

〔九七〕欃檀二句：欃檀，舊注皆謂檀之别名。檀，落葉喬木，有黄白二種，木質堅韌，乃作器具之高級材料。參本草綱目三五。木蘭，見子虚賦注〔三四〕。豫章，見子虚賦注〔三三〕。女貞，即楨木。山海經東山經：「太山，上多金玉楨木。」注：「女楨也，葉冬不凋。」常緑灌木，以其凌冬青翠，有貞守之操，故名女貞。白蠟蟲能寄生其枝葉，常放養以取蠟，故俗稱蠟樹。參本草綱目三六。

〔九八〕長千仞二句：仞，古人以八尺爲仞。千仞，喻其極長。商君書禁使：「探淵者知千仞之深，縣繩之數也。」大連抱，謂樹榦粗大，須數人方能合抱。

〔九九〕夸條二句：夸，荂之省文；荂，花之本字。夸條直暢，條直花暢之變文，謂枝條伸直而花朵暢開。　葰，同俊，大也。大戴禮夏小正：「時有俊風。」傳：「俊者，大也。」　楙，古茂字。實葉葰楙，葉楙實葰之變文，謂枝葉茂盛而果實碩大。　「楙」，史記作「茂」。

〔一〇〇〕攢立二句：攢，聚集。　連卷，屈曲貌。楚辭九歌東皇太一：「靈連蜷兮既留。」蜷同卷。欐（lì立），棟欐。列子湯問：「雍門鬻歌，餘音繞梁欐，三日不絕。」引申爲支撑。或訓欐通麗，依附，亦通。　佹（guǐ詭），背戾。　此謂各種樹木或聚集而直立，或叢簇而相倚，或互相支撑，或反向背戾。　「欐」，史記作「累」。

〔一〇一〕崔錯二句：崔錯，交相錯雜。淮南子本經：「芒繁亂澤，巧僞紛挐，以相摧錯。」摧同崔。癹（bá跋），說文：「以足蹋夷艸。」　蹋夷，猶踏平。引申爲亂草糾結之貌。　骫，古委字，屈曲也。癹骫，盤紆糾結貌。　坑，抗之假。衡，車上横木。坑衡，謂兩衡相對距，不相避下，即抗争之意。或訓抗爲高舉，衡通横，以狀樹之枝榦争相高舉横出，亦通。　閜（kě可），集韻：「門傾也。」　砢，說文：「磊砢也。」又曰：「磊，衆石貌。」注：「石三爲磊，猶三人爲衆。磊之言絫也。」是即互相依傍扶持之義。　閜砢，謂各自傾斜而又相互依扶。　「坑」，史記作「阬」。

〔一〇二〕垂條二句：扶疎，繁茂分披貌。韓非子揚權：「毋使木枝扶疏。」吕氏春秋辨士：「樹肥無使扶疏。」疏同疎。　落英，落花。楚辭離騷：「夕餐秋菊之落英。」　幡，通翻。荀子大畧：

「君子之學如蛻，幡然遷之。」注：「幡與翻同。」翻，説文新附考：「飛也。」纚，包髮的紗巾。説文：「纚，冠織也。」幡纚，謂衆樹之落花如紗巾之翻飛。舊注多訓爲飛揚貌，庶幾近之。「疎」，史記作「於」。

〔一〇三〕紛溶二句：紛溶，繁盛貌。箾蔘，同蕭森，一作橚槮，草木茂貌。楚辭宋玉九辯：「萷櫹槮之可哀兮。」猗柅，一作猗儺、旖旎。詩檜風萇楚：「隰有萇楚，猗儺其枝。」楚辭宋玉九辯：「竊悲夫蕙華之曾敷兮，紛旖旎乎都房。」皆所以形容草木花枝之輕柔繁茂，婀娜作態也。從風，猶言隨風。戰國策楚一：「韓入臣（於秦），魏則從風而動。」「溶」，史記作「容」。「箾」，史記作「蕭」，漢書作「萷」。「猗柅」，史記作「旖旎」，文選作「猗狔」。

〔一〇四〕瀏莅三句：瀏莅（liú lì留栗），一作憭慄，風吹草木之聲。楚辭宋玉九辯一：「蕭瑟兮草木摇落而變衰，憭慄兮若在遠行。」卉（huì會）歙，謂一呼一吸之間，用以形容迅疾。王補：「卉歙，猶呼吸也，卉呼雙聲，歙吸疊韻。」金石，指古樂器，金謂鐘，石謂磬。禮樂記：「金石絲竹，樂之器也。」籥，舊説管樂器，三孔、六孔、七孔不一。據郭沫若考證當爲編管樂器。參見郭氏甲骨文字研究釋龢言。孟子梁惠王下：「百姓聞王鐘磬之聲，管籥之音。」此以金石管籥之音喻風動樹木之聲。「瀏」，漢書、文選作「劉」。「歙」，史記作「吸」。

〔一〇五〕偨池二句：偨（cī疵）池，一作差池、柴池，參差不齊貌。詩邶風燕燕：「差池其羽。」管子輕重甲：「請以令高杠柴池，使東西不相覩，南北不相見。」茈虒，音義並同偨池，同義詞疊用。　旋還，周旋環繞。　「偞」，史記、漢書作「柴」。

〔一〇六〕雜襲三句：雜襲，猶雜沓，一作襍遝。史記淮陰侯列傳蒯通説韓信曰：「天下之士雲合霧集，魚鱗襍遝，熛至風起。」漢書蒯通傳作「魚鱗雜襲」，注：「雜襲猶雜沓，言相雜而累積。」纍輯，猶累積。　坂，同阪，山坡。　隰，低溼之地。爾雅釋地：「陂者曰阪，下者曰隰。」注引公羊傳曰：「下平曰隰。」陂同坡。　「襲」，史記作「遝」。　「纍」，史記作「累」，漢書、文選作「絫」。

「於是玄猿素雌，蜼玃飛蠝〔一〇七〕，蛭蜩蠼猱，獑胡豰蛫〔一〇八〕，棲息乎其間。長嘯哀鳴，翩幡互經〔一〇九〕，夭蟜枝格，偃蹇杪顛〔一一〇〕。踰絶梁，騰殊榛〔一一一〕；捷垂條，踔希間〔一一二〕。牢落陸離，爛漫遠遷〔一一三〕。若此輩者〔一一四〕，數百千處。娱遊往來，宮宿館舍〔一一五〕；庖廚不徙，後宮不移，百官備具〔一一六〕。

〔一〇七〕於是二句：玄猿，黑色猿；素雌，白色雌猿。文選注：「玄猨，言猨之雄者玄色也。素雌，猨之雌者素色也。」猨同猿，説文作蝯。山海經南山經：「堂庭之山，多棪木，多白猿。」注：「今猿似獮猴而大，臂脚長，便捷。色有黑有黄，鳴其聲哀。」　蜼（wèi位），同蚖，長尾猴。爾雅釋獸：「蜼，卬鼻而長尾。」注：「蜼似獮猴而大，黄黑色，尾長數尺。」　玃（jué爵），大猴。説文：「大母猴也，善攫持人，善顧盼。」呂氏春秋察傳：「狗似玃，玃似母猴。」或説獮猴之老壽者。抱朴子對俗：「獼猴壽八百歲變爲猿，猿壽五百歲變爲玃。」 蠝（léi 壘），同鸓。集韻：「鸓，鳥名，鼠形，飛走且乳之鳥。或從蟲。」即今之鼯鼠，毛紫赤色，狀似小狐，又似蝙蝠而長，脚短爪長。 「蠝」，史記作「鸓」。

〔一〇八〕 蛭蜩二句：蛭（zhì 質），能飛的動物。山海經大荒北經：「有山名曰不咸……有蜚（飛）蛭四翼。」 蜩，一作綢、⿰豸周，類猴異獸。神異經中荒經：「西方……有獸名綢，大如驢，狀如猴，善緣木。」本草引此文時「綢」作「⿰豸周」。 蠼猱，即蠷猱，猿屬，見子虛賦注〔三六〕。 獑（chán 饞）胡，集韻：「獑猢，獸名，似猿。」足短，頭毛長，黑身，腰圍白毛如帶，前肢白毛尤長。見説文及史記索隱引張揖説。 豰，錢大昭漢書辨疑以爲乃⿰⿱士⿱冖犬殳（gòu 構）之形誤。説文：「⿰⿱士⿱冖犬殳，犬屬。䐺已（同以，下同）上黄，䐺已下黑，食母猴。」 蛫（guǐ 詭），古異獸。山海經中山經：「既公之山……有獸焉，其狀如龜，而白身赤首，名曰蛫。」 「蠼」，史記作「蠷」。 「獑」，史記作「螹」。

〔一〇九〕 長嘯二句：哀鳴，謂猿屬之嘯聲淒厲如悲號。楚辭淮南小山招隱士：「猨狖羣嘯兮虎豹嘷。」 幡，通翻。翩幡，鳥飛輕疾貌，以喻猿屬騰躍之矯捷。 互經，往來穿梭。

〔一一〇〕 夭蟜二句：蟜，同矯。夭蟜，矯捷貌。謂猿屬恣縱自如。 枝格，樹榦旁出之枝條。按：格，説文作挌：「挌，枝挌也。」注：「枝挌者，遮禦之意。玉篇曰：『挌，枝柯也。』釋名：『戟，格也，旁有枝格也。』格行而挌廢矣。」 偃蹇，猶夭矯。楚辭九歌東皇太一：「靈偃蹇兮姣服。」 顛，説文：「頂也。」杪顛，樹杪之頂端。 此言猿屬在樹上嬉戲恣縱之態。

〔二一〕梁，橋梁。 絶梁，謂無橋梁可越之谿谷。 榛，説文：「榛木也。從木，秦聲。 一曰叢木也。」殊榛，謂叢林中特立而出之榛木。 「踰」，衆本均作「隃」。

〔二二〕捷，通接，謂迅速相接。 莊子人間世：「必將乘人而鬭其捷。」釋文：「捷，本作接。」荀子大略：「接則事優成。」注：「接讀爲捷，速也。」捷垂條，謂猿屬迅速地一個接一個地攀持懸垂之枝條。 踔，騰空。 希，稀疏。 間，間隙。 踔希間，謂猿屬在樹枝稀疏間隙之中騰空跳躍。

〔二三〕牢落二句： 牢落，猶寥落，牢寥音近，寥寂冷落之貌。 陸離，近人史樹青考陸離即琉璃（《陸離新解》，《文史》第十一輯），本爲各色有光寶石，引申爲斑爛、參差諸義。 此處訓參差散亂貌。 爛漫，亦散亂貌。 文選王延壽魯靈光殿賦：「流離爛漫。」 此謂猿屬雖喜羣居，但其性恣縱，亦常有離羣遠徙者。 漢書注：「言其聚散不恆，雜亂移徙也。」 「漫」，史記作「曼」。

〔二四〕漢書、文選無「輩」字。

〔二五〕娱遊二句： 娱遊，指天子一行之娱樂遊玩。 按： 漢書注：「娱，戲也。」文選注：「説文曰：『娱，戲也。』」然説文實作：「娱，樂也。」「娭，戲也。」娭爲嬉之本字，史記即作「嬉遊」，故王念孫讀書雜志謂「娱」爲「娭」之誤字，或是。 宮、館，指上文所言之離宮別館。 宮宿館舍，宿宮舍館之變文。 「娱」，史記作「嬉」。

〔一一六〕「庖廚」三句：庖廚，廚房。孟子梁惠王上：「是以君子遠庖廚也。」後宮，指後宮之嬪妃侍妾。此謂苑中各離宮別館皆置百官以及庖人嬪妃等以侍奉天子，天子行幸各處，庖人嬪妃等皆不用隨從遷徙。

「於是乎背秋涉冬，天子校獵〔一一七〕。乘鏤象，六玉虬〔一一八〕，拖蜺旌，靡雲旗〔一一九〕；前皮軒，後道游〔一二〇〕。孫叔奉轡，衛公參乘〔一二一〕；扈從橫行，出乎四校之中〔一二二〕。鼓嚴簿，縱獠者〔一二三〕；江河爲阹，泰山爲櫓〔一二四〕。車騎雷起，殷天動地〔一二五〕；先後陸離，離散別追，淫淫裔裔〔一二六〕；緣陵流澤，雲布雨施〔一二七〕。生貔豹，搏豺狼；手熊羆，足野羊〔一二八〕。蒙鶡蘇，絝白虎，被斑文，跨野馬〔一二九〕。陵三嵕之危，下磧歷之坻〔一三〇〕；徑峻赴險，越壑厲水〔一三一〕。推飛廉，弄獬豸〔一三二〕；格蝦蛤，鋋猛氏〔一三三〕；羂騕褭，射封豕〔一三四〕。箭不苟害，解脰陷腦〔一三五〕；弓不虛發，應聲而倒。

〔一一七〕於是乎二句：涉，來到。背秋涉冬，猶言秋去冬來。文選枚乘七發：「於是背秋涉冬，使琴摯斫斬以爲琴。」校獵，猶畋獵。七發：「恐虎豹，慴鷙鳥，逐馬鳴鑣，魚跨麋角……此校獵之至壯也。」按：我國古代以農爲本，春夏尚農事，畋獵習武之事皆在仲秋以後至仲冬之前，故相如有此說。周禮夏官司馬：「中秋，教治兵，如振旅之陳。……遂以獮田，如蒐田之法。」又曰：「中冬，教大閱……遂以狩田。」禮月令：「季秋之月……天子乃教於田獵，以習五戎，班民政。」又曰：「孟冬之月……天子乃命將帥講武，習射御角力。」注：「凡田之禮，唯狩最備。」

〔二八〕乘鏤象二句：鏤象，舊有二説，一謂用象牙鑲鏤車輅之輿，一謂有雕鏤之象輿。兩説可並存。象輿解見前注〔七八〕。玉虬，訓爲代馬任駕之無角龍，或喻指用玉飾鑣勒之駿馬，均通。楚辭離騷：「駟玉虬以乘鷖兮。」「虬」，衆本皆作「蚪」。

〔二九〕拖蜺旌二句：拖，摇曳。蜺，通霓。蜺旌，漢書注引張揖曰：「析毛羽，染以五采，綴以縷爲旌，有似虹蜺之氣也。」文選宋玉高唐賦：「蜺爲旌。」靡，與上句「拖」爲對文，謂隨風傾斜，亦摇曳、飄揚之意。雲旗，史記正義引張揖曰：「畫熊虎於旌似雲氣也。」

〔三〇〕前皮軒二句：皮軒，漢代天子出行而有兵衆相從之前驅車。宋史輿服志一：「皮軒車，漢前驅車也。冒以虎皮爲軒，取曲禮『前有士師，則載虎皮』之義。……駕四馬，駕士十八人。」所引禮曲禮鄭注：「君行師從……士師，謂兵衆。虎，取其有威勇也。」道游，道車和游車，皆天子出入導行之儀車，其儀皮軒車最居前，道車和游車次之，然後乃天子輿輦及其隨從之乘騎。周禮春官司常：「道車載旞，斿（同游）車載旌。」注：「道車，象路也，王以朝夕燕出入。斿車，木路也，王以田以鄙。」則鄭玄又以爲道車、游車用途各别，録以備參。

〔三一〕孫叔二句：奉轡，爲天子乘輿駕車。參同驂。參乘，在車右爲衛。孫叔、衛公，皆用古人典故。吴仁傑兩漢刊誤補遺曰：「孫叔即楚辭所謂『驥躊躇于弊輂，遇孫陽而得代』者是也。衛公即國語所謂『衛莊公爲右，曰吾九上九下，擊人盡殪』者是也。」所引楚辭爲東方朔七諫怨世，孫陽即伯樂。莊子馬蹄釋文引石氏星經：「伯樂，天星名，主典天馬。孫陽善馭，故以爲名。」所引國語爲晉語九，衛莊公乃靈公太子蒯聵。據左傳哀二年，晉趙簡子與鄭戰，王良爲御，時衛太子正出逃於晉，爲參乘。鄭人擊簡子中肩，斃于車中，獲其蠭旗。衛太子救之以戈，鄭師北。國語晉語所謂「衛莊公爲右」云云即指此役，車右即參乘。按：漢書注、文選注皆謂孫叔爲公孫賀，衛公爲大將軍衛青。徵之史實，相如上此賦時，「青時給事建章，未知名」（漢書衛青傳），武帝校獵，不得爲參乘。公孫賀于武帝即位後雖已爲太僕，然實指其人非辭賦家本色。賦中「天子」，亦未必實指武帝，亦屬傅會。

〔二二〕扈從二句：扈從，隨從、侍從。四校，王補：「當即屯騎、步兵、射聲、虎賁四校尉，皆天子行獵必當隨從者。」此謂天子之侍從將校橫行出入於屯騎等校尉所屬的部曲之中。按：此段上言天子出獵之儀仗，繼言御者、參乘、侍從、部曲之情況，文義甚明。而漢書注、文選注釋「扈從」爲「跋扈」，漢書注更謂「四校」爲「闌校之四面」，皆牽強不可從。

〔二三〕鼓嚴簿二句：鼓，此作動詞，擊鼓。簿，鹵簿，漢官儀：「天子車駕次第謂之鹵簿。」封氏聞見記五：「輿駕行幸，羽儀導從謂之鹵簿。……甲楯有先後部伍之次，皆著之簿籍，故謂之鹵簿耳。」嚴簿，謂天子的儀衛嚴格按簿籍之次第而行，井然不可犯。獠，泛指畋獵。「獠」，漢書、文選作「獵」。

〔二四〕江河二句：阹（qū驅），説文：「依川谷爲牛馬圈也。」此指圍禽獸之圈。櫓，玉篇：「城上守禦望樓也。」此謂因長江、黄河以圈阻禽獸，登泰山而瞭望捕獲，極言畋獵之廣遠。或訓江河泰山皆泛指，泰者大也，泰山即大山，皆通。

〔二五〕車騎二句：雷起，如響雷之興起。殷（yǐn隱），漢書注引郭璞曰：「殷猶震也。」「雷」，衆本皆作「靁」，古今字。

〔二六〕先後三句：陸離，前已解，此作分散貌。别追，分頭追逐。淫淫裔裔，皆行走流動貌，參子虚賦注〔七四〕。此謂放獵之時，車騎卒徒或先或後，或東或西，分頭追逐禽獸，往來不絶。

〔二七〕緣陵二句：謂追逐禽獸之車騎卒徒，順着山坡，穿行澤間，如烏雲之遍布，如霖雨之普降。易乾：「雲行雨施。」

〔二八〕生貔豹四句：生，使之生，謂生擒活捉。吕氏春秋懷寵：「能生死一人。」貔（pí皮），説文：「豹屬。」詩大雅韓奕：「獻其貔皮。」釋文：「貔，本亦作豼，音毗，即白狐也。一名執夷。」陸璣疏：「貔似虎，或曰似熊，一名執夷，一名白狐，遼東人謂之白羆。」書牧誓：「如虎如貔，如熊如羆。」傳：「貔，執夷，虎屬也。四獸皆猛健。」參衆説，可知貔爲虎豹之類猛獸。手，謂赤手空拳格擊。羆，爾雅釋獸：「羆，如熊，黄白文。」注：「似熊而長頭高脚，猛憨多力，能拔樹木，關西呼曰貑羆。」足，以足蹵踏而獲之。野羊，黄羊、羚羊之屬。

〔二九〕蒙鶡蘇四句：蒙，戴帽。周禮夏官司馬：「方相氏掌蒙熊皮。」注：「蒙，冒也。」冒同帽。

鶡，説文：「似雉，出上黨。」蘇，集韻引摯虞曰：「鳥尾也。所謂流蘇者，緝鳥尾垂之若流然。」鶡蘇，以鶡尾爲帽飾。後漢書輿服志下：「五官、左右虎賁、羽林、五中郎將、羽林左右監皆冠鶡冠……鶡者，勇雉也，其鬬對一死乃止，故趙武靈王以表武士，秦施之焉。」絝，同袴。絝白虎，謂穿白虎文之褲裳。後漢書輿服志下：「虎賁將虎文絝，白虎文劍佩刀。」被，同披。被斑文，謂穿虎豹紋的衣服。後漢書輿服志下：「虎賁武騎皆鶡冠，虎文單衣。」野馬，即騊駼，見子虛賦注〔四六〕。前三句言扈從將士之服飾，第四句言其坐騎。「斑」，史記作「豳」，文選作「班」。

〔三〇〕陵三嵕二句：陵，文選注引漢書音義曰：「上也。」玉篇：「馳也。」均通。三嵕，峯巒重叠之處。三，言其多。磧歷，文選注引張揖曰：「不平也。」王念孫讀書雜志謂：「磧歷疊韻字，謂山坡不平，磧歷然也。」坻（dǐ底），通阺，坡也。説文：「秦謂陵阪曰阺。」注：「大阜曰陵，坡曰阪。秦人方言皆曰阺也。……阺字或作坻。」

〔三一〕徑峻二句：徑，通經。徑峻，謂經過險峻之處。厲，穿着衣服涉水。詩邶風匏有苦葉：「深則厲，淺則揭。」「徑峻」，史記作「徑陵」。

〔三二〕推飛廉二句：推，説文：「排也。」漢書注：「推亦謂弄之也。」揣師古之意，或者以爲飛廉，獬豸皆神物，不可格殺，故推弄之也。或是。飛廉，漢書注引郭璞曰：「龍雀也，鳥身鹿頭。」漢書武帝紀元封二年：「還作甘泉通天觀、長安飛廉館。」注引應劭曰：「飛廉，神禽，能致風氣者也。」又晉灼曰：「身似鹿，頭如爵，有角而蛇尾，文如豹文。」淮南俶真：「騎蜚廉而從敦圄，馳於方外。」獬（xiè蟹）豸，神獸，似鹿而獨角。晉書輿服志引楊孚異物志云：「北荒之中有獸，名獬豸，一角。性別曲直：見人鬬，觸不直者；聞人争，咋不正者。楚王嘗獲此獸，因象其形，以制衣冠。」「推」，文選作「椎」。「飛」，衆本皆作「蜚」。「獬豸」，史記作「解豸」，漢書作「解廌」。

〔一三〕格蝦蛤二句：格，格殺。蝦蛤，舊注皆僅言爲獸名，而不及其形性。疑「蝦蛤」乃猳貉之假。正字通謂貉爲「貉謌字」。貉同貊。説文「貉」下注云：「俗作貊。」後漢書西南夷傳謂哀牢夷産「陌獸」，注引南中八郡志曰：「貊大如驢，狀頗似熊，多力，食鐵，所觸無不拉。」則貊獸爲類熊猛獸。又上注〔一二八〕引郭璞注釋獸謂羆「關西呼曰猳羆」，又爾雅義疏：「羆，今關東人呼爲憨猳，聲轉如云黑蝦。」今東北土語猶呼熊爲「黑蝦子」（俗書作「黑瞎子」），四川方言亦同，且因熊狀憨，而稱「呆頭呆腦」爲「蝦頭蝦腦」。是蝦蛤乃熊屬猛獸，故須格之。

鋋（chán禪），鐵把短矛，引申爲刺殺。猛氏，類熊獸名。漢書注引郭璞曰：「今蜀中有獸，狀似熊而小，毛淺有光澤，名猛氏。」「蝦」，史記作「瑕」。

〔一四〕羂騕褭二句：羂（juàn狷），同罥，以繩繫取鳥獸。華嚴經音義引珠叢曰：「罥，謂以繩繫取鳥也。字又作羂也。」騕褭（yǎo niǎo咬鳥），神馬。淮南子齊俗：「夫待騕褭、飛兔而駕之，則世莫乘車。」封豕，大豬。左傳定四年：「吴爲封豕長蛇，以荐食上國，虐始於楚。」山海經海内經曰：「有封豕。」注：「大豬也，羿射殺之。」

〔一三五〕解，剖裂。説文：「解，判也，從刀判牛角也。」 脰（dòu豆），頸項。説文：「脰，項也。」左傳襄十八年：「兩矢夾脰。」注：「脰，頸也。」

「於是乎乘輿弭節徘徊，翱翔往來；睨部曲之進退，覽將帥之變態〔一三六〕。然後侵淫促節，儵敻遠去〔一三七〕；流離輕禽，蹴履狡獸〔一三八〕；轊白鹿，捷狡兔〔一三九〕；軼赤電，遺光耀〔一四〇〕，追怪物，出宇宙〔一四一〕。彎蕃弱，滿白羽〔一四二〕；射游梟，櫟蜚遽〔一四三〕。擇肉而後發，先中而命處〔一四四〕；弦矢分，藝殪仆〔一四五〕。然後揚節而上浮，淩驚風，歷駭猋〔一四六〕，乘虛無，與神俱〔一四七〕。藺玄鶴，亂昆鷄〔一四八〕；遒孔鸞，促鵕鸃〔一四九〕。拂翳鳥，捎鳳皇〔一五〇〕；捷鵷雛，掩焦明〔一五一〕。道盡塗殫，迴車而還〔一五二〕；招搖乎襄羊，降集乎北紘〔一五三〕；率乎直指，晻乎反鄉〔一五四〕。蹷石闕，歷封巒；過鳷鵲，望露寒〔一五五〕；下棠梨，息宜春〔一五六〕。西馳宣曲，濯鷁牛首〔一五七〕；登龍臺，掩細柳〔一五八〕；觀士大夫之勤略，鈞獵者之所得獲〔一五九〕，徒車之所轥轢，步騎之所蹂蹃，人民之所蹈藉〔一六〇〕，與其窮極倦谻，驚憚讋伏，不被創刃而死者〔一六一〕，佗佗藉藉〔一六二〕，填阬滿谷，揜平彌澤〔一六三〕。

〔一三六〕於是乎四句：弭節徘徊，見子虛賦注〔五二〕。 睨，斜視。此與下句「覽」字爲對文，泛指視覽。　部曲，漢代軍隊編制，猶今之師團之類。後漢書百官一：「其領軍皆有部曲。大將軍營五部，部校尉一人，比二千石；軍司馬一人，比千石。部下有曲，曲有軍侯一人，比六百石。……其餘將軍置以征伐，無員職，亦有部曲、司馬、軍候以領兵。」　變態，見子虛賦注〔五四〕。　漢書、文選均無「乎」字。　史記「弭」作「彌」，「徘徊」作「裴回」，「帥」作「率」。

〔三七〕然後二句：　侵淫，同浸淫，漸染、漸進之意。說文：「淫，浸淫隨理也。浸淫者，以漸而入也。」文選枚乘七發：「陽氣見於眉宇之間，侵淫而上。」　促節，弭節之反義，猶言疾馳。　夐，字彙：「同迥。」說文：「迥，遠也。」倏夐，忽然遠去貌。　此並前共六句，言天子乘輿由從容來回巡視，然後逐漸驅車疾馳，忽然遠去親自參加射獵。　史記「侵」作「浸」，「淫」作「潭」。　「倏」，衆本均作「儵」。

〔三八〕流離二句：　流離，離散。漢書蒯通傳通說韓信曰：「今劉項分爭，使人肝腦塗地，流離中野，不可勝數。」　輕禽，飛鳥。　蹴履，踐踏。　狡獸，狡捷之野獸。

〔三九〕轊白鹿二句：　轊，亦踐踏之意，見子虛賦注〔四六〕。　白鹿，神鹿，一曰高壽之鹿。國語周語上：「穆王征犬戎，「得四白狼、四白鹿以歸。」穆天子傳：「癸酉，天子南祭白鹿于漯口。」神仙傳：「魯女生者……乘白鹿，從玉女數十人。」抱朴子：「白鹿壽千歲，滿五百歲純白也。」　捷，疾取。　淮南子兵略：「百族之子，捷捽招杼船。」許慎注：「捷，疾取也。」　「轊」，史記作「轉」，文選作「轥」。　「兔」，漢書作「菟」。

〔四〇〕軼赤電二句：赤電，赤色閃電。遺，遺留於後。夸喻獵騎之迅疾，超越於閃電之前，而遺留其光耀於後。「耀」，史記作「燿」。

〔四一〕追怪物二句：怪物，指文中所述各種怪獸異禽。宇，說文：「屋邊也。」注：「引伸之凡邊謂之宇。……文子及三蒼云：上下四方謂之宇。」宙，說文：「舟輿所極覆也。」注：「謂舟車自此至彼而復還此。」宇宙，此指舟車所能及的範圍之内。

〔四二〕彎蕃弱二句：彎，張弓貌。說文：「持弓關矢也。」蕃弱，良弓名。蕃一作繁。左傳定四年：「夏后氏之璜，封父之繁弱。」荀子性惡：「繁弱鉅黍，古之良弓也。」滿，滿弓，謂引弓盡箭頭。白羽，矢也。國語吳語：「爲萬人以爲方陳，皆白常、白旟、素甲、白羽之矰。」注：「矰，矢名，以白羽爲衞。」釋名釋兵：「矢，其旁曰羽，如鳥羽也。鳥須羽而飛，矢須羽而前也。」「蕃」，史記作「繁」。

〔四三〕射游梟二句：游梟，四處游走之梟羊，羊一作陽，即狒狒、猩猩之屬。爾雅釋獸：「狒狒，如人，被髮迅走，食人。」注：「梟羊也。……交廣及南康郡山中亦有此物，大者長丈許，俗呼之曰山都。」山海經海内南經：「梟陽國在北朐之西，其爲人人面長脣，黑身有毛，反踵，見人笑亦笑，左手操管。」又海内經：「南方有贛巨人（注：「即梟陽也。」），人面，長臂黑身，有毛，反踵，見人笑亦笑，脣蔽其面，因即逃也。」櫟，通擽，廣雅釋詁：「擽，擊也。」書益稷「戛擊鳴球」，釋文引馬（融）云：「戛……櫟也。」正義亦云：「戛即櫟也。」戛、擊義同。蜚同飛。蜚遽，張揖曰：「天上神獸也，鹿頭而龍身。」「遽」，史記作「虡」。

〔一四四〕擇肉二句：王補：「擇其肥者而後射，先命其射處迺從而中之，言矢不苟發，發必奇中。」史記無兩「而」字。

〔一四五〕弦矢分二句：弦矢分，猶言箭離弦。　藝，臬之假，射中的也。說文：「臬，射準的也。」注：「臬，古假藝爲之。」左傳文六年：「陳之藝極。」注：「藝，準也。極，中也。」國語越語下：「用人無藝。」注：「藝，射的也。」　殪，一箭射斃。詩小雅吉日：「發彼小豝，殪此大兕。」傳：「殪，一發而死。」　仆，倒斃。

〔一四六〕然後三句：節，旌節，旅途以示信之物。周禮地官掌節：「道路用旌節。」此代指天子之行所用旌旗。　驚風，驟急之暴風。　猋，自下而上之旋風。爾雅釋天：「扶搖謂之猋。」「凌」，漢書、史記作「陵」。「猋」，史記作「飈」。

〔一四七〕乘虛無二句：乘，登也，升也。楚辭遠遊：「焉託乘而上浮？」　虛無，指天空。　神，天神，神明。　「無」，漢書作「亡」。

〔一四八〕藺玄鶴二句：藺，通躪，蹂躪，摧殘。　玄鶴，見子虛賦注〔六六〕。　昆雞，即鵾雞。爾雅、說文作鶤雞。爾雅釋畜：「雞三尺爲鶤。」注：「陽溝巨鶤，古之名雞。」釋文：「字或作鵾。」楚辭宋玉九辨：「鵾雞啁哳而悲鳴。」注：「鵾雞似鶴，黃白色。」「藺」，史記作「轔」，文選作「躪」。

〔一四九〕遒孔鸞二句：遒，通迺，迫捕之也。説文：「迺或從酋。」又：「迺，迫也。」注：「大雅：『似先公酋矣。』正義：『酋作遒。』按酋者遒之假借字，釋詁、毛傳皆曰：『酋，終也。』終與迫義相成，迺與揫義略同也。」段注「揫，束也」下又云：「束者，縛也。」孔鸞，見子虛賦注〔三六〕。鵁鶄，見子虛賦注〔六四〕。

〔一五〇〕拂翳鳥二句：拂，説文：「過擊也。」又通刜，擊也。翳鳥，一作鷖鳥，鳳屬。山海經海內經：「北海之内，有蛇山者……有五彩之鳥，飛蔽一鄉，名曰翳鳥。」注：「鳳屬也。離騷曰：『駟玉虬而乘翳。』」按：今本楚辭「翳」作「鷖」。捎，集韻：「擊也。」「翳」，史記作「鷖」。

〔一五一〕捷鵷雛二句：捷，見前注〔一三九〕。鵷雛，見子虛賦注〔三六〕。焦明，神鳥名。説文「鷫」字下云：「五方神鳥也：東方發明，南方焦明，西方鷫鷞，北方幽昌，中央鳳皇。」史記索隱引張揖曰：「焦明似鳳。」又曰：「樂叶圖徵曰：『焦明狀似鳳皇。』宋衷曰水鳥。」史記正義曰：「長喙，疏翼，員尾，非幽閑不集，非珍物不食。」不詳其出處。「鵷雛」，史記作「鴛雛」，漢書、文選作「鵷鶵」。「掩」，漢書、文選作「揜」。

〔一五二〕道盡二句：塗，亦道也。論語陽貨：「遇諸塗。」注引孔曰：「塗，道也。於道路與相逢。」殫，説文：「極盡也。」道盡與塗殫爲互文。謂追逐獵物至苑之盡頭，乃回車而返。

〔一五三〕招搖二句：招（sháo 韶）搖，同逍遥，翱遊貌。襄羊，同相羊，徜徉，亦翱遊貌。楚辭離騷：「聊逍遥兮相羊。」淮南子人間：「翱翔乎忽荒之上，徜徉乎虹蜺之間。」降，下也。集，止也。降集，謂留滯，止息。紘，邊角。淮南子墬形：「八殥之外乃有八紘。」北紘，此指苑北之邊沿。「招搖」，漢書作「消搖」，文選作「消摇」。

〔五四〕率乎二句：率，疾速。孫子九地：「率然者，常山之蛇也。」注引張預曰：「率，猶速也。擊之則速然相應。」直指，筆直向前。晻，同奄，忽然。韓詩外傳九：「奄忽龍變，仁義沈浮。」鄉，同嚮。返鄉，反向而歸。

〔五五〕蹷石闕四句：蹷，急行。禮曲禮：「足毋蹶。」釋文：「行急遽貌。」石闕、封巒、鳷鵲、露寒，皆觀名，在甘泉宫外。武帝建元中建。望，廣雅釋詁：「至也。」「石闕」，史記、文選作「石闕」。「鳷」，史記、漢書作「雉」。

〔五六〕下棠梨二句：棠梨，宫名，在昆明池西，西北距甘泉宫三十里。宜春，宫名。

〔五七〕西馳二句：宣曲，宫名，在昆明池西。濯，通櫂，槳也。此用作動詞，划船。鷁，飾有鷁首之龍舟，見子虛賦注〔六七〕。牛首，池名，在上林苑西頭。此謂天子乘騎西馳至宣曲，然後乘龍舟渡于牛首池。

〔五八〕登龍臺二句：龍臺，觀名，方位在今陝西鄠邑東北。掩，文選注：「方言曰：掩者，息也。」按：檢今本方言無此文。方言一〇：「泄，歇也。……泄，奄息也。」廣雅：「奄，息也。」奄通掩，故云。又方言一二：「攘、掩，止也。」止、息義同。李善所據或即此。細柳，觀名，在長安區西南，昆明池南面。

〔一五九〕觀士大夫二句：略，所獲。淮南子兵略：「貪金玉之略。」許慎注：「略，獲得也。」鈞，平也。謂平分所獲之禽獸。按：古畋獵所獲分取之法，據周禮夏官司馬：「大獸公之，小禽私之，獲者取左耳。」注引鄭司農云：「大獸公之，輸之於公；小禽私之，以自畀也。」又云：「取左耳當以計功。」故上句觀勤略當謂計功，下句鈞所獲當謂宰割大獸鈞分給與畋之部曲將帥。「獵」，史記作「獠」。

〔一六〇〕徒車三句：徒，步卒。詩魯頌閟宮：「公徒三萬。」徒車，隨車步卒。古一乘車配備步卒七十二人。轥轢，輾軋。蹂踖、蹈藉，均謂踐踏。「徒車」之上原有「觀」字，據衆本删。「轥」，史記作「轔」，漢書作「閵」。「踖」，衆本皆作「若」。「藉」，史記作「躪」，文選作「躪」。漢書無「步」、「民」二字。

〔一六一〕與其三句：窮極，困厄至極、走投無路。㔍，疲憊，見子虛賦注〔五四〕。讋（zhé 哲），懼也。漢書項籍傳：「府中皆讋服，不敢復起。」服、伏通。戰國策秦三：「趙楚懾服不敢攻秦者，白起之勢也。」史記蔡澤傳作「懾伏」。被，遭。不被創刃，未遭刀劍所傷。指踩壓、驚恐致死之禽獸。史記「㔍」作「谻」，「讋」作「慴」。

〔一六二〕佗，説文：「負何（荷）也。」字又作馱。負荷則背隆起，故又通駝。佗佗，隆起成堆貌，言衆多也。藉藉，同籍籍，狼藉從横之貌。漢書燕刺王旦傳：「髮紛紛兮寘渠，骨籍籍兮亡居。」注：「籍籍，從横貌也。」「佗」，漢書作「它」，文選作「他」。「藉」，史記、文選作「籍」。

〔一六三〕填阬二句：阬，同坑，壑也，山谷也。平，爾雅釋地：「大野曰平。」疏：「大野之澤亦曰平。」前句謂填滿溝谷，後句謂遍掩原野，極言所獲禽獸之多。「揜」，漢書、文選作「掩」。

「於是乎游戲懈怠，置酒乎顥天之臺，張樂乎膠葛之寓〔一六四〕；撞千石之鐘，立萬石之虡〔一六五〕；建翠華之旗，樹靈鼉之鼓〔一六六〕。奏陶唐氏之舞，聽葛天氏之歌〔一六七〕；千人唱，萬人和；山陵爲之震動，川谷爲之蕩波〔一六八〕。巴俞、宋、蔡，淮南、于遮，文成、顛歌〔一六九〕。族居遞奏，金鼓迭起，鏗鎗闛鞈，洞心駭耳〔一七〇〕。荆、吴、鄭、衛之聲，韶、濩、武、象之樂，陰淫案衍之音〔一七一〕；鄢、郢繽紛，激楚結風〔一七二〕。俳優侏儒，狄鞮之倡〔一七三〕；所以娱耳目、樂心意者，麗靡爛漫於前，靡曼美色於後〔一七四〕。若夫青琴、宓妃之徒：絶殊離俗，妖冶閑都〔一七五〕；靚莊刻飾，便嬛綽約〔一七六〕，柔橈嫚嫚，嫵媚孅弱〔一七七〕。曳獨繭之褕袣，眇閻易以戌削〔一七八〕；便姍嫳屑，與世殊服〔一七九〕。芬芳漚鬱，酷烈淑郁〔一八〇〕；皓齒粲爛，宜笑的皪〔一八一〕；長眉連娟，微睇緜藐〔一八二〕，色授魂與，心愉於側〔一八三〕。

〔一六四〕置酒二句：顥天，即昊天，此指天空。吕氏春秋有始：「西方曰顥天，其星胃昂畢。」淮南子天文即作「昊天」可證。顥天之臺，以喻臺之高。張樂，陳設音樂。戰國策秦一：「清宫除道，張樂設飲。」 膠葛，義猶寥廓，漢書注引郭璞曰：「言曠遠深貌也。」 寓，古宇字，此作原野解。楚辭宋王招魂：「其外曠宇些。」 史記「顥」作「昊」，「膠葛」作「轇輵」，「寓」作「宇」。

〔一六五〕撞千石二句：石，重量單位。漢書律曆志上：「權者，銖、兩、斤、鈞、石也……三十斤爲鈞，四鈞爲石。」可知一石爲古稱一百二十斤。 虡，懸掛編鐘編磬之座架。析言之，其兩端之直支架曰虡，上之横架曰簨。千石之鐘、萬石之虡，以示國家之氣派。語本戰國策齊四：「大王據千乘之地，而建千石鐘，萬石簴。」簴同虡。「虡」，史記作「鉅」。

〔一六六〕建翠華二句：翠華，以翠羽置於旗竿之頂端爲飾，用於天子儀仗。 樹，置也。詩周頌有瞽：「崇牙樹羽。」傳：「樹羽，置羽也。」 靈鼉，對揚子鱷之美稱，此指以製鼓之鼉皮。

〔一六七〕奏陶唐氏二句：陶唐氏，即唐堯。堯初居於陶，後爲唐侯，故云。書五子之歌：「惟彼陶唐，有此冀方。」堯之舞，指周禮春官大司樂所言「咸池之舞」。禮樂記：「咸池，備矣。」注：「黄帝所作樂名也，堯增修而用之。」 葛天氏，傳説伏羲以後之古帝號。其歌即吕氏春秋仲夏紀古樂所言：「昔葛天氏之樂，三人操牛尾，投足以歌八闋。」按：漢書古今人表列葛天氏居有巢氏、朱襄氏之後，陰康氏、亡懷氏之前。

〔一六八〕千人唱四句：蕩波，激起浪濤。 此謂鐘鼓齊鳴，歌聲震天，有山摇波翻之勢。 「唱」，漢書作「倡」。

〔一六九〕巴俞三句：巴俞，古巴子國、賨國人之武樂名，配以舞蹈，稱巴俞舞。漢書禮樂志：「巴俞鼓員三十六人。」注：「當高祖初爲漢王，得巴、俞人，並趫捷善鬭，與之定三秦，滅楚，因存其武樂也。巴俞之樂因此始也。」按：巴，古巴子國，秦滅巴置郡，漢因之，今川東一帶地域。俞，同渝，水名，今嘉陵江上游，古賨國地。水經注潛水：「（宕渠）縣以延熙中分巴立宕渠郡，蓋古賨國也。今有賨城縣，有渝水，夾水上下，皆賨民所居。漢祖入關，從定三秦，其人勇健好歌儛，高祖愛習之，今巴渝儛是也。」宋、蔡，周諸侯國名，宋在今河南商丘，蔡在今河南上蔡。淮南，漢高祖時置國，在今蘇皖二省江淮之間。此皆以國名代指其音樂。漢書禮樂志：「宋音燕女溺志」，「蔡謳員三人」，「淮南鼓員四人」。楚辭宋玉招魂：「吴歈蔡謳，奏大吕些。」注：「歈、謳，皆歌也。」于遮，史記集解引漢書音義曰：「歌曲名。」文成，漢置縣，屬遼西郡，在今河北盧龍縣境。此亦指其樂歌。顛，同滇，古滇國，楚莊蹻始建，漢武帝開西南夷，以其地置益州郡，在今雲南省境。「俞」，文選作「渝」。「于」，漢書、文選作「干」。

〔一七〇〕族居四句：族，衆也。莊子養生主：「族庖月更刀，折也。」崔譔注：「族，衆也。」居，通舉。荀子非相：「居錯遷徙，應變不窮。」集解引王念孫曰：「居讀爲舉，古字通。」族居，謂衆樂並舉。遞，更遞。遞奏，交替演奏。金鼓，此指鐘鼓。鏗鎗，同鏗鏘，指鐘聲。禮樂記：「君子之聽音，非聽其鏗鏘而已。」闛鞈（táng tà 堂榻），同鏜鞳，指鼓聲。詩邶風擊鼓：

「擊鼓其鏜。」傳：「鏜然擊鼓聲也。」淮南子兵略：「善用兵，若聲之與響，若鏜之與鞈。」注：「鞈，鼓鞞聲。」　洞，通也，徹也。洞心，猶言透人心脾。　史記「居」作「舉」，「闔鞈」作「鏜鞈」。

〔七二〕荆吴三句：荆，荆楚。吴，古吴國，春秋末爲越所滅，戰國時並併於楚。此指南方音樂，統稱楚聲。漢書禮樂志：「高祖樂楚聲，故房中樂，楚聲也。」又曰：「楚鼓員六人……楚四會員十七人。」鄭衛之聲，指中原有别於雅、頌之新聲，多靡靡之音。論語衛靈公：「放鄭聲，遠佞人。鄭聲淫。」禮樂記：「鄭衛之音，亂世之音也。」　韶，舜樂。書益稷：「簫韶九成，鳳皇來儀。」論語述而：「子在齊聞韶，三月不知肉味。」又衛靈公：「樂在韶舞。」注：「韶，舜樂也。」濩，一名大濩，湯樂。武，一名大武，武王之樂。周禮春官大司樂：「以樂舞教國子……大濩、大武。」注：「大濩，湯樂也，湯以寬治民而除其邪言，其德能使天下得其所也。大武，武王樂也，武王伐紂以除其害，言其德能成武功。」按：吕氏春秋古樂謂伊尹作大濩，周公作大武。　象，即三象，周公之樂。吕氏春秋古樂：「成王立，殷民反，王命周公踐伐之。商人服象，爲虐于東夷，周公遂以師逐之，至於江南。乃爲三象，以嘉其德。」荀子大略：「和鸞之聲，步中武象，趨中韶濩，君子聽律習容而後士。」　陰淫案衍，謂淫靡放縱之聲。王補：「淫，放濫也。衍，溢也。長言之則爲陰淫案衍，約言之則爲淫衍，謂其過而無節也。」陰淫語出左傳昭元年「陰淫寒疾」，注：「淫，過也。滋味聲色所以養人，然過則生害。」案衍見子虛賦注〔二五〕，用以狀聲音，爲柔靡而無節制之意。

〔一七二〕鄢郢二句：鄢，故楚地，今湖北宜城市南。郢，故楚都，今湖北江陵縣。繽紛，交錯、糾結貌。楚辭王褒九懷：「撫余佩兮繽紛。」注：「持我玉帶相糾結也。」王補以爲，此指楚歌楚舞交雜並進。激楚，楚樂名，因楚歌激切昂揚，故以相稱。結風，歌曲結尾之餘聲。激楚之尾聲頗著名。楚辭宋玉招魂：「宮庭震驚，發激楚些；吴歈蔡謳，奏大吕些。」又曰：「鄭衛妖玩，來雜陳些；激楚之結，獨秀先些。」文選枚乘七發：「於是乃發激楚之結風，揚鄭衛之皓樂。」淮南子原道：「揚鄭衛之浩樂，結激楚之遺風。」高步瀛文選李注義疏以爲非專名，乃泛指激切之楚樂，可備一説。

〔一七三〕俳優二句：俳優，雜伎藝人。侏儒，身材特别短小之雜伎藝人。荀子王霸：「俳優、侏儒、婦女之請謁以悖之。」狄鞮，漢書注引張揖曰：「西方譯名。」史記集解轉引韋昭曰：「地名，在河内，出善倡者。」倡，同娼，歌伎，或曰樂人。説文：「倡，樂也。」又曰：「俳，戲也。」注：「以其戲言謂之俳，以其音樂言之謂之倡，亦謂之優，其實一物也。」

〔一七四〕麗靡二句：爛漫，即麗靡之轉音，以狀舞姿，則爲妖冶淫泆；以狀音樂，則爲靡靡邪音。魏書音樂志：「三代之衰，邪音間起，則有爛漫靡靡之樂興焉。」靡曼，肌膚柔膩也。列子周穆王：「簡鄭衛之處子，娥媌靡曼。」吕氏春秋本生：「靡曼皓齒。」文選枚乘七發：「今太子膚色靡曼。」文選無句末之「於後」二字，注：「言作樂於前者，皆是靡曼美色也。下或云於後，非也。」李善説不可從。

〔一五〕若夫三句：青琴，漢書注引伏儼曰：「古神女也。」宓妃，宓通伏，傳説爲伏羲氏之女，溺死洛水，遂爲洛神。楚辭離騷：「吾令豐隆乘雲兮，求宓妃之所在。」此並青琴皆以喻宫中美女。絶殊，謂絶色殊麗。離俗，不凡也。妖冶，艷麗嫵媚。閑，同嫺，説文：「嫺雅也。」都，美麗貌。詩鄭風有女同車：「彼美孟姜，洵美且都。」「宓」，漢書作「虙」。「妖」，史記作「姣」。「閑」，史記、文選作「嫺」。

〔一六〕靚莊二句：莊，同妝。靚（jìng 静）莊，史記集解云：「粉白黛黑也。」謂美麗的容飾。刻飾，整飾之鬢髮。王補：「以膠刷使就理，如刻畫然也。」便，便巧、輕盈。嬛（xuān 喧），集韻：「淑媛也。」又：「輕舉。」便嬛，輕盈美麗之貌。綽約，亦柔美貌。莊子逍遥游：「肌膚若冰雪，淖約若處子。」淖通綽。「莊」，文選作「粧」。「飾」，原譌「餙」，從漢書、文選改。史記作「飭」。「綽」，漢書作「婥」。

〔一七〕柔橈二句：橈，説文：「曲木也。」注：「引申爲凡曲之稱。」即宛曲。嬽（yuān 冤）嬽，柔美貌。文選注引郭璞曰：「柔橈嫚嫚，皆骨體耎弱長艷貌也。」嫵媚，姿態美好動人。纖弱，體態細長柔弱。「嬽嬽」，原作「嫚嫚」，文選同，史記作「嬛嬛」，集解引徐廣曰：「音娟。」胡克家以爲「嫚」、「嬛」皆誤字。今從漢書。「嫵」，史記作「娬」。「纖弱」，史記作「姢嫋」，漢書、文選作「孅弱」。

〔一七八〕曳獨繭二句：獨繭，言絲色純正，絶無雜色，如出於一繭。褕，説文：「褕，褕翟……一曰直裾謂之襜褕。」此處即指襜褕，罩在内衣外之寬大單衣。釋名：「言其襜襜宏裕也。」袘，同袘，衣裳之下緣。儀禮士昏禮：「纁裳緇袘。」注：「袘，謂緣。」閻，通檐。荀子儒效：「隱於窮閻漏屋。」此處引申指衣裙下垂四周斜出貌。易，平直貌。爾雅釋詁：「平、均、夷、弟，易也。」注：「皆謂易直。」閻易，狀衣裙之長大。戌削，見子虛賦注〔五八〕。「袘」，史記作「袘」，文選作「緦」。「戌」，漢書作「恤」，文選作「邮」。

〔一七九〕便姍二句：便姍（piān xiān 駢先），同蹁躚。廣韻：「躚，蹁躚，旋行貌。」一切經音義引廣雅：「蹁躚，盤姍也。」嫳屑，同蹩躠。玉篇：「蹩躠，旋行貌。」是便姍嫳屑乃同義詞疊用，皆言步履輕盈，腰支扭動若蹁躚作舞也。與世殊服，謂服色卓異，不同於世俗。「便姍嫳屑」，史記作「媥姺徶循」。「世」，文選作「俗」，所傳本避唐諱。

〔一八〇〕芬芳二句：芬芳，香氣。荀子榮辱：「鼻辨芬芳香氣。」漚，説文：「久漬也。」鬱，盛貌。漚鬱，久漬而盛，謂濃烈也。酷，甚也。酷烈，亦指香氣極濃。淑，説文：「清湛也。」淑郁，謂香氣清醇濃厚。「芳」，史記作「香」。

〔一八一〕皓齒二句：皓齒，潔白之牙齒。楚辭九歌大招：「朱脣皓齒，嫭以姱兮。」粲爛，鮮明貌。文選宋玉風賦：「眴焕粲爛，離散轉移。」宜笑，謂好口齒宜笑而露之。楚辭九歌山鬼：「既含睇兮又宜笑。」又大招：「靨輔奇牙，宜笑嘕只。」的皪，同的皪，已見本文注〔三五〕。

史記「皓」作「晧」，「的」作「旳」。

〔一八二〕長眉二句：連娟，細長貌。文選傅武仲舞賦：「眉連娟以增繞兮。」注：「連娟，細貌。繞，謂曲也。言眉細而益曲也。」睇，流盼。微睇，微微一盼，猶言秋波一轉。舞賦：「目流睇而横波。」綿，同矊，含情竊視貌。藐同眇，好貌。綿藐，狀眼波之多情美麗。楚辭宋玉招魂：「遺視矊些。」注：「遺，竊視。矊，脈也。言美女……中心矊脈時竊視貌。」又九歌湘夫人：「美要眇兮宜修。」注：「要眇，好貌也。」又湘夫人：「目眇眇兮愁予。」注：「眇眇，好貌。」

〔一八三〕色授二句：色授魂與，謂美色奪人魂魄。文選注引張揖曰：「彼色來授，我魂往與接也。」愉，史記索隱以爲通踰，往也，則心愉即神往；或作本訓，悦也，則心愉即心中愉悦：兩通。於側，在其左右。吕氏春秋達鬱：「有況乎在簡子之側哉？」注：「側，猶在左右也。」

「於是酒中樂酣，天子芒然而思，似若有亡曰〔一八四〕：『嗟乎，此大奢侈！朕以覽聽餘閒，無事棄日〔一八五〕，順天道以殺伐，時休息於此〔一八六〕；恐後世靡麗，遂往而不返，非所以爲繼嗣創業垂統也〔一八七〕。』於是乎乃解酒罷獵，而命有司曰：『地可墾闢，悉爲農郊，以贍氓隸〔一八八〕；隤墻填塹，使山澤之人得至焉〔一八九〕。實陂池而勿禁，虚宫館而勿仞〔一九〇〕。發倉廩以救貧窮，補不足〔一九一〕；恤鰥寡，存孤獨〔一九二〕。出德號，省刑罰〔一九三〕；改制度，易服色，革正朔，與天下爲始〔一九四〕。』

〔一八四〕於是三句：中，謂在其中，半也。酒中，謂飲酒半酣之時。樂，奏樂。樂酣，謂奏樂酣暢之時。芒然，無所係之貌。莊子大宗師：「芒然彷徨乎塵垢之外。」亡，失也。似若有亡，猶言若有所失。此謂天子在酒樂半酣之時，芒然自失而思之。列子仲尼：「子貢茫然自失，歸家淫思七日。」茫通芒。

〔一八五〕此大三句：大，甚也，太也。覽，指覽閱文書。聽，指聆聽政事。覽聽餘閒，猶言政務之餘暇。無事，無所事事。棄日，荒廢時日。「大」，史記作「泰」。「棄」，史記作「弃」。

〔一八六〕順天道二句：天道，古人既指天帝意旨，也指自然規律。此指季節變化，因古人按季節以行令，故曰順天道。殺伐，殺謂捕殺禽獸，伐謂伐木，皆秋令。禮月令：至仲秋之月，即「殺氣浸盛，陽氣日衰」，按節行令，至季秋之月，「天子乃教於田獵，以習五戎」，「執弓挾矢以獵」，並「伐薪爲炭」。時，按時，即按節令。莊子秋水：「秋水時至，百川灌河。」休息，停止。對上文之「覽聽」而言，即言停止政務。賈誼鵩鳥賦：「萬物變化兮，固無休息。」此，指上林苑。漢書「於此」上贅「以」字。

〔一八七〕恐後世三句：靡麗，奢靡華麗。文選枚乘七發：「此亦天子之靡麗皓侈廣博之樂也。」往而不返，謂追逐奢華而不知回頭。繼嗣，傳宗接代。墨子天志下：「業萬世子孫繼嗣。」統，此指世代相繼之皇統。創業垂統，謂所創帝業能世代相繼。孟子梁惠王下：「君子創業垂統，爲可繼也。」　此謂恐後世效此而沉緬于畋獵及美色淫聲而不知節制，則國運危殆。管子宙合：「外淫于馳騁田獵，内縱于美色淫聲，下乃解怠惰失，百吏皆失其端，則煩亂以亡其國家矣。」　「世」，文選作「葉」，所傳本避唐諱。

〔一八八〕而命四句：司，主也，猶今言負責。有司，有所主者，古代設官分職，各主其事，故爲官吏之代稱。書大禹謨：「好生之德，洽于民心，兹用不犯於有司。」　農郊，郊野之農田。詩衞風碩人：「稅于農郊。」　贍，訓爲贍養或豐贍均通。　氓隸，泛指平民。賈誼過秦論上：「然陳涉甕牖繩樞之子，氓隸之人，而遷徙之徒也。」　「可」，史記作「可以」。　「氓」，史記、文選作「萌」。

〔一八九〕隤墻二句：隤（tuí頹），通頹，倒塌、墜壞。　墻，此指護苑之圍墻。　壍（qiàn倩），同塹，此指護苑之人工河道。山澤之人，指依靠漁獵采伐爲生的人。　「壍」，史記、文選作「塹」。

〔一九〇〕實陂池二句：實，充滿。　陂，說文：「一曰池也。」注：「陂得訓池者，陂言其外之障，池言其中所蓄之水。……凡經傳云陂池者，兼言其内外，或分析言之，或舉一以互見。許池與陂互訓，渾言之也。」實陂池，多養魚鱉於池中。　勿禁，指不禁民捕取。　仞，通牣，說文：「滿也。」　勿仞，史記正義：「言離宫别館勿令人居止，並廢罷也。」　「館」，史記作「觀」。

〔一九一〕發倉廩二句：倉廩，文選注引蔡邕章句：「穀藏曰倉，米藏曰廩。」發倉廩，散發穀米。禮月令季春之月：「命有司發倉廩。」　不足，指衣食不足之貧民。管子乘馬：「振貧補不足，下樂上。」孟子梁惠王下：「於是始興發補不足。」注：「始興惠政，發倉廩以賑貧困不足者也。」「救」，史記作「振」。

〔九二〕恤鰥寡二句：孟子梁惠王下：「老而無妻曰鰥，老而無夫曰寡，老而無子曰獨，幼而無父曰孤，此四者，天下之窮民而無告者。文王發施仁政，必先斯四者。」

〔九三〕出德號二句：出德號，謂發布施德於民之命令。省刑罰，即輕刑。輕刑薄斂是儒家施仁政的根本主張之一。孟子梁惠王上：「王如施仁政於民，省刑罰，薄税斂。」管子小匡：「省刑罰，薄賦斂，則民富矣。」

〔九四〕改制度四句：制度，古代貴族按不同等級各自應遵守之禮節法令。易節：「節以制度，不傷財，不害民。」書周官：「考制度于四岳。」服色，各朝代規定服用車馬祭牲之顏色。正朔，即曆法，歲首正月爲正，月之初一爲朔。按：古代考日月之運行而改曆法，以五行之變遷而易服色，乃朝廷之大事。據漢書律曆志、郊祀志、張蒼傳、賈誼傳等載，周爲火德，色尚赤，行周曆。秦兼天下，自以爲以水勝火，更以十月爲歲首，色尚黑。漢興之初，襲秦正朔服色。文帝時，始用張蒼言行顓頊曆，然以高祖十月始至霸上，故因秦時本十月爲歲首不革，尚黑如故。繼用公孫臣議以漢爲土德，色尚黄。而朔晦月見，弦望滿虧，多非是。故其後賈誼、壺遂、司馬遷輩皆上書言改易制度及服色正朔，相如作此言，亦當時之時尚耳。爲始，謂以更易後之制度、服色、正朔爲始，子孫各代皆承襲不變。按：相如此説只能限於一時。

考諸漢代，終西漢二百餘年，於制度、正朔、服色爭論不休，至武帝太初元年又改行太初曆，色仍尚黄。後劉向父子以爲漢承周統而伐秦，應爲火德，色尚赤，並在太初曆基礎上，改訂三統曆。光武中興，遂以爲法。「革正朔」，史記作「更正朔」。「爲始」，文選作「爲更始」。

「於是歷吉日以齋戒，襲朝服，乘法駕〔一九五〕；建華旗，鳴玉鸞〔一九六〕；游乎六藝之囿，馳騖乎仁義之塗，覽觀春秋之林〔一九七〕。射貍首，兼騶虞〔一九八〕；弋玄鶴，舞干戚〔一九九〕；載雲罕，揜羣雅〔二〇〇〕；悲伐檀，樂『樂胥』〔二〇一〕。修容乎禮園，翱翔乎書圃〔二〇二〕。述易道，放怪獸〔二〇三〕；登明堂，坐清廟〔二〇四〕。恣羣臣，奏得失〔二〇五〕；四海之內，靡不受獲〔二〇六〕。於斯之時，天下大說，向風而聽，隨流而化〔二〇七〕；芔然興道而遷義，刑錯而不用〔二〇八〕；德隆於三皇，而功羨於五帝〔二〇九〕：若此，故獵乃可喜也。若夫終日馳騁，勞神苦形，疲車馬之用，抏士卒之精〔二一〇〕，費府庫之財，而無德厚之恩〔二一一〕；務在獨樂〔二一二〕，不顧衆庶，忘國家之政，貪雉兔之獲，則仁者不由也〔二一三〕。從此觀之，齊、楚之事，豈不哀哉〔二一四〕！地方不過千里，而囿居九百，是草木不得墾辟，而民無所食也〔二一五〕。夫以諸侯之細，而樂萬乘之所侈，僕恐百姓被其尤也〔二一六〕。」

〔一九五〕於是三句：歷，通曆。漢書律曆志：「黄帝造歷。」歷吉日，推算吉利之時日。　齋戒，古人在祀祭或其他大典之前，止樂，禁酒葷，不與房事，沐浴更衣，整潔身心，以示虔誠的一種禮儀。易繫辭上：「聖人以此齊（通齋）戒。」管子小匡：「桓公大悦，於是齋戒十日。」禮郊特牲引孔子曰：「三日齊，一日用之。」　襲，初學記引雷氏五經要義：「加朝服謂之襲。」　法駕，天子之車駕。三輔黄圖六雜録：「法駕，京兆尹奉引，侍中參乘，奉車郎御，屬車三十六乘。」「齋」，史記作「齊」。　「服」，史記作「衣」。

〔一九六〕建華旗二句：華旗，華美之旍旗及幢旄，指天子法駕之儀仗。後漢書輿服志上：「（法駕）前驅有九斿雲罕，鳳皇闟戟，皮軒鸞旗，皆大夫載。鸞旗者，編羽旄，列繫幢旁。」注：「東京賦曰：『雲罕九斿。』薛綜曰：『旍旗名。』」　玉，佩玉。鸞，通鑾，車馬所繫之鈴。鳴玉鸞，謂天子之法駕行進中，侍從所佩之玉和鈴聲同時作響。詩小雅采菽：「鸞車嘒嘒。」疏：「其車馬鸞鈴之聲又嘒嘒然鳴中節。」禮玉藻：「故君子在車則聞鸞和之聲，行則鳴佩玉。」

〔一九七〕游乎三句：六藝，即詩、書、易、禮、樂、春秋，亦稱六經。游乎六藝，謂以六經爲準則而踐履之。論語述而：「依於仁，游於藝。」禮少儀：「士依於德，游於藝。」　按：自此以下至「述易道，放怪獸」共十五句，皆借射獵爲喻，前二句總言天子當廢苑罷獵，崇尚六經而行仁政，以下分言，第三句首言春秋，謂觀覽春秋之褒貶借古以鑒今也。　史記無「馳」字。

〔一九八〕射貍首二句：貍首，古逸詩。儀禮大射：「奏貍首間若。」注：「其詩有『射諸侯首不朝者』之言，因以名篇。」可知於射禮，此爲諸侯射時所奏樂章，取諸侯當以定期朝會天子爲志。射貍首，即「奏貍首以射」。　騶虞，詩召南篇名。傳説騶虞爲義獸，不食生物，有至信之德則應之。詩序謂：「仁如騶虞，則王道成也。」故於射禮，此爲天子射時所奏樂章，取天子以尊賢納士爲志。周禮夏官射人：「王以六耦射三侯，三獲三容，樂以騶虞，九節五正。諸侯以四耦射二侯，二獲二容，樂以貍首，七節三正。」禮射義：「其節，天子以騶虞爲節，諸侯以貍首爲節。……騶虞者，樂官備也。貍首者，樂會時也。」節，奏樂時之節拍。

〔九九〕弋玄鶴二句：玄鶴，本爲壽鳥，已見子虛賦注〔六六〕。文選注：「古者舞玄鶴以爲瑞，令弋取之而舞干戚也。」又引尚書大傳：「舜樂歌曰和伯之樂，舞玄鶴。」按韓非子十過：師曠爲晉平公鼓清徵，「一奏之，有玄鶴二八道南方來，集於廊門之垝；再奏之而列；三奏之，延頸而鳴，舒翼而舞，音中宫商之聲，聲聞於天」。　干戚，本指兵器，干爲盾，戚爲斧。此指干戚舞。禮樂記：「干戚之舞，非備樂也。」韓非子五蠹：「（舜）乃修教三年，執干戚舞，有苗乃服。」「舞」，史記作「建」。

〔一〇〇〕載雲罕二句：罕，説文：「网也。」雲罕，漢書注、文選注皆引張揖説，以爲即罼網。説文注謂：「罕之制蓋似畢，小网長柄。」王補謂此罼網出獵則載之於車，故云「載雲罕」。　雅，舊注皆謂此兼指大雅、小雅，大雅三十一篇，小雅七十四篇，故云「揜羣雅」。按雅乃鴉之本字，因文敍畋獵，上文多以禽獸名（貍首、騶虞、玄鶴）雙關樂舞，此處雅之須揜，亦喻於畋獵也。「揜」，原作「掩」，從衆本。

〔二〇一〕悲伐檀二句：伐檀，詩魏風篇名。詩序曰：「伐檀，刺貪也。在位貪鄙，無功而受禄，君子不得進仕爾。」此以悲伐檀反襯天子鋭意進賢。樂胥，指詩小雅桑扈：「君子樂胥，受天之祐。」箋：「胥，有才知之名也。祐，福也。王者樂臣下有才知文章，則賢人在位，庶官不曠，政和而民安，天子之以福禄。」

〔二〇二〕修容二句：修容，修飾威儀。禮園、書圃，謂以古禮經和尚書爲遊涉之地也。因禮經而修飾儀容，整肅朝政；因尚書而通達政事，上知遠古。禮經解引孔子曰：「入其國，其教可知也。其爲人也……疏通知遠，書教也。……恭儉莊敬，禮教也。」

〔二〇三〕述易道二句：易道，據易繫辭，乃指陰陽剛柔相推而生變化之道，即無思無爲，寂然不動，感而遂通天下之故。天子以此通天下之志，以定天下之業，以繼天下之疑。亦即順天道而察民情，知來藏往，吉凶與民同患，達到垂拱而天下治。故禮經解又曰：「絜静精微，易教也。」放怪獸，總結「遊乎六藝之圃」以下一段文字，謂天子既已游於六藝之圃而馳騁於仁義之途，自當放怪獸而罷獵矣。

〔二〇四〕登明堂二句：明堂，朝諸侯及布政之處，在京城之南郊。禮明堂位：「昔者周公朝諸侯于明堂之位……明堂也者，明諸侯之尊卑也。」又玉藻：「聽朔於南門之外。」注：「明堂在國之陽，每月就其時，之堂而聽朔焉。」清廟，指明堂太廟，實即明堂之異名。蔡中郎集明堂明月令論：「取其宗祀之貌，則曰清廟；取其正室之貌，則曰太廟；取其尊崇，則曰太室。」按：關於明堂、清廟、太廟、太室，歷代經師聚訟紛紜，蔡邕離古不遠，且謂渾言之則同處而異名，細分之則有南室爲明堂、中央曰太室，總名太廟或清廟之别，較爲可信。

〔二〇五〕恣羣臣二句：恣，任憑。此謂任憑羣臣奏議朝政之得失，虚心以納諫。「恣」，文選作「次」。

〔二〇六〕四海二句：此借射獵獲禽獸，取左耳以記功爲喻，謂四海之内有生之物，無不受天子恩澤。史記秦始皇本紀琅玡刻石：「澤及牛馬，莫不受德。」

〔二〇七〕向風二句：風，喻教化。論語顔淵：「君子之德風。」向風，喻受教、順從、擁戴。賈長沙集過秦論中：「天下之士斐然向風。」隨流，隨時俗所流行，猶言蔚爲風氣。化，化育。説文：「化，教行也。」注：「教行於上，則化成於下。」此謂天下之民皆擁戴天子之修文教而興禮樂，蔚爲風氣而受到化育。「向」，史記作「鄉」，漢書、文選作「鄉」。

〔二〇八〕𦍌然二句：𦍌然，猶勃然，興起貌。興道，興起仁義之道。遷，説文：「升也。」遷義，謂升至仁義之境。錯，通措，置也。易繫辭上：「苟錯諸地而可矣。」刑錯而不用，謂無人犯法，故刑法擱置而不用。「𦍌」，史記作「喟」。

〔二〇九〕德隆二句：隆，高也。爾雅釋山：「宛中，隆。」疏：「山形中央藴聚而高者名隆。」羡，衍溢。詩大雅板：「及爾游羡。」釋文：「羡，本作衍。」史記秦始皇本紀琅玡刻石：「功蓋五帝。」漢書賈山傳至言：「比其德則賢於堯舜，課其功則賢於湯武。」　上「於」字，史記作「乎」。　史記、漢書無「而」字。

〔三〇〕勞神三句：神、形，古人以爲是生命的兩個主要組成部分。史記太史公自序：「神者生之本也，形者生之具也。」又曰：「凡人所生者神也，所託者形也。神大用則竭，形大勞則敝，形神離則死。」按：相如與史記作者皆同時代人，其「勞神苦形」之説略同，皆本莊子刻意：「形勞而不已則弊，精用而不已則勞。」　抏（wán玩），消耗。「疲」，衆本均作「罷」。

〔三一〕德厚，德澤寬厚。穀梁傳僖十五年：「故德厚者流光。」管子形勢解：「（國）雖已盛滿，無德厚以安之，無度數以治之，則國非其國，而民無其民也。」

〔三二〕獨樂，謂貪圖個人享受而不體恤人民疾苦。孟子梁惠王上：「民欲與之（指夏桀）偕亡，雖有臺池鳥獸，豈能獨樂哉！」又梁惠王下：「獨樂樂，與衆樂樂，孰樂？」

〔三三〕忘國家三句：由，廣雅釋詁：「用也。」禮禮器：「民共由之。」此謂荒怠朝政而耽於畋獵，乃仁君所不爲。管子小匡：「高臺廣池，湛樂飲酒，田獵罼弋，不聽國政……吾恐宗廟之不掃除，社稷之不血食。」「兔」，漢書作「菟」。「由」，漢書、文選作「繇」。

〔三四〕齊楚二句：指齊楚爭競遊戲之樂、苑囿之大，而不務仁義之政，以應首段而總結全文。

〔三五〕辟，同闢。荀子議兵：「故辟門除塗以迎吾入。」注：「辟，與闢同。」「民」，文選作「人」，所傳本避唐諱。

〔二六〕夫以三句：細，屑小、卑微。　萬乘，天子。　見子虛賦注〔五〕。　尤，過錯。被其尤，受其過錯之害。

於是二子愀然改容，超若自失〔二七〕，逡巡避席曰：「鄙人固陋〔二八〕，不知忌諱，乃今日見教，謹受命矣。」

〔二七〕於是二句：愀然，變色貌。禮經解：「孔子愀然作色而對曰。」　超，通怊，鄭珍説文新附考以爲即「惆」之俗別字。　莊子天地：「怊乎若嬰兒之失其母也。」釋文：「怊意超。字林云：『悵也。』」若，表狀態之詞。　詩衛風氓：「其葉沃若。」傳：「沃若，猶沃然。」超若，猶超然，惆悵貌。　莊子徐無鬼：「武侯超然不對。」釋文引司馬彪云：「超然，猶悵然也。」　原脱「超若自失」句，據衆本補。

〔二八〕逡巡二句：逡巡，向後退步。　公羊傳宣六年：「趙盾逡巡北面再拜稽首。」　避席，離開坐位，以示尊敬對方。　孝經開宗明義章：「子曰：『……汝知之乎？』曾子避席曰：『參不敏，何足以知之。』」注：「禮：師有問，避席起答。」　鄙人，鄙野之人，謙稱。　固，亦陋也。固陋，即鄙陋。　「席」，文選作「廗」。

大人賦

〔題解〕易乾：「九二，見龍在田，利見大人。」又曰：「九五，飛龍在天，利見大人。」疏：

「九二有人君之德，所以稱大人也。」又曰：「若聖人有龍德飛騰而居天位，德備天下爲萬物所瞻覩，故天下則見此居王位之大人。」本篇之義本此，即謂居君位之大人，當德備天下爲萬物所瞻覩，以諷喻武帝。史記本傳謂：「相如拜爲孝文園令。天子既美子虚之事，相如見上好仙道，因曰：『上林之事未足美也，尚有靡者。臣嘗爲大人賦，未就，請具而奏之。』相如以爲列仙之傳居山澤間，形容甚臞，此非帝王之仙意也，乃遂就大人賦。」立意不爲不善。文亦宏富遒壯，粲然可觀。然既以麗靡爲辭以諷奢侈好仙之君主，其術已疏，故本傳又曰：「相如既奏大人之頌，天子大説，飄飄有淩雲之氣，似游天地之間意。」文多仿襲楚辭遠遊。然遠遊乃屈子述志之作，情真意切，超逸絶倫，遠非曲折以諷之擬作可比。故洪興祖有言：「司馬相如作大人賦，宏放高妙，讀者有淩雲之意。然其語多出於此（遠遊）。至其高妙處，相如莫知也。」朱熹甚至説：「司馬相如作大人賦，多襲其語，然屈子所到，非相如所能竊其萬一也。」

世有大人兮，在乎中州〔一〕。宅彌萬里兮，曾不足以少留〔二〕。悲世俗之迫隘兮，朅輕舉而遠遊〔三〕。乘絳幡之素蜺兮，載雲氣而上浮〔四〕。建格澤之脩竿兮，總光耀之采旄〔五〕。垂旬始以爲幓兮，抴彗星而爲髾〔六〕。掉指橋以偃蹇兮，又旖旎以招摇〔七〕。攬攙搶以爲旌兮，靡屈虹而爲綢〔八〕。紅杳渺以眩湣兮，猋風涌而雲浮〔九〕。駕應龍象輿之蠖略逶麗兮，驂赤螭青虯之蚴蟉蜿蜒〔一〇〕。低卬夭蟜裾以驕驁兮，詘折隆窮蠼以連卷〔一一〕。沛艾赳螑仡以佁儗兮，放散畔岸驤以孱顔〔一二〕。跮踱輵轄容以委麗兮，蜩蟉偃寋怵㚇以梁倚〔一三〕。糾蓼叫奡蹋以艐路兮，蔑蒙踊躍騰而狂趡〔一四〕。莅颯芔翕熛至電過兮，煥然霧除霍然雲消〔一五〕。

〔一〕中州，古九州之中，指中國。淮南子道應：「子中州之民。」「乎」，史記作「于」。

〔二〕宅彌二句：宅，民人所居。易剝：「上以厚下安宅。」書禹貢：「桑土既蠶，是降丘安宅。」彌，滿。宅彌萬里，言疆土之廣，臣民之衆。不足以少留，所以喻大人之遠志。

〔三〕悲世俗二句：朅（qiè怯），説文：「去也。」輕舉，輕身飛昇。楚辭遠遊：「悲時俗之迫阨兮，願輕舉而遠遊。」注：「高翔避世，求道真也。」按：史記封禪書載齊人公孫卿與武帝言：黄帝采銅鑄鼎於荆山下，鼎既成，有龍垂胡顊下迎黄帝，羣臣後宮從而騎龍上天者七十餘人。史記索隱引如淳曰：武帝云：「誠得如黄帝，去妻子如脱屣。」（見史記封禪書）此即相如「悲世俗之迫隘」所指。

〔四〕乘絳幡二句：幡，通旛。説文：「旛，旛胡也，謂旗幅之下垂者。」絳幡，赤色旗幟。蜺，同霓，爾雅注：「雌虹也。」王補以爲此二句「猶言駕素蜺而載雲氣耳」。楚辭遠遊：「載魄而登霞兮，掩浮雲而上征。」「乘」，史記、藝文類聚作「垂」。

〔五〕建格澤二句：格澤，星名。史記天官書：「格澤星者，如炎火之狀，黄白，起地而上，下大，上兑。」 脩竿，脩長之旗竿。 此謂以格澤星爲旗竿。 總，繫也。 說文：「總，聚束也。」注：「謂聚而縛之也。」 旄，繫牦牛尾於竿頂以爲飾之旗。 詩鄘風干旄：「孑孑干旄。」傳：「注旄於干首，大夫之旃也。」說文注亦謂：「旄是旌旗之名。」 楚辭遠遊：「建雄虹之采旄兮，五色雜而炫燿。」「脩」，史記作「長」。

〔六〕垂旬始二句：旬始，星名。 史記天官書：「旬始出於北斗旁，狀如雄雞。其怒，青黑，象伏鼈。」 幓，旗葆下所懸之十二旒。 集韻：「幓，旌旗之游也。」游同旒。 髾，燕尾，旌旗所綴之假飾。 此二句謂以旬始星爲旗旒，以彗星綴成旗上之假飾。 楚辭遠遊：「造旬始而觀清都。」又：「擥彗星以爲旍兮。」 「抴」，漢書作「曳」。

〔七〕掉指橋二句：掉，摇擺。 指橋（jiǎo 矯），輕揚貌。 漢書注引張揖曰：「隨風指靡也。」按：朱起鳳辭通以爲「指」爲揭之訛字，「指橋」即潘岳射雉賦「眄箱籠以揭驕」之「揭驕」，可參。 偃蹇，夭矯貌。 文選枚乘七發：「旌旗偃蹇。」 旖旎，輕盈柔順貌，參上林賦注〔一〇三〕。 招摇，摇動貌。 漢書禮樂志郊祀歌：「飾玉梢以歌舞，體招摇若永望。」此二句總言上文之竿、旄、幓、髾隨風飄動之貌。 漢書「蹇」作「寋」，「旖旎」作「旖抳」。

〔八〕攬欃搶二句：欃搶，一作欃槍。 舊注有二說。 漢書注引張揖曰：「彗星爲欃搶。」語本爾雅釋天，注：「亦謂之孛，言其形孛孛似掃帚。」此出公羊傳文十四年：「秋七月，有星孛入於北斗。孛者何？彗星也。」然上文既言「抴彗星而爲髾」，則欃搶非彗星之別名甚明。 故史記正義曰：「天官書云：天欃長四丈，末鋭；天槍長數丈，兩頭鋭，其形類彗也。」 綢（tāo 韜），通韜，與上文之「旄」、「旓」、「摇」爲韻。爾雅釋天：「素錦綢杠。」注：「以白地錦韜旗之竿。」此作名詞，指包裹旗竿之錦練。史記集解引漢書音義：「綢，韜也。以斷虹爲旌杠之韜。」「攬」，漢書作「擸」。「攙搶」，史記作「欃槍」。

〔九〕紅杳渺二句：杳渺，深遠貌，參見上林賦注〔七六〕。渺一作眇。眩，説文：「目無常主也。」湣，通眃（yún 云），集韻：「眃，視不明貌。」眩湣，同眩眃，眼花瞭亂、視不分明之貌。文選張衡思玄賦：「儵眩眃兮反常閭。」注引蒼頡篇曰：「眩眃，目視不明貌。」按：眩一作玄，漢書注引晉灼曰：「玄湣，混合也。言自絳幡以下，衆氣色盛，光采相燿，幽藹炫亂也。」其釋「玄湣，混合也」未知所自，録以備參。猋風，自下而上的旋風。爾雅釋天：「扶摇謂之猋。」注：「暴風自下上。」禮月令：「猋風暴雨摠至。」漢書「渺」作「眇」，「眩」作「玄」。「猋」，原作「焱」，據史記、漢書改。

〔一〇〕駕應龍二句：應龍，傳爲有翼能飛升之龍。楚辭天問：「河海應龍，何畫何歷？」象輿，見上林賦注〔七八〕。楚辭賈誼惜誓：「駕太一之象輿。」螭、虯，皆龍屬。參上林賦注〔三一〕。楚辭九章涉江：「駕青虯兮驂白螭。」又九歌河伯：「駕兩龍兮驂螭。」蠖（huò 獲）略、逶麗、蚴蟉、蜿蜒，皆龍蛇行止之貌：蠖略，謂行步如尺蠖之有尺度；逶麗，左右相隨之貌；蚴蟉，屈曲飛揚之貌；蜿蜒，曲折延伸之貌。「逶」，漢書作「委」。「虯」，漢書宮本及明萬曆間汪士賢所校之司馬長卿集均作「蛇」。「蚴」，史記作「⿰虫幽」。「蜿」，漢書作「宛」。

〔一一〕低卬二句：卬，同仰、昂。低卬，一高一低。夭蟜，同夭矯，屈伸自如之貌。裾，倨之假，狀龍頸項伸直之貌。驕驁，驕縱驁放。詘，通屈。詘折，即曲折。隆窮，同隆穹，穹隆之倒文，隆起貌，狀龍鬐之高舉。蠼（jué倔），通躩，迴旋周轉之貌。論語鄉黨：「足躩如也。」注引包曰：「足躩，盤辟貌。」盤辟猶盤旋。連卷，屈曲貌。蠼以連卷，謂龍屈曲而盤旋。楚辭遠遊：「服偃蹇以低昂兮，驂連卷以驕驁。」「裾」，史記作「据」。「蠼」，漢書作「躩」。

〔一二〕沛艾二句：沛艾，猶駊騀，說文：「馬搖頭也。」赳螑，伸頸低頭前行貌。仡（yì亦），舉頭。佁儗（chì yì 赤意），集韻：「固滯貌。」謂滯固不前。畔岸，自縱貌。驤，舉也。孱顔，廣韻：「不平整貌。」史記索隱引服虔曰：「馬仰頭，其口開，正孱顔也。」謂馬齒不平整。此皆以馬行止之貌喻龍之行止。

〔一三〕跮踱二句：跮踱（chì duó 赤鐸），玉篇：「乍前乍卻。」即忽進忽退。輵螛（è hé 遏曷），集韻：「搖頭也。」漢書注引張揖曰：「搖目吐舌也。」容，急步趨行。儀禮士相見禮：「不爲容，進退走。」注：「容謂趨翔。」按：張揖訓容爲「龍體貌」，王補非之曰：「尋前後文，此容字不當訓體貌。」甚是。蜩蟉，漢書注引張揖曰：「掉頭也。」㚟（chuò 綽），廣韻、玉篇皆謂同㲋。說文：「㲋，獸也，似兔，青色而大。象形，頭與兔同，足與鹿同。」注：「㚟，乃㲋之俗體耳。集韻別爲兩字，非也。」怵臭，如皀之驚奔。梁倚，如屋梁之互倚。漢書「轄」作「蝖」，「委」作「骫」。「蜩蟉」，史記作「綢繆」。王補：「史記『蜩蟉』作『綢繆』，誤。索隱本仍作『蜩蟉』。」

〔一四〕糾蓼二句：糾蓼，即糾繚，謂糾集繚繞。叫奡（ào奧），即叫囂。漢書注引張揖曰：「糾蓼，相引也。叫奡，相呼也。」艐，一作脧，古屆字。蔑，小也。蒙，昧也。蔑蒙，謂龍行空際，視之若甚微渺。趡（jiào醮），走貌。漢書「蹋」作「踏」，「艐」作「脧」，「蔑」作「薎」，「趡」作「趭」。

〔一五〕莅颯二句：莅颯，飛疾貌。卉翕，一作卉歙，王補：「猶呼吸也，卉呼雙聲，歙吸疊韻。」此形容緊迫、急促。故漢書注引張揖曰：「莅颯，飛相及也。卉歙，走相追也。」熛，通猋。熛至，謂如疾風之來臨。史記淮陰侯列傳：「天下之士雲合霧集，魚鱗襍還，熛至風起。」霍然，消散貌。文選枚乘七發：「涊然汗出，霍然病已。」楚辭遠遊：「軼迅風於清源兮。」又曰：「遊驚霧之流波。」漢書「翕」作「歙」，「熛」作「猋」。

邪絕少陽而登太陰兮，與真人乎相求〔一六〕。互折窈窕以右轉兮，橫厲飛泉以正東〔一七〕。悉徵靈圉而選之兮，部乘衆神於瑤光〔一八〕。使五帝先導兮，反太一而從陵陽〔一九〕。左玄冥而右黔雷兮，前長離而後潏湟〔二〇〕。廝征伯僑而役羨門兮，詔岐伯使尚方〔二一〕。祝融警而蹕御兮，清氛氣而後行〔二二〕。屯余車其萬乘兮，綷雲蓋而樹華旗〔二三〕。使句芒其將行兮，吾欲往乎南娭〔二四〕。

〔一六〕邪絶二句：絶，渡也。荀子勸學：「假舟檝者，非能水也，而絶江河。」少陽、太陰，指東極和北極。博物志五方人士：「東方少陽……北方太陰。」此謂大人之行斜渡東極而升北極。東極爲海，故曰渡；北極勢高，故曰登。真人，漢書注引張揖云指「若士」，即淮南子道應所謂能「舉臂而竦身，遂入雲中」者。師古則謂：「真人，至真之人也，非指謂若士也。」説文：「真，仙人變形而登天也。」楚辭遠遊：「貴真人之休德兮，美往世之登仙。」

〔一七〕互折二句：窈窕，雲氣深邃貌。漢無極山碑：「窈窕曲隈。」右轉，由太陰（北極）而轉右行，當指西方崐崙山一帶。飛泉，漢書注引張揖曰：「飛谷也，在崐崙山西南。」山海經大荒西經：「風道北來，天乃大水泉。」疑即指此。厲，渡也。楚辭劉向九歎離世：「櫂舟航以横厲兮。」或訓疾飛，亦通。管子地員：「五沙之狀，粟焉如屑塵厲。」又漢書息夫躬傳：「鷹隼横厲，鸞徘徊兮。」注：「厲，疾飛也。」

〔一八〕悉徵二句：靈圉，參見上林賦注〔七九〕。瑶光，即摇光，星名。史記天官書索隱引春秋運斗樞：「斗，第一天樞……第七摇光。第一至第四爲魁，第五至第七爲標，合而爲斗。」又晉書天文志：「魁第一星曰天樞……第七摇光。一至四爲魁，五至七爲杓。樞爲天……摇光爲星。」可見摇光爲北斗第七星。按：漢書注引張揖曰：「摇光，北斗杓頭第一星。」蓋倒數之也。「乘」，漢書作「署」。

〔一九〕使五帝二句：五帝，天帝之五個佐臣。史記封禪書：「天神貴者太一，太一佐曰五帝。」周禮春官小宗伯：「兆五帝於四郊。」注：「蒼曰靈威仰，太昊（皞）食焉；赤曰赤熛怒，炎帝食焉；黄曰含樞紐，黄帝食焉；白曰白招拒，少昊食焉；黑曰汁光紀，顓頊食焉。」太一，即天帝。史記天官書：「中宫天極星，其一明者，太一常居也。」陵陽，指仙人陵陽子明。史記正義引列仙傳曰：「子明於沛銍縣旋溪釣得白龍，放之。後白龍來迎子明去，止陵陽山上百餘年，遂得仙也。」「太一」，漢書作「大壹」。

〔二〇〕左玄冥二句：玄冥，一名雨師，水神，又爲北方天帝顓頊之佐神。左傳昭十八年：「禳火於玄冥、回禄。」注：「玄冥，水神。」又禮月令孟冬之月：「其帝顓頊，其神玄冥。」注：「玄冥，少皞氏之子，曰脩，曰熙，爲水官。」又搜神記卷四：「雨師一曰屏翳，一曰號屏，一曰玄冥。」靁同雷。黔靁，即黔雷，一作黔嬴，天上造化神名。楚辭遠遊：「召黔雷而見之。」集注：「（洪）補引孝經緯曰：『天有六，間黔嬴。』舊説天上造化神名，或曰水神。皆怪妄之説，不可考矣。」長離、潏湟，皆靈鳥名。漢書禮樂志郊祀歌天地注引臣瓚曰：「長離，靈鳥也。故相如賦曰：『前長離而後矞皇。』舊説雲鸞也。」矞皇同潏湟。矞，玉篇：「飛貌。」可知潏湟即飛皇，與長離同類。按：沈括夢溪筆談象數：「四方取象蒼龍、白虎、朱雀、龜蛇。唯朱雀莫知何物……或謂之長離。」可參。「黔」，史記作「含」。「長」，原從史記作「陸」，據漢書改。「潏湟」，漢書作「喬皇」。

〔二二〕廝征伯僑二句：廝，役使。征伯僑，又作正伯僑；羨門，名高。漢書郊祀志：「於是始皇遂遊海上，行禮祠名山川及八神，（求）仙人羨門之屬。」又曰：「自齊威、宣時，騶子之徒論著終始五德之運，及秦帝而齊人奏之，故始皇采用之。而宋毋忌、正伯僑、元尚、羨門高、最後，皆燕人，爲方仙道，形解銷化，依於鬼神之事。」岐伯、黄帝臣，古名醫。漢書藝文志方技：「太古有岐伯、俞拊，中世有扁鵲、秦和，蓋論病及其國，原診以知政。」又據太平御覽卷七二一録帝王世紀，岐伯曾與黄帝論醫，今傳内經即托名岐伯與黄帝論醫之語。尚方，主方藥。「詔」，史記作「屬」，漢書注引張揖曰亦作「屬使主方藥」，史記集解引作漢書音義語。王補：「是漢書本作『屬』，不作『詔』，疑傳寫誤也。」

〔二三〕祝融二句：祝融，火神，南方天帝炎帝之佐。禮月令孟夏之月：「其帝炎帝，其神祝融。」注：「此赤精之君，火宫之臣，自古以來著德立功者也。……祝融，顓頊氏之子，曰黎，爲火官。」警而蹕，古代帝王出入警戒以止行人。崔豹古今注：「警蹕，所以戒行徒也。……一曰，蹕，路也，謂行者皆警於塗路也。」史記淮南王傳：「（厲王）出入稱警蹕，稱制，自爲法令，擬於天子。」雰氣，濁惡之氣。按：此段自「悉徵靈圉而選之兮」至此共十句，乃仿楚辭遠遊：「旹曖曃其曭莽兮，召玄武而奔屬。後文昌使掌行兮，選署衆神以並轂。……左雨師使徑侍兮，右雷公而爲衞。」「雰氣」，漢書作「氣氛」。「後」，漢書作「后」。

〔二三〕屯余車二句：萬乘，謂天子之車騎。參見子虛賦注〔五〕。綷，合也。綷雲蓋，合五采雲以爲車蓋。「其」，漢書作「而」。

〔二四〕使句芒二句：句，同勾。句芒，木神，東方天帝大皞之佐。禮月令孟春之月：「其帝大皞，其神句芒。」注：「此蒼精之君，木官之臣，自古以來著德立功者也。……句芒，少皞氏之子，曰重，爲木官。」將，率領其羣。漢書注：「將行，將領從行也。」娭，同嬉，嬉戲。説文：「娭，戲也。」注：「今之『嬉』字也，今『嬉』行而『娭』廢矣。」楚辭遠遊：「指炎神而直馳兮，吾將往乎南疑。」注：「神一作帝，疑一作娭。」「娭」，史記作「嬉」。

歷唐堯於崇山兮，過虞舜於九疑〔二五〕。紛湛湛其差錯兮，雜遝膠葛以方馳〔二六〕。騷擾衝蓯其相紛挐兮，滂濞泱軋麗以林離〔二七〕。鑽羅列聚叢以蘢茸兮，衍曼流爛痑以陸離〔二八〕。徑入靁室之砰磷鬱律兮，洞出鬼谷之崫礨嵬磈〔二九〕。偏覽八紘而觀四荒兮，朅渡九江而越五河〔三〇〕。經營炎火而浮弱水兮，杭絶浮渚而涉流沙〔三一〕。奄息總極汜濫水嬉兮，使靈媧鼓琴而舞馮夷〔三二〕。時若薆薆將混濁兮，召屏翳誅風伯而刑雨師〔三三〕。西望崐崙之軋沕洸忽兮，直徑馳乎三危〔三四〕。排閶闔而入帝宫兮，載玉女而與之歸〔三五〕。舒閬風而摇集兮，亢烏騰而壹止〔三六〕。低回陰山翔以紆曲兮，吾乃今目睹西王母〔三七〕。皬然白首戴勝而穴處兮，亦幸有三足烏爲之使〔三八〕。必長生若此而不死兮，雖濟萬世不足以喜〔三九〕。

〔二五〕歷唐堯二句：崇山，張揖曰：「崇山，狄山也。海外經曰：『帝堯葬於其陽。』」此指山海經海外南經。而郭注引吕覽曰：「堯葬穀林。」又曰：「帝王家墓皆有定處，而山海經往往復見之。」帝王世紀、括地志、嘉慶一統志所載堯墓均與吕覽相合，即在今山東菏澤縣東北。又書堯典：「放驩兜於崇山。」注：「崇山，南裔。」疏：「禹貢無崇山，蓋在衡嶺之南也。」衡嶺屬南嶽，在今湖南境，是否有堯冢，史料無徵，録此以供參考。九疑，此指舜冢。史記五帝本紀：「（舜）南巡狩，崩於蒼梧之野，葬於江南九疑，是爲零陵。」又山海經海内南經：「蒼梧之山，帝舜葬於陽。」注：「即九疑山也。」又水經注湘水：「磐碁蒼梧之野……故曰九疑山。大舜窆其陽。」參上林賦注〔八〕。

〔二六〕紛湛湛二句：湛湛，積厚貌。詩小雅湛露：「湛湛斯露，匪陽不晞。」楚辭九章哀郢：「忠湛湛而願進兮。」差錯，交互也。雜遝，即雜沓、襍襲，衆多紛雜貌。參見上林賦注〔一〇六〕。膠葛，猶交加，錯雜貌。方，説文：「併船也。」引申爲並駕、並行。方馳，並駕齊驅。此二句皆言大人隨從之盛況。「葛」，漢書作「轕」。

〔二七〕騷擾二句：蓯（chuāng 窗），摐之假，撞也。衝蓯，猶衝撞。紛挐，牽持雜亂。淮南子本經：「天矯曾撓，芒繁紛挐。」又：「芒繁亂澤，巧僞紛挐。」滂濞（pì 譬），猶滂沛，雨水盛貌。此喻大人隨從之衆。泱軋，廣漠貌，無邊無際。王補：「一作坱圠，亦作軮軋。本書（指漢書揚雄傳）甘泉賦『忽軮軋而無垠』，文選作『坱圠』，謂無涯際也。」　麗，靡麗。　林離，漢書注引張揖曰：「槮欐也。」槮，木長貌；欐，繁多貌。木長而繁多，盛貌。　漢書脱「相」字。

「麗」，史記作「灑」。

〔二八〕鑽羅二句：鑽羅，列聚，鑽同攢，聚也；羅，列也；鑽羅，義同列聚，互文同義，皆言衆多。叢，聚集。　蘢茸，漢書注：「聚貌。」　衍曼，猶延曼，謂延長、連綿不絶。　流爛，光彩分布之貌，此泛言遍布之意。　痑（shǐ 始），衆貌。　陸離，解見上林賦注〔一一三〕。此訓參差散亂貌。　楚辭離騷：「長余佩之陸離。」又遠遊：「判陸離其上下兮。」　「痑」，史記作「壇」。壇者，衆聚之所，如祭壇，總體之名，如文壇，故有聚集、衆多之義，與上句之「叢」字爲對文。

〔二九〕徑入二句：靁室，即雷室，漢書注引張揖曰：「雷淵也。」在今山東菏澤市堯冢遺址之北。楚辭宋玉招魂：「旋入雷淵。」洪補引山海經海内東經雷澤，則洪興祖亦以爲雷淵即雷澤。海内東經云：「雷澤中有雷神，龍身而人頭，鼓其腹。在吴西。」注：「今城陽有堯冢靈臺，雷澤在北也。」按海内東經「在吴西」之雷澤應爲震澤，即今江蘇省太湖。城陽堯冢北之雷澤乃河圖所云「華胥履之而生伏羲」之地。郭璞注誤。　砰磷鬱律，皆衆雷聲。砰，即雷聲。　列子湯問：「砰然聞之若雷霆之聲。」磷，通鄰或轔，詩秦風車鄰：「有車鄰鄰。」箋：「鄰鄰，衆車聲也。」古人常以雷聲喻衆車，或以衆車聲喻雷，不煩引。　揚雄甘泉賦：「雷鬱律於巖窔兮。」漢書注：「鬱律，雷聲也。」文選注：「小聲也。」是砰磷狀雷聲之大者，鬱律狀雷聲之小者。

王補謂：「今楚人方言猶謂有聲曰砰磷。」可參。　洞，通也。　鬼谷，史記集解引漢書音義曰：「鬼谷在北辰下，衆鬼所聚也。楚辭曰『贅鬼谷於北辰』也。」所引楚辭爲劉向九歎遠遊，今本「贅」作「綴」。又拾遺記秦始皇：「儀秦又問之（指鬼谷先生）：『子何國人也？』答曰：『吾生於歸谷，亦云鬼谷。鬼者歸也。』又云：『歸者，谷名也。』」　堀礨，堆壟不平貌。參見上林賦注〔四九〕。　嵬磈（wéi huái 圍懷），高大而又錯落不平貌。「嵬磈」，漢書作「崴魁」。

〔三〇〕偏覽二句：八紘，猶言八極。淮南子地形：「九州之外，乃有八殥……八殥之外，而有八紘。」注：「紘，維也。維落天地而爲之表，故曰紘也。」　四荒，四方荒徼之地。爾雅釋地：「觚竹、北户、西王母、日下，謂之四荒。」漢書文帝紀詔曰：「夫四荒之外不安其生。」注：「戎狄荒服，故曰四荒，言其荒忽去來無當也。」又楚辭離騷：「將往觀乎四荒。」　九江，泛指長江中下游南側支流。漢書注引張揖曰：「九江在廬江潯陽縣南，皆東合爲大江者。」續博物志卷四引劉歆曰：「湖漢等九水入彭蠡，因言九江。」　五河，泛指黄河上游之支脈，古代傳説爲五色之河者。晉庾闡游仙詩：「崐崙涌五河。」博物志地理略：「有崐崙山，廣萬里……出五色雲氣，五色流水，其泉南流入中國，名曰河也。」　「荒」，漢書作「海」。　「而越五河」，漢書無「而」字。

〔三一〕經營二句：經營，周旋往來。　炎火，各家舊注皆引山海經大荒西經：「崐崙之丘……其下有弱水之淵環之，其外有炎火之山，投物輒然（燃）。」按：南方亦有炎火。楚辭大招：「魂乎無南，南有炎火千里。」玄中記：「南方有炎火山，四月生火，其木皮爲火烷布。」十洲記：「炎火在南海中，地方二千里……取其獸毛以緝爲布，時人號爲火浣布。」又神異經：「南荒外有火山，其中生不盡之木，晝夜火燃。」　弱水、流沙，古代傳説中西方地名。後漢書西域傳大秦國：「或云其國西有弱水、流沙，近西王母所居處，幾於日所入也。」與山海經大荒西經、水經注等所記略同，而與書禹貢「導弱水至於合黎，餘波入於流沙」之説稍異。要之在古中國極西之地，所記皆據傳聞，故不免有同異，不煩引。　杭，船也。集韻：「斻，方舟也。或作航，作杭。」　絶，渡也，已見本文注〔一六〕。　浮渚，露出水面之小塊陸地。　漢書「涉流沙」上無「而」字。

〔三二〕奄息二句：奄息，奄然休息。　總，通葱。總極，即葱嶺，爲帕米爾高原、崐崙山及天山西段之總稱。漢書西域傳：「西則限以葱嶺。」注引西河舊事：「葱嶺其山高大，上悉生葱，故以名焉。」　水嬉，渡水嬉戲。述異記：「夫差作天池，池中造青龍舟，舟中盛陳妓樂，日與西施爲水嬉。」　靈媧鼓琴，漢書注引服虔曰：「靈媧，女媧也。伏犧作琴，使女媧鼓之。」帝王世紀：「帝女媧氏，亦風姓也，作笙簧。亦虵身人首。一曰女希，是爲女皇。」　馮夷，河神。莊子大宗師：「馮夷得之，以遊大川。」釋文引清泠傳：「華陰潼鄉堤首人也。服八石，得水仙，是爲河伯。」楚辭遠遊：「使湘靈鼓瑟兮，令海若舞馮夷。」　「總」，漢書作「葱」。　「嬉」，漢書作「娭」。「琴」，史記作「瑟」。

〔三三〕時若二句：薆薆，同曖曖，昏昧貌。楚辭離騷：「時曖曖其將罷兮。」屏翳，神名。應劭以爲天神使，韋昭以爲雷師，廣雅及楚辭雲中君注謂雨師，曹植洛神賦則曰：「河伯典澤，屏翳司風。」諸說不同。按文義，此處不當爲雷師、雨師或風伯，應從應劭說。風伯，風俗通：「飛廉，風伯也。」楚辭離騷：「後飛廉其奔屬。」注：「飛廉，風伯也。」蔡邕獨斷：「風伯神，箕星也。」雨師，風俗通：「玄冥，雨師也。」列仙傳：「赤松子者，神農時雨師也。」又周禮春官大宗伯注：「雨師，畢(星)也。」淮南子原道：「令雨師灑道，使風伯掃塵。」漢書「薆薆」作「曖曖」，「刑雨師」下無「而」字。

〔三四〕西望二句：崐崙，古傳說西北極之仙山，地勢在今崐崙山脈一帶。書禹貢、山海經、淮南子、水經注、搜神記、博物志、穆天子傳、神異經等古籍皆有關於崐崙之地勢方位及神話傳說的記載，要之在荒服以外，流沙之内，勢極高峻，有擎天柱與天相接，乃天帝之下都，西王母及其他仙人之居處。文極多，不煩引。軋沕洸忽，張揖曰：「不分明之貌。」三危，書禹貢：「三危既宅，三苗丕敍。」又曰：「導黑水，至於三危，入於南海。」疏：「鄭玄引地記書云：『三危之山在鳥鼠之西，南當岷山。』則在積石之西南。……要之，三危之山必在河之南也。」又曰：「酈元水經：『黑水出張掖雞山，南流至燉煌，過三危山南流入於南海。』」(按：今本水經注無此段文字)據此，三危當在今甘肅敦煌之南。而書舜典「竄三苗於三危」，尚書今古文注疏以爲當在今甘肅境内岷山之西南。二説稍異，供參。又山海經西山經：「又西二百二十里，曰三危之山。」注：「今在燉煌郡。尚書云竄三苗於三危是也。」則孔穎達之説又稍近於郭璞。蓋古今異名，堯舜亦傳説中人物，不能詳考矣。「洸」，漢書作「荒」。

〔三五〕排閶闔二句：排，推開。閶闔，天門。楚辭離騷：「吾令帝閽開關兮，倚閶闔而望予。」注：「閶闔，天門也。」玉女，神女。楚辭賈誼惜誓：「建日月以爲蓋兮，載玉女於後車。」注：「玉女，青要、乘弋等也。」又神異經東荒經：「東荒山中，有大石室，東王公居焉。長一丈，頭髮皓白……恆與一玉女投壺，每投千二百矯。」又後漢書張衡列傳思玄賦：「載太華之玉女兮。」李賢注引詩含神霧：「太華之山，上有明星玉女，主持玉漿，服之成仙。」

〔三六〕舒閬風二句：舒，從容、安詳。閬風，崐崙山之高峯。楚辭離騷：「朝吾將濟於白水，登閬風而緤焉。」注：「閬風，山名，在崐崙山。」水經注河水一：「崐崙之山三級：下曰樊桐，一名板松；中曰玄圃，一名閬風；上曰層城，一名天庭，是爲太帝之居。」又十洲記：「（崐崙山）三角，其一角正北，干辰星之輝，名曰閬風巔。」摇，通遥；集，棲止。遥集，猶遠集。楚辭離騷：「欲遠集而無止兮，聊浮遊以逍遥。」亢，通抗，振也。亢烏騰，謂如烏之振翅騰飛。漢書注引應劭曰：「亢然高飛，如烏之騰也。」漢書「舒」作「登」，「摇」作「遥」，「烏」作「鳥」。史記「壹」作「一」。

〔三七〕低回二句：陰山，漢書注引張揖曰：「陰山在崐崙西二千七百里。」按文義亦當爲傳説中極遠之地，非今河套以北、大漠以南之陰山山脈。西王母，西方女仙。山海經西山經：「玉山，是西王母所居也。西王母如人，豹尾虎齒而善嘯，蓬髮戴勝，是司天之厲及五殘。」穆天子傳：「吉日甲子，天子賓於西王母。」漢書「回」作「徊」，「目」作「日」。

〔三八〕嚯然二句：嚯（hè鶴）然，光澤潔白貌。勝，華勝，古代婦女頭飾。釋名釋首飾：「華勝。華，象草木華也。勝，言人形容正等，一人著之則勝。蔽髮前爲飾也。」三足烏，本爲日中神鳥，見春秋元命苞及淮南子精神「日中有踆烏」注，於此處不協。故王補謂乃「三青鳥」傳寫之誤，三青鳥方爲西王母之使。山海經西山經：「三危之山，三青鳥居之。」注：「三青鳥主爲西王母取食者。」又大荒西經：「王母之山，有三青鳥，赤首黑目：一名曰大鵹，一名曰少鵹，一名曰青鳥。」注：「皆西王母所使也。」又海内北經：「西王母梯几而戴勝，杖（郝懿行疏：「『杖』字實衍。」）其南有三青鳥爲西王母取食，在崐崙墟北。」「嚯」，漢書作「暠」。

〔三九〕必長生二句：濟，度也。此二句謂大人神遊求仙，見長生不死之西王母白首穴處，靠青鳥爲之取食，如清此貧寂寥，雖度萬世亦不足羨。按：此處曲折道出秦皇、漢武之求仙，既出於長享富貴之奢欲，亦由於對於所謂仙道之愚昧無知，即相如爲賦以諷之所在。

回車朅來兮絶道不周，會食幽都〔四〇〕。呼吸沆瀣兮餐朝霞，噍咀芝英兮嘰瓊華〔四一〕。嬐侵潯而高縱兮，紛鴻涌而上厲〔四二〕。貫列缺之倒景兮，涉豐隆之滂濞〔四三〕。

馳游道而脩降兮，騖遺霧而遠逝〔四四〕。迫區中之隘陜兮，舒節出乎北垠〔四五〕，遺屯騎於玄闕兮，軼先驅於寒門〔四六〕。下峥嶸而無地兮，上寥廓而無天〔四七〕。視眩眠而無見兮，聽惝怳而無聞〔四八〕。乘虛無而上假兮，超無友而獨存〔四九〕。

〔四〇〕回車二句：不周，崐崘山系東南面之一山名。漢書注引張揖曰：「不周山在崐崘東南二千三百里也。」山海經大荒西經：「大荒之隅，有山而不合，名曰不周。」淮南子天文：「昔者共工與顓頊争爲帝，怒而觸不周之山，天柱折，地維絶。」又水經注河水一：「山海經曰：『不周之山，不周之北門，以納不周之風。』則以髣髴近浮圖調之説，阿耨達之水、葱嶺于闐二水之限，與經史諸書全相乖異。」諸多神異之説，不可詳考。幽都，西北方地名。書堯典：「申命和叔，宅朔方，曰幽都。」傳：「北稱幽則南稱明……都，謂所聚也。」疏：「舍人曰：『朔，盡也。北方萬物盡，故言朔也。』……都，謂所聚者，總言北方是萬物所聚之處，非指都邑聚居也。」故此言「會食幽都」。淮南子地形：「西北方，曰不周之山，曰幽都之門。」

〔四一〕呼吸二句：沆瀣（xiè屑），北方夜半氣；朝霞，赤黄氣，此皆泛指從午夜子時即凌晨到日始出時之新鮮空氣。語本楚辭遠遊：「飡六氣而飲沆瀣兮，漱正陽而含朝霞。」注引陵陽子明經：「春食朝霞，日始欲出赤黄氣也；秋食淪陰，日没以後赤黄氣也；冬飲沆瀣，北方夜半氣也；夏食正陽，南方日中氣也；并天地玄黄之氣，是爲六氣也。」噍，嚼也。荀子榮辱：

「亦呥呥而噍，鄉鄉而飽矣。」　芝英，靈芝之花，相傳食之可祛百病而益壽。一説瑞草。爾雅釋草：「茵，芝。」注：「芝一歲三華，瑞草。」宋書符瑞志下：「芝英者，王者親近耆老，養有道，則生。漢章帝元和中，芝英生郡國。」　嘰，説文：「小食也。」　瓊華，玉樹之花，即玉英，相傳崐崘西流沙濱有此樹，食其花可長生。山海經海内西經：「開明北，有視肉、珠樹、文玉樹、玗琪樹，不死樹。」注謂文玉樹爲五彩玉樹，玗琪樹爲赤玉樹。淮南子地形所記略同，唯「玗琪樹」作「璇樹」，不煩引。楚辭九章涉江：「登崐崘兮食玉英，與天地兮同壽，與日月兮齊光。」　上句「兮」字原在句末，史記同，從漢書改。「餐」，原作「飡」，從史記、漢書改。

〔四二〕嬐侵潯二句：嬐（yǐn引），通僸，仰望。侵，通浸。侵潯，即浸淫，逐漸之意。史記武帝紀：「是歲，天子始巡郡縣，侵尋於泰山矣。」索隱：「侵尋，即浸淫也。」尋同潯。紛，盛貌。楚辭離騷：「紛吾既有此内美兮。」　鴻（hòng訌）涌，同鴻溶，水渾然深廣貌。按：舊注皆從張揖説：「鴻溶，竦踊也。」可酌。考楚辭劉向九歎遠遊：「波淫淫而同流兮，鴻溶溢而滔蕩。」注：「又見水中流波淫淫，相隨鴻溶廣大。」洪補：「鴻，一作澒……水盛也。」文選左思吴都賦：「泓澄奫潫，澒溶沆瀁，莫測其深，莫究其廣。」注：「皆水深廣闊貌也。」又論衡論死：「雞卵之未字也，澒溶於㲉中，濆而視之，若水之形。」可見此處之「鴻涌」乃言天空如浩渺之水，廣闊無涯涘，渾然一片。　厲，此處當訓飛揚，參本文注〔一七〕。漢書「嬐侵潯」作「僸祲尋」，「涌」作「溶」。

〔四三〕貫列缺二句：貫，穿也。列缺，古人指閃電。陵陽子明經以爲形成閃電之氣層，離地二千四百里（見漢書注引張揖曰）。楚辭遠遊：「上至列鈌兮，降望大壑。」鈌同缺。景，日光，此泛指光。倒景，漢書注引服虔曰：「人在天上，下向視日月，故景倒在下也。」王補則謂：「電光倒在下耳，非日月景也。」豐隆，古一說雲師，如楚辭離騷：「吾令豐隆乘雲兮。」注：「豐隆，雲師。」一說爲雷，如淮南子天文：「豐隆乃出，以將其雨。」注：「豐隆，雷也。」以字音度之，乃雷之聲，後說較勝。勿論是雲是雷，此處皆爲將雨之徵兆。滂濞，見本文注〔二七〕。「滂濞」，史記作「滂沛」。

〔四四〕馳游道二句：游道，游車和道車，此泛指大人出游之車乘。見上林賦注〔一二〇〕。脩，高。降，下也。騖，奔馳。此二句謂大人之車乘自天之高處馳下，遺雲霧於其後而遠逝也。「馳」，漢書作「騁」。

〔四五〕迫區中二句：區中，人間世，塵世。陜，狹，陿之本字。北垠，北極。此二句言大人迫塵世之隘陿，故自天而降至北極時即緩轡滯行。按：此處所用典實已見本文題解及注〔三〕，不復列。

〔四六〕遺屯騎二句：屯騎，帝王之宿衛兵騎，此泛指大人之隨從諸騎。玄闕，極北山名。淮南子道應：「盧敖游乎北海，經乎太陰，入乎玄闕，至於蒙穀之上。」注：「玄闕，北極之山也。」軼，超車，超越。先驅，先行、前驅。楚辭離騷：「前望舒使先驅兮，後飛廉使奔屬。」軼先驅，謂大人之乘騎超越其先驅，與上句之「遺屯騎」同義，皆指棄其隨從於塵世也。寒門，北極之門。淮南子地形：「北方曰北極之山，曰寒門。」注：「積雪所在，故曰寒門。」按：此二句及前句「舒節出乎北垠」，語本楚辭遠遊：「舒並節以馳騖兮，逴絶垠乎寒門。」

〔四七〕下峥嶸二句：峥嶸，深遠貌。見上林賦注〔八二〕。寥廓，曠遠、廣闊。此二句用楚辭遠遊原句。「寥」，漢書作「嵺」。

〔四八〕視眩眠二句：眩眠、惝恍，皆有矇矓之義，以喻無視無聽、超塵脱世之境界。老子：「視之不足見，聽之不足聞。」注：「視之不足見，則不足以悦其目；聽之不足聞，則不足以娱其耳。」楚辭遠遊：「視儵忽而無見兮，聽惝恍而無聞。」漢書「無」均作「亡」，「眠」作「泯」，「惝恍」作「敞怳」。

〔四九〕乘虚無二句：虚無，即虚空，本指老莊思想之最高修養境界，意謂不爲聲色名利等一切外物所誘，若虚空之曠緲無物，以保持本性之恬淡寧静。莊子刻意：「夫恬淡寂漠，虚无无爲，此天地之本，而道德之質也。」淮南子精神：「夫静漠者神明之宅也，虚無者道之所居也。」史記太史公自序：「（道家）其術以虚無爲本，以因循爲用。」无同無。此處之「虚無」用虚空義，代指天空，亦含虚空之境界本義。上假，即上遐，同楚辭遠遊之「登霞」，道家遐舉飛升之意。超，超然，離世脱俗貌。楚辭卜居：「將從俗富貴以媮生乎？寧超然高舉以保真乎？」此處取其意。無友，指無塵世俗友，即離世獨存之意。楚辭遠遊：「超無爲以至清兮，與泰初而爲鄰。」按：以上五句皆襲用楚辭遠遊結語，文字略有變動，而未移其義。朱熹楚辭集注曰：「屈子本以來者不聞爲憂，而願爲方仙之道，至此則真可以後天不老而凋三光矣。下視人世甕盎之間，百千蚊蚋，須臾之頃，萬起萬滅，何足道哉！何足道哉！」相如用此意以應前文之「必長生若此而不死兮，雖濟萬世不足以喜」，以諷喻貴爲天子、富有天下、窮奢極慾之武帝，故曰：「其術已疏。」「假」，漢書作「遐」。

長門賦 并序

〔題解〕長門，漢宮名，原係竇太主所居，獻武帝，因更名爲長門宮。此賦史漢本傳無載，初見於文選。序稱乃陳皇后罷退居長門宮時，奉金請相如代作以向武帝陳情，然據漢書外戚傳上，陳皇后罷退乃元光五年（前一三〇）事，正相如爲中郎將使蜀之時，似屬不經；序又言武帝見賦後悟，陳皇后復得親幸，亦史料無徵。且此賦纏綿悱惻，與子虛、上林之鋪張宏麗，風格迴異。故後世論者疑非相如之作（參本書前言）。觀此賦借被棄思婦之口，緣情以發義，托物以興辭，自是抒情小賦之上品，當出於大家手筆而無疑；辭義則類泛言王公貴族喜新厭舊之棄婦，不必攀援后妃之屬；且相如賦本多虛辭假設，子虛烏有，未可泥於序之不經而疑賦非相如所作。朱熹楚辭集注後語有言：「漢書皇后及相如傳無奉金求賦復幸事，然此文古妙，最近楚辭，或者相如以後得罪，自爲文以諷，非后求之。不知敍者何從實此云。」又引歸來子云：

「非高唐、洛神之比。」劉熙載藝概亦謂：「長門賦出於山鬼。」皆屬篤論。故後世言情者多師之，遂爲宮怨、閨情歌詩之典範。

孝武皇帝陳皇后時得幸〔一〕，頗妬。别在長門宫〔二〕，愁悶悲思。聞蜀郡成都司馬相如天下工爲文〔三〕，奉黄金百斤爲相如、文君取酒，因于解悲愁之辭〔四〕。而相如爲文以悟主上〔五〕，陳皇后復得親幸。其辭曰：

〔一〕孝武皇帝，即武帝。漢以孝立國，帝之謚名皆冠以孝字。陳皇后，即武帝兒時所言「若得阿嬌作婦，當作金屋貯之」之阿嬌。據漢書外戚傳：其父爲堂邑侯陳午，母爲文帝長公主嫖。武帝得立爲太子，長公主有力，故取主女爲妃。及帝即位，立爲皇后，擅寵嬌貴。十餘年而無子，聞衛子夫得幸，幾死者數焉。元光五年，坐女子楚服等爲皇后巫蠱祠祭祝詛，罷退居長門宫。踰二年，繼立衛子夫爲皇后。數年，廢后卒。得幸，爲帝所寵愛。

〔二〕在，居也。别在，猶别居，指被罷廢謫居。

〔三〕蜀郡成都，言蜀郡之成都縣，時蜀郡屬縣十五，成都縣爲郡治。工爲文，擅長作文。韓非子五蠹：「工文學者非所用。」

〔四〕奉黄金三句：奉，奉送。取酒，指相如與文君俱之臨邛賣酒於市，故送黄金以爲取酒之貲。于，助也。孟子萬章上：「汝其于予治。」注：「汝故助我治事。」此處言助解悲愁也。

〔五〕悟，悔悟，謂使武帝悔悟。

夫何一佳人兮，步逍遥以自虞〔六〕。魂踰佚而不反兮，形枯槁而獨居〔七〕。言我朝往而暮來兮，飲食樂而忘人〔八〕。心慊移而不省故兮，交得意而相親〔九〕。

〔六〕夫何二句：佳人，指思婦。古詩辭中多爲喻辭，所喻對象不定，朱熹以爲或係相如自喻，是。楚辭九歌湘夫人：「聞佳人兮召予。」注：「佳人，謂大人也。」又九章悲回風：「惟佳人之永都兮。」集注：「佳人，原自謂也。」步，漫步。逍遥，此訓徘徊無定止貌。楚辭離騷：「欲遠集而無所止兮，聊浮遊以逍遥。」又九歌湘君：「時不可兮再得，聊逍遥兮容與。」虞，忖度、思慮。此謂這一佳人何以在此徘徊不解。楚辭宋玉九辯：「有美一人兮心不繹。」

〔七〕魂踰佚二句：踰佚，失散。反，同返。枯槁，憔悴。戰國策秦一：「（蘇秦）説秦王書十上而説不行……形容枯槁，面目犂黑。」此謂佳人失魂落魄，形容憔悴。楚辭遠遊：「神儵忽而不反兮，形枯槁而獨留。」「反」，楚辭後語作「返」。

〔八〕言我二句：我，指佳人之夫君。朝往而暮來，其夫君昔日親幸時相約之辭。人，思婦自指。

〔九〕心慊移二句：慊（qiàn歉），慊恨不滿之貌。心慊移，不滿而變心。省，反顧。故，故交、故人，指思婦。得意，中其意之人。此並上二句謂其夫君昔日曾許以夜晚相會，而今則耽於飲食之樂，棄故舊而交新歡。楚辭離騷：「曰黄昏以爲期兮，羌中道而改路。初既與余成言兮，後悔遁而有他。」

伊予志之慢愚兮，懷貞慤之懽心〔一〇〕。願賜問而自進兮，得尚君之玉音〔一一〕。奉虚言而望誠兮，期城南之離宫〔一二〕。脩薄具而自設兮，君曾不肯乎幸臨〔一三〕。廓獨潛而專精兮，天飄飄而疾風〔一四〕。登蘭臺而遥望兮，神怳怳而外淫〔一五〕。浮雲鬱而四塞兮，天窈窈而晝陰〔一六〕。雷殷殷而響起兮，聲象君之車音〔一七〕。飄風迴而赴閨兮，舉帷幄之襜襜〔一八〕。桂樹交而相紛兮，芳酷烈之誾誾〔一九〕。孔雀集而相存兮，玄猨嘯而長吟〔二〇〕。翡翠脅翼而來萃兮，鸞鳳翔而北南〔二一〕。

〔一〇〕伊予志二句。伊，發語詞，無義。予，思婦自指。慢愚，遲鈍而愚魯，自謙之詞。貞慤（què 却），堅貞而謹厚。懽心，同歡心。指思婦對夫君的真情。韓非子存韓李斯上韓王書：「斯之來使，以奉秦王之歡心。」

〔一一〕願賜問二句：賜問，賜予詢問，敬詞。進，進身、親近。尚，侍奉也。君，夫君，古時妻妾稱夫爲君。禮記内則：「君已食，徹焉。」古樂府孔雀東南飛：「十七爲君婦。」玉音，對他人言詞之敬稱。詩小雅玉駒：「勿金玉爾音，而有遐心。」楚辭宋玉九懷：「願一見兮道余意，君之心兮與余異。」

〔一二〕奉虛言二句：虛言，假話，如上文「我朝往而暮來」之類。　期，期望、等待。　宮，古代房屋之通稱。戰國策秦一：「（蘇秦）路過洛陽，父母聞之，清宮除道。」離宮，猶言别室、别墅。

〔一三〕脩薄具二句：脩，置辦。　具，肴饌。　禮内則：「則佐長者視具。」薄具，菲薄之肴饌，謙詞。　自設，謂親自陳設宴席。　幸臨，有幸光臨，對來者之敬稱。　「乎」，楚辭後語作「兮」。

〔一四〕廓獨潛二句：廓，空曠寂寞貌。　潛，潛居。　廓獨潛，謂孤寂潛居。　楚辭宋玉九辯：「悲憂窮戚兮獨處廓。」　精，至誠。　管子心術下：「中不精者心不治。」注：「精，誠至之謂也。」專精，專一忠誠。　「飄飄」，文選作「漂漂」。

〔一五〕登蘭臺二句：蘭臺，臺榭之美稱，猶高雅之居室稱蘭室，幽静之臯岸稱蘭臯。　按：李善泥於序文，訓「佳人」爲「陳皇后」，「我」爲「武帝」，「離宮，即長門宮」，雖史無可徵，於文義尚不隔。唯此處曰：「蘭臺，臺名。」檢漢之蘭臺，乃宫廷藏書處，爲御史中丞所掌管，非后妃出入之地，已罷居長門宮之陳皇后焉得「登」其上而「遥望」？若以相如借用宋玉風賦「楚襄王游於蘭臺之宮」之蘭臺，則據史記楚世家正義：「蘭臺，桓山之别名也。」亦無廢后攀登名山之理。故知李注非是。　怳怳，猶怳惚，怳亦作恍，惚一作忽，心神不定貌。　六韜龍韜選將：「有怳怳忽忽而反忠實者。」文選宋玉神女賦：「精神恍惚。」　外淫，外遊。　神恍惚而外遊，猶言失魂落魄。

〔一六〕浮雲二句：鬱，蘊結。　窈窈，幽暗貌。　楚辭九歌山鬼：「雲容容兮而在下，杳冥冥兮羌晝晦。」又宋玉九懷：「卒廱蔽此浮雲兮，下暗漠而無光。」

〔一七〕殷殷，雷聲。　詩召南殷其靁：「殷其靁，在南山之陽。」箋：「靁殷殷然發聲於山之陽。」　象君之車音，古車笨重，車聲亦沉重如雷，故古籍常用象雷聲之殷殷，與象衆車聲之轔轔、輷輷等混用。如史記蘇秦傳：「輷輷殷殷，若有三軍之衆。」古文苑崔駰東巡頌：「天動雷霆，殷殷轔轔。」　「殷殷」，楚辭後語作「隱隱」。

〔一八〕飄風迴二句：飄風，旋風。詩大雅卷阿：「有卷者阿，飄風自南。」楚辭離騷：「飄風屯其相離兮，帥雲霓而來御。」　闈，闈房、内室。　迴而赴闈，謂飄風回旋而吹入内室。　舉，揚起。帷幄，帳幕。　史記太史公自序：「運籌帷幄之中。」　襜襜，猶襜如，摇動貌。　論語鄉黨：「衣前後，襜如也。」　「赴」，文選作「起」。

〔一九〕桂樹交二句：桂樹，一名木犀、丹桂、九里香。常緑喬木，開白黄小花，香味濃郁。楚辭遠遊：「嘉南州之炎德兮，麗桂樹之冬榮。」　交而相紛，交錯雜亂貌。　酷烈、誾誾（yín 銀），文選注：「香氣甚也。」按：誾誾本指説話正直，論語鄉黨：「與上大夫言，誾誾如也。」注：「誾誾，中正貌。」説文：「誾，和説而諍也。」注：「誾誾爲中正者，謂和悦而諍，柔剛得中也。」和悦而諍，諍言直，直則刺耳，借以喻香之純正而又濃郁撲鼻。

〔二〇〕孔雀集二句：存，説文：「恤問也。」相存，喻孔雀羣集相親相呼貌。　猨，同猿。　玄猨，見子虛賦注〔三六〕。此處隱寓玄猨失伴，因而悲嘯哀吟之意。

〔二一〕翡翠二句：翡翠，水鳥，見子虛賦注〔六四〕。脅翼，收斂翅膀。萃，聚集。北南，一北一南，謂南北分飛。此謂翡翠雖小鳥，到晚却能脅翼而相聚；鸞鳳徒自高貴，却終於南北分飛。與上二句皆一正喻、一反襯。「翔」，後語作「飛」。

心憑噫而不舒兮，邪氣壯而攻中〔二二〕。下蘭臺而周覽兮，步從容於深宮〔二三〕。正殿塊以造天兮，鬱並起而穹崇〔二四〕。間徙倚於東廂兮，觀夫靡靡而無窮〔二五〕。擠玉戶以撼金鋪兮，聲噌吰而似鐘音〔二六〕。刻木蘭以爲榱兮，飾文杏以爲梁〔二七〕。羅丰茸之遊樹兮，離樓梧而相撐〔二八〕。施瑰木之欂櫨兮，委參差以槺梁〔二九〕。時彷彿以物類兮，象積石之將將〔三〇〕。五色炫以相曜兮，煥爛燿而成光〔三一〕。緻錯石之瓴甓兮，象瑇瑁之文章〔三二〕。張羅綺之幔帷兮，垂楚組之連綱〔三三〕。撫柱楣以從容兮，覽曲臺之央央〔三四〕。白鶴噭以哀號兮，孤雌跱於枯楊〔三五〕。

〔二二〕心憑噫二句：憑，充滿。噫，通抑，鬱抑、氣不舒暢。憑噫，憤懣鬱抑。或訓噫通臆，方言：「臆，滿也」。注：「愊臆，氣滿也。」憑、愊一音之轉，故文選注曰：「憑噫，氣滿貌。」亦通。又詩小雅楚茨「我庾維億」，王引之經義述聞謂億通噫，滿也。亦是噫可訓滿之證。邪氣攻中，管子形勢：「邪氣入內，正色乃衰。」楚辭東方朔七諫自悲：「邪氣入而感內兮。」

〔二三〕下蘭臺二句：周覽，周游觀覽。文選宋玉登徒子好色賦：「周覽九土，足歷五都。」史記秦始皇紀泰山刻石：「登茲泰山，周覽東極。」從容，舒閒貌。書君陳：「寬而有制，從容以和。」莊子秋水：「鯈魚出遊從容，是魚之樂也。」

〔二四〕正殿二句：正殿，高大之正房。漢書霍光傳：「鴞數鳴殿前樹上，第門自壞。」注：「古者室屋高大，則通呼爲殿耳，非止天子宮中。」塊，特立貌。莊子應帝王：「塊然獨以其形立。」造，至也。禮王制：「造乎禰。」造天，至天，極言其殿之高。鬱，高出。詩大雅雲漢：「蘊隆蟲蟲。」釋文：「蘊，韓詩作鬱。」是鬱可通蘊，積也，引申即爲高出之義。文選枚乘七發：「龍門之桐高百尺而無枝，中鬱結之輪菌，根扶疏以分離。」注：「鬱結，隆高之貌也。」穹崇，高大貌。

〔二五〕間徙倚二句：間，有頃、隔一會兒。徙（xǐ洗）倚，留連徘徊。楚辭遠遊：「步徙倚而遥思兮，怊惝怳而乖懷。」靡靡，文選五臣注吕向曰：「室宇美好也。」

〔二六〕擠玉户二句：玉户，嵌玉爲飾之房門。撼，摇撼。金鋪，以金屬爲原料所製之鋪首（門環）。噌吰（chēng hóng 撐宏），象聲詞，此指金鋪摇動聲。

〔二七〕刻木蘭二句：木蘭，樹名。見子虛賦注〔三四〕。榱（cuī崔），屋椽。文杏，杏樹之異種，材有文采，故名。舊題劉歆西京雜記：「初修上林苑，羣臣遠方各獻名果異樹……杏二：文杏、蓬萊杏。」

〔二八〕羅丰茸二句：羅，羅列。丰茸，盛貌。遊樹，文選注：「浮柱也。」離樓，嵌空玲瓏貌。離亦作欐、麗、攡，樓亦作婁、廔、鏤，所繫偏旁，兼有會意。如泛言雕文作婁，古詩：「雕文各異類，離婁自相聯。」言屋作廔，説文：「廔，屋麗廔也。」又曰：「麗廔，猶離婁也。」言雕鏤精巧作鏤，文選左思魏都賦：「壯翼攡鏤於青霄。」此處言樓閣，故作離樓。梧，屋斜柱。漢書項籍傳：「諸將讋服，莫敢枝梧。」注引臣瓚曰：「小柱爲枝，邪柱爲梧，今屋梧邪柱是也。」此泛指枝梧，即支撑屋頂之各色小柱、斜柱。此謂樓閣上羅布衆多懸梁浮柱，枝梧相撐，玲瓏剔透。

〔二九〕施瑰木二句：瑰木，瑰奇之木。欂櫨，大柱柱頭承托棟梁的方形短木，或稱斗拱。淮南子本經：「標枺欂櫨，以相支持。」注：「標枺，柱類。欂，枅也。櫨，柱上枅，即梁上短柱也。」委，委積。參差，不齊貌。見上林賦注〔四四〕。槺梁，王念孫讀書雜志：「中空之貌。言衆欂櫨羅列參差而中空也。」「櫨」，原譌「櫖」，據文選及楚辭後語改。「槺」，楚辭後語作「棟」，疑誤。

〔三〇〕時仿佛二句：時，此、是。時仿佛，似乎是。文選注：「楚辭曰：『時仿佛而不見，心淳熱其若湯。』」按：所引楚辭爲九章悲回風，今本作：「存髣髴而不見兮，心踊躍其若湯。」以物類，以物相類，即相比擬。積石，即今大雪山，在青海南部。書禹貢：「浮於積石，至於龍門西河。」山海經海内西經：「河水……即西而北，入禹所導積石山。」將將，高大、雄偉貌，詩大雅緜：「迺立應門，應門將將。」又壯麗貌，荀子王霸：「如霜雪之將將。」 此謂殿宇仿佛可與雄偉壯麗之積石山比類。 「仿佛」，楚辭後語作「髣髴」。

〔三一〕五色二句：五色，泛指各種色采。 書益稷：「以五采彰施於五色，作服，汝明。」老子：「五色令人目盲。」 炫，光亮貌。 曜，同耀。 煥爛，光耀燦爛。 爗（yè葉），光盛貌。 詩小雅十月之交：「爗爗震電，不寧不令。」 「煥爛爗」，文選作「爛耀耀」。

〔三二〕緻錯石二句：緻，緻密。 錯石，衆石疊積交錯。 瓴甓，鋪地所用之磚。 瑇瑁，見子虛賦注〔六八〕。 文章，交錯之色彩或花紋。 莊子胠篋：「滅文章，散五采。」文選注：「言累衆石令之密緻，以爲瓴甓，采色間雜，象瑇瑁之文章也。」

〔三三〕張羅綺二句：幔，亦帳幕。 墨子非攻下：「幔幕帷蓋，三軍之用。」 組，用以繫帳幕之組帶。 楚組，荆楚所産之組帶。 按：尚書禹貢：「荆州……厥篚玄纁璣組。」傳：「此州染玄纁色善，故貢之。」可見荆楚染色之組帶早已聞名天下。 連綱，連結帳幕上所有組帶的總繩。

〔三四〕撫柱楣二句：撫，亦覽也，與下句之「覽」字相對。 文選宋玉神女賦序：「於是撫心定氣，復見所夢。」注：「撫，覽也，見神女也。」 柱楣，門柱上之横檔。 爾雅釋宫：「楣謂之梁。」注：「門户上横梁。」 曲臺，幽隱之臺榭。 按：文選注引三輔黄圖曰：「未央東有曲臺殿。」檢曲臺殿爲秦始皇所治處，入漢爲天子射宫（行大射禮及考試貢士之處所），又立爲署，置太常博士弟子，不當飼養白鶴、孤雌等禽物以供觀賞。 設如李善所言文中思婦爲陳皇后，但既已廢退幽居，又何能前往天子之射殿遊覽？故知李説非是。　「柱」，原作「枉」，形近而刊誤，據文選、楚辭後語改。

〔三五〕白鶴二句：嗷，哭聲貌。公羊傳昭二五年：「於是嗷然而哭。」按：鶴氣管長而回折，故其鳴聲高似啼號，聲唳雲霄。　孤雌，失偶的鳥。　跱，同峙，獨自站立。　淮南子脩務：「（申包胥）至於秦庭，鶴跱而不食，晝吟宵哭。」「楊」，原譌作「楊」，據文選、楚辭後語改。

日黄昏而望絶兮，悵獨託於空堂〔三六〕。懸明月以自照兮，徂清夜於洞房〔三七〕。援雅琴以變調兮，奏愁思之不可長〔三八〕。案流徵以卻轉兮，聲幼妙而復揚〔三九〕。貫歷覽其中操兮，意慷慨而自卬〔四〇〕。左右悲而垂淚兮，涕流離而從横〔四一〕。舒息悒而增欷兮，蹝履起而彷徨〔四二〕。揄長袂以自翳兮，數昔日之諐殃〔四三〕。無面目之可顯兮，遂頹思而就牀〔四四〕。摶芬若以爲枕兮，席荃蘭而茝香〔四五〕。忽寢寐而夢想兮，魄若君之在旁〔四六〕。惕寤覺而無見兮，魂迋迋若有亡〔四七〕。衆雞鳴而愁予兮，起視月之精光〔四八〕。觀衆星之行列兮，畢昴出於東方〔四九〕。望中庭之藹藹兮，若季秋之降霜〔五〇〕。夜曼曼其若歲兮，懷鬱鬱其不可再更〔五一〕。澹偃蹇而待曙兮，荒亭亭而復明〔五二〕。妾人竊自悲兮，究年歲而不敢忘〔五三〕。

〔三六〕日黄昏二句：日，每日。　獨託，獨自託身。　此謂因其夫君昔日有「朝去而暮來」之約，故思婦每日皆以黄昏爲期相待。黄昏，即儀禮士昏禮「期初昏」之初昏，爲古人迎親之時。然其夫君終於背約棄禮，使其望絶，而悵然獨自託身於空堂。楚辭離騷：「曰黄昏以爲期兮，羌中道而改路。初既與余成言兮，後悔遁而有他。」又九章抽思：「昔君與我成言兮，曰黄昏以爲期。羌中道而回畔兮，反既有此他志。」

〔三七〕懸明月二句：明月，明月珠，即夜光珠。楚辭九章涉江：「被明月兮佩寶璐。」史記李斯列傳上書諫逐客：「垂明月之珠，服太阿之劍。」徂，消逝。　洞房，深邃之内室。楚辭宋玉招魂：「姱容修態，絙洞房些。」文選宋玉風賦：「躋於羅帷，經於洞房。」

〔三八〕援雅琴二句：雅琴，對琴的雅稱。文選注引劉歆七略曰：「琴之言禁也，雅之言正也，君子守正以自禁也。」　變調，對正調而言。古人以中正雍和之樂爲正、爲雅，若哀樂無節、或昂揚急切、或淫邪放逸，皆失中和而爲變調矣。此言思婦窮愁怨望，援琴以鼓，音必極哀，故曰變調。　不可長，不能再多，極言思婦愁思之深。

〔三九〕案流徵二句：案，同按，彈奏。　徵，宫商角徵羽五音之第四音。流徵，流變之徵音，相對於清雅之正音而言。禮樂記：「故制雅頌之聲以道之，使其聲足樂而不流。」文選注引宋玉笛賦：「吟清商，追流徵（藝文類聚樂部四笛引作「起流徵」）。」又文選成公綏嘯賦：「協黄宫於清角，雜商羽於流徵。」　卻轉，指轉調。　紗，同妙。幼（yào 要）紗，微妙曲折，指平緩低沉之音。楚辭後語、文選「卻」作「却」，「紗」作「妙」。

〔四〇〕貫歷覽二句：貫，連貫。貫歷覽，猶言縱觀。操，琴曲的一種。後漢書曹褒傳：「歌詩曲操。」注引劉向別録：「其道閉塞悲愁而作者，名其曲曰操，言遇災害不失其操也。」中操，言琴所奏合於操。卬，同昂，激昂。「卬」，原譌「邛」，據衆本改。

〔四一〕左右二句：左右，指在旁侍候之婢妾。流離，猶淋漓，涕淚下滴貌。從横，涕淚交流，言其多。

〔四二〕舒息悒二句：舒，通紓、抒，抒泄，吐露。息，歎息。悒，憂鬱。增，屢次。欷，抽咽之聲。楚辭宋玉九辯：「憯悽增欷兮薄寒之中。」又文選宋玉高唐賦：「令人惏悷憯悽，脅息增欷。」蹝（xǐ徙），同屣、躧。蹝履起，謂拖着鞋起立行走，以喻思婦無心整裝，因憂傷而懶散。漢書雋不疑傳：「躧履起迎。」注：「履不著跟曰躧。躧謂納履未正，曳之而行。」「增」，楚辭後語作「憎」。

〔四三〕揄長袂二句：揄長袂，揚起長袖。莊子漁父：「被髮揄袂。」史記貨殖列傳：「揄長袂，躡利屣。」翳，遮掩。自翳，謂自掩其面。數，計算。諐（qiān千），同愆，過失。禮緇衣引詩曰：「不諐於儀。」詩大雅抑即爲「不愆於儀」。殃，災禍。楚辭離騷：「豈余身之憚殃兮。」「諐」，文選作「僣」，爲「諐」之誤字。

〔四四〕無面目二句：無面目，没有面子，失去體面。國語吳語：「吾（夫差自指）何面目以見（伍）員也！」此謂思婦被棄，計數前愆，求陳情自進而不可得，故覺無顔見人。又可訓面目爲面顔、姿色。詩小雅何人斯：「有靦面目，視人罔極。」則此爲思婦自數前愆，乃因年過色衰，故爾被棄，亦通。顇思，顇敗之思念，猶言愁思。

〔四五〕搏芬若二句：搏，持、憑藉。若，杜若；蘭，衡蘭；茝，白芷：均香草，見子虚賦注〔一二三〕。荃，亦香草，同蓀。説文：「蓀，香草，亦作荃、蘧、蘧。」席，作動詞，謂以香草爲枕席。句意仿楚辭離騷：「扈江離與辟芷兮，紉秋蘭以爲佩。」「製芰荷以爲衣兮，集芙蓉以爲裳。」

〔四六〕忽寢寐二句：夢想，文選注引琴操：聶政之妻曰：「聶政出遊，七年不歸，吾常夢想思見之。」魄，夢魂。「魄」，原作「魂」，因緊接下文即重出「魂」字，故從衆本改。

〔四七〕惕寤覺二句：惕，怵惕，驚也。惕寤覺，夢中驚醒。説文：「寐覺而有言曰寤。」無見，醒來不見夢中在旁之夫君。迋（guàng 逛）迋，恐懼貌。左傳昭二十一年：「子無我迋，不幸而後亡。」注：「迋，恐也。」若有亡，如有所失。莊子則陽：「客出，而君惝然若有亡焉。」「寤」，楚辭後語作「寐」。

〔四八〕衆雞鳴二句：衆雞鳴，謂天將明時衆雞齊鳴。按：樂府詩集雞鳴歌引樂府廣題曰：「漢有雞鳴衛士，主雞唱。宫外舊儀：宫中與臺並不得畜雞。……戊夜是爲五更，未明三刻雞鳴，衛士起唱。」是宫中不畜雞，此言「衆雞鳴」，亦可佐證思婦非長門宫之陳皇后也。愁予，使我發愁。楚辭九歌湘夫人：「目眇眇兮愁予。」精，明亮。精光，明亮的月光。蓋天之將曉，月色益明也。

〔四九〕觀衆星二句：行列，排列的次第。國語周語中：「行列治整。」莊子山木：「進不敢爲前，退不敢爲後……是故其行列不斥。」畢昴，畢八星和昴七星之總稱。在天庭之西宫。史記天官書：「昴曰髦頭，胡星也，爲白衣會。畢曰罕車，爲邊兵，主弋獵……昴畢閒爲天街。」淮南子天文：「西方曰顥天，其星胃、昴、畢。」又曰：「太陰在午，歲名曰敦牂，歲星舍胃、昴、畢，以三月與之晨出東方氐、房、心爲對。」今思婦見畢昴晨出東方，時令當是季春三月。按：文選注：「淮南子曰：『西方其星昴畢。』今出東方，謂五月六月也。」釋欠明晰。蓋三代不同曆，左傳昭十七年：「火（星）出於夏爲三月，於商爲四月，於周爲五月。」故訓古時令宜以氣節爲準的，言四時亦當言明用何曆。今相如賦言畢昴由西轉入東方，乃清明、穀雨前後。漢書律曆志：「大梁，初胃七度，穀雨（注：今曰清明）；中昴八度，清明（注：今曰穀雨，於夏爲三月，商爲四月，周爲五月），終於畢十一度。」又呂氏春秋孟夏紀：「孟夏之月，日在畢……是月也，以立夏。」孟夏之月爲四月，秦以十月爲歲首，漢太初曆以十一月甲子朔旦冬至爲歲首，則呂覽之言四月，即太初曆之五六月矣。然由立夏倒推半月至一月，即穀雨、清明之間，正今農曆之春三月也。

〔五〇〕望中庭二句：藹藹，月光黯淡之貌。季秋，九月。禮月令：「季秋之月，月在房……霜始降。」按：上文既言「起視月之精光」，此又言「望中庭之藹藹」；既言「畢昴出於東方」，此又言「若季秋之降霜」。寫思婦愁苦至極，度日如年，心衰體弱，爲凌晨寒氣所侵，遂誤以月光爲霜霧，以和煦之春光爲肅殺之秋氣也。所謂情景交融，意在言外，妙不可言，的是大家手筆。

〔五一〕夜曼曼二句：曼曼，同漫漫，長遠貌。楚辭九章悲回風：「終長夜之曼曼兮，掩此哀而不去。」若歲，謂度夜如歲。楚辭九章抽思：「望孟夏之短夜兮，何晦明之若歲！」鬱鬱，憂悶貌。抽思又曰：「心鬱鬱之憂思兮，獨永歎乎增傷。」更，延續。不可再更，不能再繼續下去。文選注引越絶書：「會稽之飢，不可再更。」「曼曼」，楚辭後語作「漫漫」。

〔五二〕澹偃蹇二句：澹，説文：「摇也。」此謂摇晃。偃蹇，文選注：「佇立貌也。」荒，荒忽，隱約不分明貌。亭亭，文選注：「遠貌。」復明，猶復旦，謂天曉前月落天黯，日出而後復明。尚書大傳卿雲歌：「日月光華，旦復旦兮。」

〔五三〕妾人二句：妾人，婦女自謙之辭。管子戒：齊桓公召問中婦諸子，對曰：「妾人聞之：君外舍而不鼎饋，非有内憂，必有外患。」究，窮究，終了。究年歲，謂終其一生。不敢忘，文選注：「不敢忘君也。」楚辭後語「悲」字後有「傷」字。

美人賦

〔題解〕美人，相如自稱。此文出初學記、古文苑。舊題劉歆撰西京雜記云：「文君眉色如望遠山，臉際常若芙蓉，肌膚如脂。 長卿素有消渴疾，作美人賦，欲自刺。」此説與長門賦序相類，皆好事者強以寓言託辭攀附史實，以聳人聽聞。 蓋審其文義，乃假託對梁孝王問以辯其「心正於懷」，「秉志不回」，自許爲遠勝孔墨之徒，坐懷不亂之君子，固非所以自刺也。 或因其琴挑文君之後，遭世譏垢，故爲此文以自剖其非沈湎女色而不能自拔者；或在其因被誣出使受賄而失官之後，窮極無聊，乃爲此遊戲筆墨，以諷帝王輕信讒言之可悲。 亦或兩者兼而有之。 以史料無徵，不可確論。 此文與文選宋玉登徒子好色賦、古文苑宋玉諷賦在內容、結構方面均相類，若二賦非贋品，則相如此文係仿制。 然此文筆意輕靈，字句妍秀，以及描寫細膩、抒張情愫則比舊題宋玉兩賦過之，屬抒情賦之珍品，對後世文學發展之影響亦不容或忽。

司馬相如美麗閑都〔一〕，遊於梁王〔二〕。 梁王説之。 鄒陽譖之於王曰〔三〕：「相如美則美矣，然服色容冶妖麗，不忠，將欲媚辭取悦，遊王後宮〔四〕。 王不察之乎？」王問相如曰：「子好色乎？」相如曰：「臣不好色也〔五〕。」王曰：「子不好色，何若孔墨乎〔六〕？」

〔一〕閑，閑静，安舒貌。 都，優美貌。 詩鄭風有女同車：「彼美孟姜，洵美且都。」 此相如自稱是美男子。 文選宋玉登徒子好色賦：「玉爲人體貌閑麗。」漢書相如本傳：「相如時從車騎，雍容閒雅，甚都。」

〔二〕梁王：史記梁孝王世家、諸侯王年表五：梁孝王武，景帝之同母弟，以其與帝最親，太后寵愛，削平七國之亂有功，又爲大國，居天下膏腴地，於是大治宫室池苑，得賜天子旌旗，出從千乘萬騎。東西馳獵，擬於天子。出言蹕，入言警。招延四方豪桀，自山以東遊説之士，莫不畢至。遊於梁王：史記相如本傳：相如先事景帝，爲武騎常侍，非其好也。是時梁孝王來朝，從遊説之士鄒陽、枚乘、嚴忌之徒，相如見而説之。因病免，客遊梁。數年，梁孝王薨，始歸。

〔三〕鄒陽，漢書鄒陽傳：鄒陽齊人，與枚乘、嚴忌等事吴王濞，皆以文辯著名。濞陰有邪謀，陽奏書諫，不納。於是與枚乘等去之梁。陽爲人有胆略，忼慨不苟合。梁王謀奪帝位，陽争以爲不可。羣小疾之，讒毁于王，下吏。陽乃從獄中上書，辭頗激昂，遂爲千古名篇。此所謂「鄒陽譖之於王」云云，當係虚辭假設。

〔四〕然服色四句：服色，此指服飾。容冶，容貌妖冶。文選宋玉登徒子好色賦：「體美容冶，不待裝飾。」媚辭，逢迎討好之言辭。書冏命：「無以巧言令色，便辟側媚。」遊王後宫，意謂引誘王之妃嬪。登徒子好色賦登徒子短玉於王曰：「（玉）爲人體貌閑麗，口多微辭，又性好色，願王勿與出入後宫。」又古文苑宋玉諷賦謂唐勒讒之於王語略同。「妖」，古文苑注：「一作姣。」

〔五〕好色，貪戀女色。論語子罕：「吾未見好德如好色者也。」臣不好色，登徒子好色賦宋玉答楚王問曰：「至於好色，臣無有也。」

〔六〕孔墨：孔子和墨子。漢人認爲孔子、墨子皆聖人，信徒亦衆，故取以爲喻。淮南子脩務：「書傳之微者，唯聖人能論之。今取新聖人書名之曰孔墨，則弟子句指而受者必衆矣。」

相如曰：「古之避色，孔墨之徒，聞齊饋女而遐逝〔七〕，望朝歌而迴車〔八〕，譬猶防火水中，避溺山隅，此乃未見其可欲，何以明不好色乎〔九〕？若臣者，少長西土，鰥處獨居〔一〇〕，室宇遼廓，莫與爲娛〔一一〕。臣之東隣，有一女子，雲髮豐艷，蛾眉皓齒〔一二〕；顏盛色茂，景曜光起〔一三〕。恒翹翹而西顧，欲留臣而共止〔一四〕。登垣而望臣，三年於兹矣，臣棄而不許〔一五〕。竊慕大王之高義，命駕東來〔一六〕。途出鄭、衛，道由桑中，朝發溱、洧，暮宿上宫〔一七〕。

〔七〕饋，送也。 遐逝，遠逝，此指孔子離國遠去。史記孔子世家：魯定公十四年，孔子由大司寇行相事，魯大治。齊人聞而懼，於是選女子好者八十人，皆衣文衣而舞康樂，文馬三十駟，遺魯君。季桓子受之，三日不聽政，孔子遂適衛。

〔八〕朝歌，殷都。周武王滅殷，封康叔於此，爲衛國。戰國爲魏所併。故址在今河南淇縣。迴，同回。迴車，指墨子以爲朝歌乃聲色淫靡之邦，故不入其邑即返。史記鄒陽列傳獄中上書曰：「縣名勝母而曾子不入，邑號朝歌而墨子迴車。」淮南子説山：「曾子立孝，不過勝母之間；墨子非樂，不入朝歌之邑；……所以養志者也。」

〔九〕此乃二句：謂人之好色，乃因見色之可欲者亂其心性所致。今孔墨皆避美色而不見，何以證明其見美色而不動心乎？老子：「不見可欲，使民心不亂。」

〔一〇〕少長二句：相如自謂生長於蜀郡成都，離家東遊之前未曾婚配。

〔一一〕室宇二句：遼廓，空闊。淮南子俶真：「欲以通性於遼廓，而覺於寂漠也。」與，相親、相好。莫與爲娛，無相好之人以爲歡娛。國語齊語：「桓公知諸侯多與己也，故又大施忠焉。」

〔一二〕臣之四句：東隣，古時房屋一般皆坐北向南，故隣居皆在東西向，而東方之日爲朝陽，東來之風爲春風，故古籍言及愛慕之隣居美女，多稱東隣或東家。如孟子告子下：「踰東家牆而摟其處子，則得妻。」文選宋玉登徒子好色賦：「臣里之美者，莫若臣東家之子。」雲髮，美而長之髮。詩鄘風君子偕老：「鬒髮如雲。」傳：「鬒，黑髮也。如雲，美長也。」蛾眉，如蠶蛾觸鬚曲而長之眉。皓齒，潔白之齒。詩衛風碩人：「齒如瓠犀，螓首蛾眉。」宋玉登徒子好色賦：「眉如翠羽……齒如含貝。」吕氏春秋本生：「靡曼皓齒。」文選枚乘七發：「皓齒蛾眉。」「雲」，藝文類聚一八作「玄」。

〔一三〕顏盛二句：顏盛色茂，謂其正值青春，容顏姿色豐潤可人。景曜，光彩貌。文選張衡西京賦：「流景曜之韡韡。」注：「曜，光也。……景，光景也。」

〔一四〕恒翹翹二句：「恒，經常。翹翹，高貌。詩周南漢廣：「翹翹錯薪。」西顧，向西隣顧盼。

止，居住，留宿。詩商頌玄鳥：「邦畿千里，維民所止。」箋：「止，猶居也。」論語微子：「（丈人）止子路宿。」此謂隣女欲留相如同居。「西」，章樵古文苑注：「一作相。」

〔一五〕登垣三句：垣，墻垣。三年於茲，到此時已有三年。宋玉登徒子好色賦：「然此女登牆闚臣三年，至今未許。」「於茲」，古文苑作「有茲」。

〔一六〕竊慕二句：大王，指梁孝王。高義，高尚之義行。戰國策齊二：「夫救趙，高義也。」命駕，命御者駕車，猶言起程。左傳哀十一年：「命駕而行。」東來，指適梁。按：據相如本傳，相如東遊，乃事景帝爲武騎常侍，會梁孝王來朝，始以病免而隨之適梁。此所謂慕王高義而東來云云，可再證此文乃虚辭假設，不可泥于徵實。「東來」，古文苑注：「一作『而東』。」

〔一七〕途出二句：鄭衛，古鄭國和衛國，均在今河南省，乃由西京適梁所經之地。兩國風俗澆薄，歌聲淫靡，且多美女，故古籍常鄭衛並稱。參子虚賦注〔五五〕、上林賦注〔一七一〕及本文注〔八〕。

桑中、上宮，古鄘地。武王時爲鄘國，周公平武庚之叛後併入衛，此亦言其淫冶。詩鄘風桑中：「期我乎桑中，要我乎上宮，送我乎淇之上矣。」箋：「與我期於桑中，而要見我於上宮，其送我則於淇水之上。」毛詩序曰：「桑中，刺奔也。衛之公室淫亂，男女相奔。」溱洧，皆鄭國水名，今河南省賈魯河之上游，於新鄭相會。溱水水經注作潧水，洧河今名雙洎河。此亦言其淫冶。詩鄭風溱洧：「洧之外，洵訏且樂。維士與女，伊其相謔，贈之以勺藥。」毛詩序：「溱洧，刺亂也。兵革不息，男女相棄，淫風大行，莫之能救焉。」

「上宮閒館，寂寞雲虛〔一八〕。門閤晝掩，曖若神居〔一九〕。臣排其户而造其室，芳香芬烈，黼帳高張〔二〇〕。有女獨處，婉然在牀，奇葩逸麗，淑質艷光〔二一〕。覩臣遷延，微笑而言曰：『上客何國之公子？所從來無乃遠乎〔二二〕？』遂設旨酒，進鳴琴。臣遂撫絃爲幽蘭、白雪之曲〔二三〕。女乃歌曰：『獨處室兮廓無依，思佳人兮情傷悲〔二四〕。有美人兮來何遲，日既暮兮華色衰，敢託身兮長自私〔二五〕。』玉釵挂臣冠，羅袖拂臣衣〔二六〕。時日西夕，玄陰晦冥〔二七〕；流風慘冽，素雪飄零；閑房寂謐，不聞人聲〔二八〕。於是寢具既設，服玩珍奇，金鉔薰香，黼帳低垂〔二九〕；裀褥重陳，角枕横施〔三〇〕。女乃弛其上服，表其褻衣，皓體呈露，弱骨豐肌〔三一〕。時來親臣，柔滑如脂。臣乃脈定於內，心正於懷〔三二〕。信誓旦旦，秉志不回；翩然高舉，與彼長辭〔三三〕。」

〔一八〕上宮二句：閒館，幽静之館舍。寂寞，空廓無人。楚辭遠遊：「山蕭條而無獸兮，野寂漠其無人。」漠同寞。又劉向九歎憂苦：「幽空虛以寂寞。」注：「無有人聲也。」虛，天之空處。素問五運行大論：「虛者，所以列應天之精氣也。」雲虛，謂空中雲氣繚繞。「上」，古文苑注：「一作離。」「寞」，汪校本及文選石闕銘注引作「寥」。「雲」，石闕銘注引作「至」。

〔一九〕門閤二句：閤，小門。曖，隱約、不明。神居，神仙所居。「曖」，原譌作「曖」，據汪校本改。古文苑注：「一作『焕』。」

〔二〇〕臣排三句：排其户，推開寢室門。宋玉諷賦：「來排臣户。」造，小爾雅廣詁：「進也。」黼（fǔ甫）帳，繡有白黑色斧形花紋的牀帳。周禮考工記畫繢：「白與黑謂之黼。」黼帳高張，謂牀帳高掛。楚辭宋玉招魂：「蒻阿拂壁，羅幬張些。」幬即帳。「室」，古文苑及汪校本作「堂」，古文苑注：「『堂』，一作『室』。」

〔二一〕有女四句：獨處，鰥居。詩唐風葛生：「予美亡此，誰與獨處？」婉然，和順、柔媚貌。詩鄭風野有蔓草：「有美一人，清揚婉兮。」葩（pā趴），美麗。奇葩，異常美麗。逸，通軼，超絶。逸麗，美麗超羣，與奇葩爲互文。艷，光彩貌。艷光，謂其美好的資質光彩照人。「淑」，古文苑注：「一作素。」

〔二二〕覩臣四句：遷延，退却貌。文選宋玉神女賦：「遷延引身，不可親附。」又登徒子好色賦：「因遷延而辭避。」上客，尊貴的客人。戰國策秦三：「（范雎）乃延（蔡澤）入座，爲上客。」所從來，所來之處。大戴禮禮察：「猶防之塞水之所從來也。」無乃，莫不是。左傳哀二十年：「主又降之，無乃有故乎？」

〔二三〕遂設三句：旨酒，美酒。詩小雅頍弁：「爾酒既旨，爾殽既嘉。」又鹿鳴：「我有旨酒，以燕樂嘉賓之心。」鳴琴，即琴。呂氏春秋察賢：「宓子賤治單父，彈鳴琴。」幽蘭、白雪，古琴曲名。宋玉諷賦：「乃更於蘭房室，止臣其中，中有鳴琴焉，臣援而鼓之，爲幽蘭、白雪之曲。」唐白居易聽幽蘭詩：「琴中古曲是幽蘭。」明朱權神奇祕譜陽春引琴集曰：「白雪，師曠所作，商調曲也。」

〔二四〕獨處二句：廓，空曠寂寞貌。見長門賦注〔一四〕。思佳人句，古文苑注：「思所偶也。」詩豳風七月：「女心傷悲，殆及公子同歸。」箋：「春，女感陽氣而思男；秋，士感陰氣而思女，是其物化，所以悲也。悲則始有與公子同歸之志，欲嫁焉。」

〔二五〕有美人三句：美人，相如自指。華色衰，言青春美貌隨時間流逝而衰敗。託身，委身於人。私，私通，戰國策燕一：「臣鄰家有遠爲客者，其妻私人。」長自私，即不通過媒妁禮聘，而以終身委人。

〔二六〕玉釵二句：玉釵挂冠，表示定情。宋玉諷賦：「以其翡翠之釵挂臣冠纓，臣不忍仰視。」羅袖，質地輕軟的絲製衣袖。羅袖拂衣乃女子侍奉男子的親暱舉動。

〔二七〕時日二句：時，其時。日西夕，太陽自西方落下，謂傍晚。詩王風君子于役：「日之夕矣，羊牛下來。」玄，天色。易坤文言：「天玄而地黄。」玄陰，天色陰暗。晦冥，昏暗。與玄陰爲互文。

〔二八〕流風四句：流風，大風，放盪而無節制曰流。楚辭九章悲回風：「淩大波而流風兮，託彭咸之所居。」慘洌，慘怛凛洌、淒厲。素雪，白雪。閑房，幽静的臥房。寂謐(mì密)，静寂貌。

〔二九〕於是四句：設，陳設、鋪置。　服玩，使用和玩賞的物品。　金鉔（zā 扎），金屬熏香爐。古文苑注引西京雜記：「長安巧工丁緩作被中香爐，爲機環轉運四周，而爐體常平。」「鉔」，汪校本及文選別賦注引作「爐」。　「低」，文選別賦和舞賦注引作「周」。

〔三〇〕裀褥二句：裀，亦褥也。裀褥，指墊被。　重陳，重疊鋪設。　角枕，即枕，古枕以木爲之。詩唐風葛生：「角枕粲兮，錦衾爛兮。」　橫施，猶橫放。

〔三一〕女乃四句：弛，説文：「弓解也。」即弓卸下弦。此處引申爲卸衣。　上服，外衣。　表，此作動詞，露出。　褻衣，内衣、貼身衣服。荀子禮論：「説褻衣。」注：「褻衣，親身之衣也。」皓體，潔白的身軀。　弱骨，柔輭的骨骼。　豐肌，豐膩的肌肉。　「弛」，古文苑作「㢮」。「體」，文選洛神賦注引作「質」。

〔三二〕臣乃二句：脈定，控制脈搏使正常，此指抑止住情慾的衝動。　心正，無邪心。

〔三三〕信誓四句：信誓，表示誠信的誓言。　旦旦，懇惻貌。　詩衞風氓：「言笑晏晏，信誓旦旦。」箋：「言其懇惻款誠。」　秉，執持。　秉志，謂所持心志，猶言節操。　不回，不邪辟。詩小雅鼓鐘：「淑人君子，其德不回。」傳：「回，邪也。」　翻然，高飛貌。　高舉，高飛。此喻割捨兒女世俗之情而遠遠離去。楚辭卜居：「寧超然高舉以保真乎？將哫訾栗斯，喔咿儒兒以事婦人乎？」　長辭，永別。

哀二世賦

〔題解〕二世，即秦二世胡亥，性愚而虐，以趙高之陰謀殺兄奪位，繼之又誅戮諸公子及李斯、馮去疾等大臣；酈山之工未畢，復建阿房，征斂無度，戍傜無已；吏治刻深，刑戮相望於道。遂致宗室振恐，吏民惶惶，陳涉、吴廣揭竿而起，天下響應。享國僅三年，項羽即破秦軍，虜王離，降章邯，縱横於山東；劉邦則率兵屠武關，威逼京師。二世乃責讓趙高，高恐，使其婿閻樂逼二世自殺，葬杜南宜春苑中。子嬰繼立僅四十六日即降於劉邦，又月餘，爲項羽所殺。史記相如本傳稱，相如復爲郎時，從武帝至長楊獵，還過宜春宮，見二世陵，因奏此賦以哀其行失。蓋其時武帝驕奢之志已萌，耽於遊獵，崇尚方士，朱熹以爲相如此賦，正當時之殷鑒，相如之作，唯美人賦及此篇「有諷諫之意」，而又病其「低佪局促而不敢盡其詞」（見楚辭後語二）。所責雖嫌過苛，所見亦自有識。

登陂陁之長阪兮，坌入曾宮之嵯峨〔一〕。臨曲江之隑州兮，望南山之參差〔二〕。巖巖深山之谾谾兮，通谷豁乎谽谺〔三〕。汩淢噏習以永逝兮，注平皐之廣衍〔四〕。觀衆樹之蓊薆兮，覽竹林之榛榛〔五〕。東馳土山兮，北揭石瀨〔六〕。弭節容與兮，歷弔二世〔七〕。持身不謹兮，亡國失埶〔八〕。信讒不寤兮，宗廟滅絶〔九〕。嗚呼哀哉！操行之不得兮，墓蕪穢而不修兮，魂亡歸而不食〔一〇〕。夐邈絶而不齊兮，彌久遠而愈佅〔一一〕。精罔閬而飛揚兮，拾九天而永逝〔一二〕。嗚呼哀哉！

〔一〕登陂陁二句：陂陁，傾斜貌。見子虛賦注〔一八〕。長阪，指由雍州長楊宮返經宜春宮途中之長坡，在今西安市東南。坌（bèn笨），漢書注引張揖曰：「並也。」曾，通層。曾宮，謂重重宮殿。嵯峨，高貌。見上林賦注〔八二〕。「峨」，漢書作「峩」。

〔二〕臨曲江二句：曲江，即曲江池，在宜春苑中。史記索隱引張揖曰：「苑中有曲江之象，中有長州（洲），又有宮閣路，謂之曲江，在杜陵西北五里。」隑（qí其），上引張揖云「長也」，隑州，即江中之長洲。漢書注師古則謂隑同碕，「言臨曲岸之洲」。未知孰是。因滄桑之變，宜春苑至唐或已非西漢之舊貌。張揖距漢爲近，或近是。南山，南面之山，非專名。參差，高低不齊貌，見子虛賦注〔一七〕。

〔三〕巖巖二句：巖巖，高峻貌。詩魯頌閟宮：「泰山巖巖，魯邦所詹。」谾（lóng龍），同豅。説文：「豅，大長谷也。或作谾。」谾谾，谷大長貌，一説深通貌。䜪，説文：「通谷也。」引申爲深貌、開朗貌。此爲開朗貌。谸，集韻：「谽省字。」谸谺，同谽谺，一作谽呀，大開貌。見上林賦注〔四八〕。「乎」，史記作「兮」。「谸谺」，史記作「谽㘎」。

〔四〕汩淢二句：淢（yù域），説文：「疾流也。」汩淢，水疾流貌。噏，同翕。噏習，盛貌。文選王文考魯靈光殿賦「祥風翕習以颯灑」，注：「翕習，盛貌。」平皋，水邊平地。廣衍，參上林賦注〔五九〕。「噏」，漢書「噏」作「靸」，無「習」字。「皐」，史記、漢書均作「皋」。

〔五〕觀衆樹二句：蓊薆，茂密多陰貌。 榛，叢木。説文：「榛，木也。一曰，叢木也。」榛榛，草木叢生貌。「蓊」，史記作「塕」。

〔六〕東馳二句：揭，撩衣以涉淺水。參上林賦注〔六七〕。 石瀨，以沙石爲底之淺灘。 此謂東則驅車以登土山，北則撩衣以涉淺灘。

〔七〕弭節二句：弭節容與，按節徐步而遊。見子虛賦注〔五二〕。 歷，爾雅釋詁下：「相也。」禮郊特牲：「簡其車徒而歷其卒伍。」歷弔，謂相弔於二世。「弭」，史記作「彌」。

〔八〕持身二句：持身，立身處世。列子説符：「子知持後，則可言持身矣。」 謹，恪謹。書盤庚上：「恪謹天命。」不謹，謂不聽天應命，暴戾恣行。 埶，勢之本字，權力。此指君權。「埶」，漢書作「勢」。

〔九〕信讒二句：信讒，漢書注：「謂殺李斯也。」史記李斯列傳：斯本楚人，從荀卿學帝王之術，西至秦，佐始皇併天下，成帝業。始皇死，李斯爲保禄畏禍，與趙高謀矯詔殺太子扶蘇及大將蒙恬等，扶二世繼位，阿順苟合，嚴威酷刑，遂起山東之變。趙高見李斯阿順二世，慮其奪寵，遂進讒李斯有裂地而王之意。二世命高案治斯，誣以謀反罪而夷三族。 寤，通悟，醒悟、覺悟。 宗廟，帝王祭祀祖先的處所，世襲制度王權的象徵，故代指國家。 宗廟滅絕，即亡國。

〔一〇〕嗚呼四句：得，通德，謂施德於人。不得，猶言失德、無德。按：相如此處乃用孔孟之説，以爲帝王應施德於民，而與老莊之無爲而治思想針鋒相對。不得（或不德）語出老莊而反用其意。老子：「上德不德，是以有德。下德不失德，是以無德。」莊子秋水：「至德不得，大人無己。」亡，無也。食（sì寺），祭饗。禮檀弓下：「既葬而食之，未有見其饗之者也。」疏：「既葬反，設虞祭以食之。雖設虞祭，未曾見其死者而饗食之也。」此謂由于二世失德，故其坟墓因無人修整而荒蕪，魂魄亦因無人祭饗而不得歸。漢書無「哀哉」二字。史記「墓」上有「墳」字，「亡」作「無」。

〔一一〕敻邈絶二句：敻，廣雅釋訓：「視也。」邈，遠貌。絶，隔而難通。邈絶，遠不可至貌。齊，通齋。不齊，不齋戒祭奠。禮祭統：「及時將祭，君子乃齊。」彌，愈益。老子：「其出彌遠，其知彌少。」休，昧之假，隱匿。此謂現今的人已視二世墓爲遠隔而不加祭奠，時間愈久遠就愈將銷聲匿迹。漢書無此二句及以下三句，王補以爲是班固所删。

〔一二〕精罔閬二句：精，精氣，遊魂。易繫辭上：「精氣爲物，遊魂爲變，是故知鬼神之情狀。」罔閬，一作罔良、罔兩、魍魎、方良，鬼怪，引申爲無所依憑之貌。周禮夏官方相氏：「以戈擊四隅，毆方良。」注：「方良，罔兩也。國語曰：『木石之怪夔方良。』」史記孔子世家即作「木石之怪夔罔閬」。又莊子齊物論：「罔兩問於景曰。」釋文：「崔本作罔浪，云無之狀。」拾（shè涉），拾級，躡足而上。禮曲禮上：「拾級聚足，連步以上。」注：「拾當爲涉，聲之誤也。」九天，天之中央和八方之分野，吕氏春秋、淮南子、太玄名稱稍異，不煩引。此處泛指天上。楚辭離騷：「指九天以爲正兮，夫唯靈修之故也。」又孫子形：「善攻者，動於九天之上。」此謂二世既因失德而爲人類所不齒，故其魂魄只有躡足九天而永無返回大地之日。

按：時武帝正訪求方士以致升天之術，而此言秦二世魂魄升天而不返，與大人賦之寫仙人西王母不過白首穴處，靠三青鳥爲之覓食，同出一機杼，諷諫之意甚明。班固删文末數句，朱熹輯楚辭後語從之，且貶之爲「阿意取容」，皆未審相如用意。

書

諫獵書

〔題解〕史記相如本傳曰：「（相如）常從上至長楊獵，是時天子方好自擊熊彘，馳逐野獸，相如上疏諫之。」本傳於録此文後云：「上善之。」但考諸史實，其時武帝之行事，寧求仙問卜以冀長生，而未曾静心節欲以自愛其身，況此文文不掩質，恐難稱武帝之意。言「上善之」者，蓋美武帝之辭。然此文風骨卓然，自屬西漢書疏之本色，爲後世古文家目爲文章典範者也。

臣聞物有同類而殊能者，故力稱烏獲，捷言慶忌，勇期賁育〔一〕。臣之愚，竊以爲人誠有之，獸亦宜然〔二〕。今陛下好凌阻險，射猛獸，卒然遇軼材之獸〔三〕，駭不存之地，犯屬車之清塵〔四〕；輿不及還轅，人不暇施巧〔五〕；雖有烏獲、逢蒙之伎，力不得用；枯木朽株盡爲害矣〔六〕。是胡、越起於轂下，而羌、夷接軫也，豈不殆哉〔七〕！雖萬全無患，然本非天子之所宜近也〔八〕。

〔一〕臣聞四句：殊能，不相同的技能。烏獲，秦力士。史記秦本紀：「武王有力好戲，力士任鄙、烏獲、孟説皆至大官。」孟子告子下：「然則舉烏獲之任，是亦爲烏獲而已矣。」吕氏春秋用衆：「故以衆勇無畏于孟賁矣，以衆力無畏于烏獲矣。」又務大：「烏獲舉千鈞。」慶忌，吴王僚之子，以勇捷稱。吕氏春秋忠廉：吴王遣要離刺慶忌，曰：「吾嘗以六馬逐之江上矣，而不能及；射之矢，左右滿把，而不能中。」賁，即吕氏春秋之孟賁、史記之孟説，戰國策秦三作孟奔。孟子公孫丑上疏引帝王世紀：「孟賁生拔牛角，是之爲勇士也。」史記袁盎列傳索隱引尸子：「孟賁水行不避蛟龍，陸行不避兕虎。」吕氏春秋必己：「孟賁過於河……中河，孟賁瞋目而視船人，髮植，目裂，鬢指，舟中之人盡揚播入於河。」育，夏育，衛國勇士。戰國策秦三：「烏獲之力而死，奔、育之勇焉而死。」注：「孟奔、夏育皆勇士，育之力能舉千鈞。」史記蔡澤傳：「夏育、太史噭叱呼駭三軍，然而身死於庸夫。」

〔二〕宜然，應該如此。謂既有同類而殊能之人，亦當有同類而殊能之獸。

〔三〕今陛下三句：好，喜愛。凌，迫近、超越。吕氏春秋論威：「雖有江河之險則凌之。」阻險，猶險阻。孫子軍事：「不知山林險阻者不能行軍。」曹操注：「坑塹者爲險，一高一下者爲阻。」卒然，猝然，突然。軼材，出衆之材。「凌」，史記、漢書作「陵」。「阻」，文選作「岨」。「軼」，漢書作「逸」。「材」，文選作「才」。

〔四〕駭不存二句：駭，驚嚇。存，察也。不存之地，未及察看之地。不察則不知端詳，或有猛獸伏焉，無意中驚嚇之，易遭不測。　屬車，天子之侍從車乘。後漢書輿服志上：「乘輿大駕……屬車八十一乘。」又曰：「古者諸侯貳車九乘。秦滅九國，兼其車服，故大駕屬車八十一乘，法駕半之。」　清塵，謂行車所揚起之塵土。漢書注：「塵謂行而起塵也。言清者，尊貴之意也。」

〔五〕輿不及二句：轅，車前駕牲畜之直木，此代指車輿。還轅，謂回車逃避。　不暇，來不及。「巧」，文選作「功」。

〔六〕雖有三句：逢蒙，一作逢門，古之善射者。孟子離婁下：「逢蒙學射於羿，盡羿之道，思天下惟羿爲愈己，於是殺羿。」荀子王霸：「羿、逢門者，善服射者也。」　伎，通技。「伎力不得」，漢書作「技不能」，兩句併一句讀。「害」，漢書、文選作「難」。

〔七〕是胡越三句：胡，匈奴；越，南越和東越，越一作粵；羌，西羌；夷，西南夷：皆漢代四方主要少數民族，時有邊衅。武帝以前，匈奴、南越皆強悍，尤以匈奴侵擾爲朝廷大患，故有是喻。　轂，車輪中間軸貫入處的圓木，此指天子車乘。轂下，天子車乘之下。文選任昉齊竟陵文宣王行狀：「神皋載穆，轂下以清。」注：「轂下，輦轂之下，京城之中也。」　軫，車後橫木。接軫，謂緊接於天子乘輿之後。　殆，危殆。

〔八〕雖萬全二句：萬全，一切安全。韓非解老：「事必萬全，而舉無不當，則謂之寶矣。」　近，接近。詩大雅民勞：「敬慎威儀，以近有德。」「萬全」下漢書有「而」字。

且夫清道而後行，中路而後馳，猶時有銜橜之變〔九〕。而況涉乎蓬蒿，馳乎丘墳〔一〇〕，前有利獸之樂，而内無存變之意，其爲禍也不亦難矣〔一一〕！夫輕萬乘之重不以爲安，而樂出於萬有一危之塗以爲娱，臣竊爲陛下不取也〔一二〕。

〔九〕且夫三句：清道，天子出，必先清掃道路，警戒以禁止行人往來。中路，天子馳道之正中。漢書賈山傳至言：「爲馳道於天下……道廣五十步，三丈而樹，厚築其外，隱以金椎。」天子出，御輦居中，兩側侍衛緊隨，以保萬全也。銜，馬嚼子，以鐵爲之，故其字從金。橜（jué崛），同橛，亦馬嚼子，以横木爲之，故其字從木。銜橛者，銜於馬之口中，兩端以繩相繫而執於御者之手，以制馬之行止。銜橛之變，謂如銜橛脱落，則馬失控而危及乘輿之人。韓非子姦劫弑臣：「無捶策之威，銜橛之備，雖造父不能以服馬。」「而後馳」，漢書、文選無「後」字。「橜」，史記、文選作「橛」。

〔一〇〕而況二句：涉，踄之假，踐踏。説文：「踄，蹈也。」「蹈，踐也。」蓬，蓬草，有轉蓬、飛蓬、孤蓬之别。蒿，蒿草，有青蒿、臭蒿、白蒿之别。皆生長於荒野山崗之雜草。國語吴語：「譬如農夫作耦，以刈殺四方之蓬蒿。」禮月令孟春之月：「藜莠蓬蒿並興。」丘墳，猶丘陵。此二句漢書作「況乎涉豐草，騁丘虚」。文選同漢書，唯「況」字上有「而」字。

〔一一〕前有三句：利，貪得。禮坊記：「先財而後禮則民利。」注：「猶貪也。」存變之意，謂存有防變禍之心。　難，大難臨頭之難，危險。禮曲禮上：「臨難毋苟免。」「禍」，漢書、文選作「害」。

〔一二〕夫輕三句：萬乘，指天子。見子虛賦注〔五〕。重，尊貴。不以爲安，不以此爲安全之計。有，詩周南芣苢序疏：「有者，已藏之稱。」萬有一危，謂萬全之中已藏有一危殆之機。漢書無「也」字。

蓋明者遠見於未萌，而智者避危於未形〔一三〕。禍固多藏於隱微，而發於人之所忽者也〔一四〕。故鄙諺曰：「家累千金，坐不垂堂〔一五〕。」此言雖小，可以喻大。臣願陛下之留意幸察〔一六〕。

〔一三〕蓋明者二句：未萌，尚未發生。商君書更法：「愚者暗於成事，智者見於未萌。」戰國策趙二同，惟「暗」作「闇」。未形，尚未形成。漢書枚乘傳奏書諫吴王濞：「據其未生，先其未形也。」又文選注引太公金匱：「明者見兆於未萌，智者避危於無形。」文選「蓋」字後有「聞」字。

〔一四〕禍固二句：隱微，細微、不顯露。忽，忽略、不經意。書周官：「蓄疑敗謀，怠忽荒政。」傳：「怠情忽略，必亂其政。」「禍」，漢書作「戫」。

〔一五〕家累二句：累，積聚。史記吕不韋傳：「（吕）往來販賤賣貴，家累千金。」垂，邊緣。垂堂，堂屋之邊緣，即堂屋簷下。坐不垂堂，謂不坐在屋簷下，以防簷瓦墜落傷人。史記袁盎列傳盎答文帝曰：「臣聞千金之子坐不垂堂，百金之子不騎衡，聖主不乘危而徼幸。」「累」，漢書作「絫」。

〔一六〕此言三句：「喻」，漢書、文選作「諭」。「之留意」，漢書、文選無「之」字。

報卓文君書

〔題解〕西京雜記三云：「司馬相如將聘茂陵人女爲妾，卓文君作白頭吟以自絶，相如乃止。」玩文義，此書當是答文君贈辭之作。文甚短，然念念不忘昔日糟糠，情切志堅，婉轉動人，亦抒情文之上乘。

五味雖甘，寧先稻黍〔一〕。五色有燦，而不掩韋布〔二〕。惟此緑衣，將執子之釜〔三〕。錦水有鴛，漢宮有木〔四〕。誦子嘉吟，而回予故步〔五〕，當不令負丹青，感白頭也〔六〕。

〔一〕五味二句：五味，酸、苦、甘、辛、鹹，或泛指各種美味。老子：「五味令人口爽。」周禮天官疾醫：「以五味五穀五藥養其病。」甘，美味。先，首要。先稻黍，以稻黍爲第一。

〔二〕五色二句：五色，青、黄、赤、白、黑，或泛指各種色彩。書益稷：「以五采彰施於五色，作服，汝明。」老子：「五色令人目盲。」 韋布，貧賤者所服之韋帶布衣。 二句喻富貴不忘貧賤。史記相如本傳：「相如歸而家貧，無以自業。」又曰：「相如身自著犢鼻褌，與庸保雜作，滌器於市中。」

〔三〕惟此二句：緑衣，代指相如欲聘之妾。典出詩邶風緑衣，序謂：「緑衣，衛莊姜傷己也。妾上僭，夫人失位而作是詩也。」詩云：「緑兮衣兮，緑衣黄裏。心之憂矣，曷維其已！」傳：「興也。緑，間色。黄，正色。」疏：「毛以間色之緑不當爲衣，猶不正之妾不宜嬖寵。……緑衣以邪干正，猶妾以賤凌貴。夫人既見疏遠，故心之憂矣何時其可以止也。」 執，操持。釜，烹飪器。執子之釜，喻代爲操持家中勞作。

〔四〕錦水二句：錦水，即錦江，在四川成都南。水經注江水一：「言錦工織錦，則濯之江流而錦色鮮明，濯以佗（沱）江則錦色弱矣。」錦江之名由此得來。 鴛，鴛鴦，此相如喻其與文君在蜀結合時感情甚篤，形影不離。 木，鳥之所棲。漢宫有木，喻相如仕於朝廷。

〔五〕誦子二句：吟，詩體名。嘉吟，詩篇之美稱，指文君之白頭吟。按：文君白頭吟已佚。玉臺新詠所收古樂府之一白頭吟「皚如山上雪」，樂府詩集收作兩首，前首稱爲「本辭」，後首稱爲「晉樂所奏」，文字略有增益，均未言文君作，詞意亦不類。明萬曆汪士賢校司馬長卿集收爲附録，題卓文君作，顯係傅會，不可從。 故步，昔日行走之步伐，以喻昔日之恩愛。 御覽三九四引莊子秋水：「且子獨不聞夫壽陵餘子之學步於邯鄲與？未得國能，又失其故步矣。」

按：今本莊子「步」字作「行」。

〔六〕當不令二句：負，辜負。丹青，丹書青簡。古人書寫，用丹筆書於竹簡之上。此指文君之白頭吟。白頭，老年。夫妻間常以「白頭到老」作爲兩情不渝之信誓。感白頭，亦指文君之白頭吟。

檄

諭巴蜀父老檄

〔題解〕巴蜀，巴郡和蜀郡，今屬四川境之東、南、西大部地區。檄，古文體之一，多作徵召、曉喻、申討等用。史記相如本傳云：「相如爲郎數歲，會唐蒙使略通夜郎西僰中，發巴蜀吏卒千人，郡又多爲發轉漕萬餘人，用興法誅其渠帥，巴蜀民大驚恐。上聞之，乃使相如責唐蒙，因喻告巴蜀民以非上意。」可見此文乃承旨而擬。漢書武帝紀元光五年（前一三〇）：「夏，發巴蜀治南夷道。」而文中又有「方今田時，重煩百姓」句，可知此文作於元光五年秋季。此文及下篇難蜀父老文説理透闢，文筆婉轉，氣勢雄渾，堪稱西漢散文之珍品，賈誼、司馬遷之流亞。而文中所稱武帝開邊，統一各民族之胆識和策略，亦足以振聾發聵，迪人深思，其史料價值自不待言。

告巴蜀太守：蠻夷自擅，不討之日久矣〔一〕，時侵犯邊境，勞士大夫〔二〕。陛下即位，存撫天下，輯安中國〔三〕。然後興師出兵，北征匈奴，單于怖駭，交臂受事，屈膝請和〔四〕。康居西域，重譯納貢，稽首來享〔五〕。移師東指，閩越相誅〔六〕。右弔番禺，太子入朝〔七〕。南夷之君，西僰之長，常效貢職，不敢怠惰〔八〕，延頸舉踵，喁喁然皆鄉風慕義，欲爲臣妾〔九〕，道里遼遠，山川阻深，不能自致〔一〇〕。夫不順者已誅，而爲善者未賞〔一一〕，故遣中郎將往賓之，發巴、蜀之士各五百人以奉幣帛，衞使者不然，靡有兵革之事，戰鬭之患〔一二〕。今聞其乃發軍興制，驚懼子弟，憂患長老〔一三〕；郡又擅爲轉粟運輸，皆非陛下之意也。當行者或亡逃自賊殺，亦非人臣之節也〔一四〕。

〔一〕告巴蜀三句：太守，秦吞併天下，廢國置郡，每郡遣郡守一人，秩二千石。漢立，除撥部分土地分封宗族、功臣外，因秦制。景帝中二年（前一四八）更名太守。見漢書百官公卿表。故秦漢之太守（郡守），爲地方最高長官，其地位僅次於公卿，非後世之刺史、太守官僅五六品之比。擅，專也。自擅，自專，不受朝廷約束。鄧析子無厚：「下不得自擅，上操其柄，而不理者，未之有也。」不討，不加討伐，謂任其自專。

〔二〕時侵犯二句：士大夫，對一般官吏或貴族的通稱。周禮考工記：「坐而論道謂之王公，坐而行之謂之士大夫。」韓非子詭使：「今士大夫不羞汙泥醜辱而宦。」荀子强國：「不比周，不朋黨……古之士大夫也。」此謂武帝以前四夷侵邊之事。漢書鼂錯傳錯上言兵事曰：「臣聞漢興以來，胡虜數入邊地，小入則小利，大入則大利；高后時再入隴西，攻城屠邑，毆略畜産；其後復入隴西，殺吏卒，大寇盜。」又南粤傳：文帝元年，以陸賈使粤，賜南武帝趙佗書曰：「前日聞王發兵於邊，爲寇災不止。當其時長沙苦之，南郡尤甚。」

〔三〕陛下三句：陛下，指武帝。存撫，保安撫恤。輯安，和協安洽。「輯安」，漢書作「集安」，文選作「安集」。

〔四〕然後五句：交臂，古人兩臂相交置於胸前，表示尊敬。戰國策韓一蘇秦説韓王曰：「今大王西面交臂而臣事秦，何以異於牛後乎？」單于請和事指建元六年（前一三五）匈奴來請和親，武帝下其議，羣臣多附御史大夫韓安國「匈奴遷徙鳥舉，難得而制」之説，許與和親。興師北征事指元光二年（前一三三）武帝從大行王恢議，以韓安國、李廣、王恢等將車騎材官三十餘萬匿雁門之馬邑旁谷中，陰使馬邑豪聶壹爲間，以斬令降城誘匈奴入伏。單于果將十萬騎入鴈門郡，未至馬邑百餘里，覺而引兵還。漢兵追至塞，度弗及，乃罷。見史記匈奴傳、漢書武帝紀及通鑑卷十八。按：相如此文作於元光五年，而遣衛青等挫敗匈奴乃元光六年以後事，故所謂「單于怖駭，交臂受事，屈膝請和」云云，辭皆誇飾。然據此可知，此時武帝已決心横掃北庭以輯安中國，並雪數十年備受侵陵之辱矣。「屈」，史記作「詘」。

〔五〕康居三句：康居，西域國名，東臨烏孫、大宛，南接大月氏、安息，西與奄蔡交界，去長安萬二千三百里（古時三百步爲一里，比今之度量爲小）。西域，武帝時與漢相通之西北民族部落之總稱，共三十六國，其後稍分至五十餘。其地在今之甘肅北部、新疆及中亞細亞部分地區。　重譯，輾轉翻譯。　稽首，跪拜禮。一説爲叩頭至地，一説爲兩手拱至地，而頭至手。書舜典：「禹拜稽首，讓於稷契及皋陶。」荀子大略：「平衡曰拜，下衡曰稽首，至地曰稽顙。」來享，猶言納貢，貢獻方物給朝廷。詩商頌殷武：「昔有成湯，自彼氐羌……莫敢不來享。」按：漢書西域傳：「西域諸國……皆役屬匈奴。」又曰：「漢興至于孝武，事征四夷，廣威德，而張騫始開西域之迹。……自貳師將軍伐大宛之後，西域震懼，多遣使來貢獻。」可見相如爲此文時，西域諸國尚役屬匈奴，而張騫通西域，李廣利興兵取汗血馬，均乃後事。此所謂「納貢」、「來享」云云，亦武帝之宏圖，相如之飾辭也。　「納貢」，史記作「請朝」。「首」，文選作「顙」。

〔六〕移師二句：移師，移動軍隊。前言「北征」，此言「東指」，故曰「移」。　東指，東向，即東征。西漢京城在長安，閩越居東，故云。　閩越，本越王勾踐後裔。諸侯叛秦，無諸率衆從諸侯，漢五年，立爲閩越王，其地在今福建境。　此指建元六年（前一三五）東征閩越事。閩越王興兵擊南越邊邑，南越王守天子約，不敢擅興兵，使使上書告天子。於是遣王恢、韓安國擊之。未踰嶺，閩越王郢即被其弟、相及宗族共謀而鏦殺，使使奉其頭致王恢請罪。於是漢兵罷，先後立無諸孫丑爲越繇王，餘善爲東越王。見史記東越列傳、漢書兩粵傳、通鑑卷十七。

〔七〕右弔二句：弔，對受災禍者的撫慰。　左傳莊十一年：「秋，宋大水，（魯莊）公使弔焉。」　番禺，即南越，今兩廣境内。秦始皇置桂林、南海、象郡。諸侯叛秦，龍川令趙佗據南海郡自守。秦滅，佗即擊併桂林、象郡，自立爲南越武王。吕后秉政，佗自尊號爲南武帝。文帝元年，使陸賈責讓其僭稱帝號及侵邊事，佗恐，請復故號，通使朝廷。閩越相侵之時，佗已死，孫胡繼立。閩越王已爲其弟餘善所殺而降漢，武帝使嚴助往弔南越，胡感戴，遣太子嬰齊入宿衛。所謂「太子入朝」即指此。見史記南越列傳、漢書兩粵傳、通鑑卷十七。

〔八〕南夷四句：南夷，今四川西部長江以南及貴州西部地區各民族部落之總稱。楚威王時，遣將軍莊蹻循長江而上，略巴、黔中以西，以兵威定屬楚。秦擊奪巴及黔中，略通棧道，頗有置吏者。漢興，皆棄而關蜀故徼。武帝派唐蒙復約爲置吏，以爲犍爲郡。見史記、漢書西南夷傳。西僰（bó 博），古僰侯國，聚居今四川宜賓市以南地區。按：武帝開發西南夷時，僰已衰落而夜郎崛起。吕氏春秋恃君：「僰人、野人……多無君。」漢書地理志：「南夷君長以十數，夜郎最大。」又曰：「巴蜀民或竊出商賈，取其筰馬、僰僮、旄牛，以此巴蜀殷富。」是其證。相如於文中不言夜郎而言西僰，蓋因漢關故徼，不明南夷情況之變遷，其不知夜郎之大，亦猶此時夜郎之不知中國爲大也。效，同効，効力。貢職，向朝廷納貢之職守。文選注引論語撰考讖曰：「穿胸儋耳，莫不貢職。」按：入漢以來，既已關閉通南夷之故徼，則此之所謂「常效貢職，不敢怠惰」云云，亦不過朝廷之願望、相如之飾辭而已。怠惰，史記作「怠墮」，漢書作「惰怠」，文選作「憜怠」。

〔九〕延頸三句：延頸，仲長脖子；舉踵，踮起脚跟：皆以喻殷切期望。莊子胠篋：「今遂至使民延頸舉踵曰：『某所有賢者，贏糧而趣之。』」喁喁，相和之聲，以喻向風之狀。莊子齊物論：「前者唱于，而隨者唱喁。」鄉，通向、嚮。風，風尚、教化。鄉風，猶言歸化。管子版法：「兼愛無遺，是謂君心，必先順教，萬民鄉風。」慕義，此謂仰慕其德義而有歸順之意。荀子議兵：「故近者親其善，遠方慕其德，兵不血刃，遠邇來服。」臣妾，奴隸、役使之人。易遯：「畜臣妾吉，不可大事也。」又書費誓：「臣妾逋逃。」傳：「役人賤者，男曰臣，女曰妾。」史記留侯世家酈食其説漢王曰：「陛下誠能復立六國後世，畢已受印，此其君臣百姓必皆戴陛下之德，莫不鄉風慕義，願爲臣妾。」「鄉風慕義」，史記作「皆爭歸義」。

〔一〇〕道里三句：道里，道路的里數，猶言路程。穆天子傳卷四：「庚辰，天子大朝于宗周之廟，乃里西土之數。」注：「里，謂計其道里也。」山川阻深，即山阻川深，謂山河阻隔至甚。尚書大傳金縢：「道路悠遠，山川阻深。」致，同至。不能自致，謂南夷不能自至朝廷納貢。

〔一一〕夫不順二句：誅，懲治、討伐。韓非子姦劫弑臣：「聖人之治國也，賞不加於無功，而誅必行於有罰者也。」荀子強國：「賞有功，罰有罪，非獨一人爲之也，彼先王之道也。」

〔一二〕故遣五句：中郎將，指唐蒙。據史記、漢書西南夷傳：建元六年（前一三五），王恢擊東越，因兵威使番陽令唐蒙風曉南越，食蜀枸醬，問知經夜郎之牂柯江運來。蒙歸至長安，上書請以巴蜀之財物通夜郎道以制南越。武帝許之，拜蒙爲郎中將使夜郎。按：據漢書百官公卿

表：郎中將秩比千石，令秩千石至六百石。今蒙以令出使，疑當從西南夷傳以「郎中將」爲是。本文作「中郎將」，秩比二千石，蒙並無奇功，又係外臣，其擢升不致如此之速，疑係傳抄之誤。 賓，賓服、歸順。禮樂記：「暴民不作，諸侯賓服。」 士，對男子之美稱。詩鄭風女曰雞鳴：「士曰昧旦。」疏：「士者，男子之大號。」漢制：男子除有爵位得以免役外，皆當按制服役。 奉，持也、送也，此指運送。 衞使者，指保衞唐蒙之安全。 不然，非事物之當然，謂意外變故。 靡有，無有。 兵革，兵器和甲胄，以喻戰爭。詩鄭風野有蔓草序：「民窮于兵革。」「之士」，史記作「士民」。 原無「帛」字，據史記、文選增補。

〔一三〕今聞三句：軍興制，漢代征調財粮以供軍用之制度。周禮地官旅師：「平頒其興積。」注：「興積，所興之積……縣官征聚物曰興，今云軍興是也。」鄭玄謂「今云軍興」，可知軍興法爲漢制。 「懼」，原作「怖」，從衆本。

〔一四〕郡又四句：賊，害也、毁也。自賊殺，謂自毁致殘致死。 節，節操。人臣之節，指臣民應盡忠報國。孔子家語致思：「君驕奢失士，臣節不遂，是二失也。」 此謂唐蒙擅發軍興制征調民粮，百姓誤以爲戰争爆發，驚恐逃亡，皆背天子旨意。而士民之亡逃自賊殺者，亦非臣民應有之節操。

夫邊郡之士，聞熢舉燧燔〔一五〕，皆攝弓而馳，荷兵而走〔一六〕，流汗相屬，惟恐居後〔一七〕；觸白刃，冒流矢〔一八〕，議不反顧，計不旋踵〔一九〕；人懷怒心，如報私讎〔二〇〕。彼豈樂死惡生，非編列之民，而與巴蜀異主哉〔二一〕？計深慮遠，急國家之難，而樂盡人臣之道也〔二二〕。故有剖符之封，析圭而爵〔二三〕，位爲通侯，居列東第〔二四〕。終則遺顯號於後世，傳土地於子孫，行事甚忠敬，居位甚安逸〔二五〕，名聲施於無窮，功烈著而不滅〔二六〕。是以賢人君子，肝腦塗中原，膏液潤野草而不辭也〔二七〕。今奉幣役至南夷，即自賊殺，或亡逃抵誅〔二八〕，身死無名，謚爲至愚，恥及父母，爲天下笑〔二九〕。人之度量相越，豈不遠哉〔三〇〕！然此非獨行者之罪也，父兄之教不先，子弟之率不謹也〔三一〕；寡廉鮮恥，而俗不長厚也〔三二〕。其被刑戮，不亦宜乎！

〔一五〕㷭，同烽，即烽烟。燧，火也。燔，燒也。㷭舉燧燔，猶舉烽燔燧，皆邊防報警之信號，白日放烟曰烽，夜間燃火曰燧。墨子號令：「與城上烽燧相望，晝則舉烽，夜則舉火。」「㷭」，史記、文選作「烽」。

〔一六〕皆攝弓二句：攝，説文：「引持也。」漢書注：「攝謂張弓注矢而持之也。」荷（hè賀），肩負。荷兵，扛起刀矛之類兵器。

〔一七〕流汗二句：相屬，接連、跟隨。史記魏公子列傳：「平原君使者冠蓋相屬於道。」居後，位於後面，猶言落後。

〔一八〕觸白刃二句：觸，撞也。白刃，鋒利的刀。莊子秋水：「白刃交於前，視死若生者，烈士之勇也。」冒，侵犯、衝擊。流矢，亂箭。禮檀弓上：「國人浴馬，有流矢在白肉。」荀子強國：「白刃扞乎胸，則目不見流矢。」

〔一九〕議不二句：議，與下句之「計」字相對舉，皆作思慮、計謀解。反顧，回頭。楚辭離騷：「忽反顧以遊目兮，將往觀乎四荒。」旋踵，轉過脚後跟，退縮。管子小匡：「車不結轍，士不旋踵，鼓之而三軍之士視死如歸。」「議」，史記作「義」。

〔二〇〕人懷二句：怒，奮發、昂揚。此指士氣。孫子作戰：「故殺敵者，怒也。」曹操注：「威怒以致敵。」梅堯臣注：「殺敵則激吾人以怒。」私讐，個人的仇恨。左傳哀五年：「私讎不及公。」「讐」，史記、文選作「讎」。

〔二一〕彼豈三句：樂（yào要），喜愛。惡（wù勿），厭惡。編列，指編入户籍。主，古以天子爲天下主，諸侯爲社稷主。秦漢置郡縣，郡之主爲郡守、太守，縣之主爲令、爲長。按：「樂死惡生」，非人情；「非編列之民，而與巴蜀異主」，非事實。相如作反語以提起下文，使文章迭宕有致。

〔二二〕計深三句：計深慮遠，猶深謀遠慮。韓非子説難：「深計而不疑。」史記秦始皇本紀録賈誼過秦論：「深謀遠慮，行軍用兵之道，非及鄉時之士也。」人臣之道，無非忠君報國，此即指上文急國家之難。

〔二三〕故有二句：剖符，帝王封賞諸侯和功臣的憑證。符爲竹制，剖而爲二，帝王和受封者各執其一，故名。戰國策秦三：「決裂諸侯，剖符於天下。」析圭，帝王分封諸侯時，按其爵位之高低分别頒發其應執之圭。圭爲舉行祭祀、出征等大典時所用玉製禮器，據周禮春官典瑞，其不同等級是：王搢大圭，執鎮圭，公執桓圭，侯執信圭，伯執躬圭，子執穀圭，男執蒲圭。「圭」，史記、文選作「珪」。

〔二四〕位爲二句：通侯，即徹侯，一曰列侯，秦漢最高爵位。相如時，因避武帝諱改爲通侯。漢書百官公卿表上：「爵：一級曰公士；……十九關内侯；二十徹侯。皆秦制，以賞功勞。徹侯金印紫綬，避武帝諱，曰通侯，或曰列侯。」又賈誼傳賈誼陳政事疏：「令（韓）信、（彭）越之倫列爲徹侯而居，雖至今存可也。」居，居宅。漢制，列侯食邑萬户以上者之住宅稱第，第又有甲乙之分，居京城之東者爲甲，西者爲乙。故居列東第，表示爵位最高最尊。「居列」，文選作「處列」。

〔二五〕終則四句：終，死之敬稱。禮檀弓上：「君子曰終，小人曰死。」號，謚號。遺顯號，猶言留美謚。周禮春官職喪：「凡其喪祭，詔其號，治其禮。」注引鄭司農云：「號爲謚號。」按：漢以前，一般人只有名和字，大臣死後得由朝廷賜謚號。以人之别字爲號乃後代之事。忠敬，謂行事忠誠端肅。論語子路：「居處恭，執事敬，與人忠。」安逸，安閒逸樂。莊子至樂：「所苦者，身不得安逸。」孟子盡心下：「四肢之於安佚也，性也。」佚同逸。「行事」，漢書作「事行」。「逸」，史記、漢書作「佚」。

〔二六〕名聲二句：施，延續。詩大雅皇矣：「既受帝祉，施于孫子。」箋：「施，猶易也，延也。」功烈，猶功業，謂功勳業績。左傳襄十九年：「銘其功烈，以示子孫。」國語晉六：「厲公之所以死者，唯無德而功烈多，服者衆也。」注：「烈，業也。」

〔二七〕肝腦二句：肝腦塗中原，猶言願爲國不惜一死。劉向説苑復恩：「常願肝腦塗地，用頸血湔敵久矣。」膏液，指人之脂肪和血液。文選注引春秋考異郵曰：「枯骸收胲，血膏潤草。」商君書君臣：「凡民之疾戰不避死者，以求爵禄也。明君之治國也，士有斬首捕虜之功，必其爵足榮也，禄足食也……故軍士死節。」「野草」，漢書作「埜屮」。

〔二八〕今奉幣三句：奉幣役，指上文「奉幣帛，衛使者」之役。抵誅，當其罪而誅之，此指誅罰被徵服役而逃亡之士民。吕氏春秋分職：「若是，則受賞者無德，而抵誅者無怨矣。」注：「抵，當也。」「役」，漢書作「使」。王補以爲因形近而誤。

〔二九〕身死四句：無名，無聲名。楚辭卜居：「讒人高張，賢士無名。」諡，此作號解，非朝廷賜諡或親友門生之贈諡。爲天下笑，爲天下人所恥笑。戰國策齊五：「然而智伯卒身死國亡，爲天下笑者，何也？」賈長沙集過秦論上：「身死人手，爲天下笑者，何也？」

〔三〇〕度量，器量、胸襟。相越，相踰越、差距。此謂上述兩種對待赴邊的態度，説明人之襟懷相距甚遠。

〔三一〕然此三句：行者，指被徵調赴邊之士民。左傳僖二十八年：「不有居者，誰守社稷？不有行者，誰扞牧圉？」　率，遵循，此指遵奉父兄之教。按：此處之父兄、子弟，皆泛指：父兄猶言諸父諸兄，爲長爲師者；子弟猶言諸子諸弟，爲少爲微者。古義：爲師長、爲父兄者，負施教之任，國有難，去留無毁；爲子弟、爲臣民者，負征役之任，當爲國死難。孟子離婁下：曾子居武城，有越寇，曾子去；寇退，曾子返。子思居於衛，有齊寇，人請其去，子思不從。孟子曰：「曾子、子思同道。曾子，師也，父兄也；子思，臣也，微也。曾子、子思，易地則皆然。」注：「曾子，武城人，爲師，則其父兄，故去留無毁。子思，微少也，又爲臣委質，爲臣當死難，故不去也。」相如此言「父兄之教不先」本此，而對孟子、曾子頗有微辭矣。　漢書、文選無「不謹」後之「也」字。

〔三二〕寡廉二句：寡，鮮（xiǎn 險），皆言少。　廉、恥，皆古之倫理準範。管子四維：「國有四維……一曰禮，二曰義，三曰廉，四曰恥。禮不踰節，義不自進，廉不蔽惡，恥不從枉。」長，崇尚。　漢書杜周傳：「宜折文尚質，廢奢長儉。」注：「長，謂崇實之也。」　厚，謂忠厚、淳朴。荀子禮論：「厚者，禮之積也。」

陛下患使者有司之若彼，悼不肖愚民之如此，故遣信使，曉諭百姓以發卒之事〔三三〕，因數之以不忠死亡之罪，讓三老孝弟以不教誨之過〔三四〕。方今田時，重煩百姓〔三五〕，已親見近縣，恐遠所谿谷山澤之民不徧聞〔三六〕，檄到，亟下縣道，使咸知陛下之意，唯毋忽也〔三七〕！

〔三三〕陛下四句：有司，官吏，此指巴蜀郡縣之官吏。　信使，古稱使臣爲信，又稱信使、信臣，此乃相如自指。　曉諭，告知、開導。　「諭」，史記作「喻」。

〔三四〕因數之二句：數（shǔ暑），責備。左傳昭二年：「使吏數之。」注：「責數其罪。」　讓，責讓，以辭相責。左傳僖二十四年：「寺人披請見，公使讓之，且辭焉。」　三老，秦漢所置掌教化之鄉村官吏。漢書百官公卿表：「大率十里一亭，亭有長。十亭一鄉，鄉有三老，有秩、嗇夫、游徼。三老掌教化……皆秦制也。」孝弟，本爲漢初選舉科目之一，文帝後置常員，亦掌教化。「弟」同「悌」。漢書惠帝紀四年：「春正月，舉民孝弟力田者復其身。」又高后紀元年詔曰：「初置孝弟力田二千石者一人。」又文帝紀十二年詔曰：「孝悌，天下之大順也；力田，爲生之本也；三老，衆民之師也。……而以户口率置三老孝悌力田常員，令各率其意以道（導）民焉。」「弟」，文選作「悌」。

〔三五〕方今二句：田，通佃，耕種。詩齊風甫田：「無田甫田，維莠驕驕。」釋文：「田，音佃。」疏：「上『田』謂墾耕，下『田』謂土地。」　重，副詞，猶言難於。重煩百姓，謂難於煩擾百姓也。史記索隱：「重，猶難也。」漢書注：「重，難也。不欲召聚之也。」

〔三六〕已親見二句：偏，周遍。漢書注：「近縣之人，使者自見而口諭之矣，故爲檄文馳以示遠所也。」

〔三七〕亟下三句：亟，急也。縣道，漢制：邑無少數民族者稱縣，少數民族雜居者稱道，如蜀郡有嚴道、湔氏道等。漢書百官公卿表上：「列侯所食縣曰國，皇太后、皇后、公主所食曰邑，有蠻夷曰道。」咸，皆也。唯，同惟，表示希望。左傳僖三十年：「闕秦以利晉，唯君圖之。」忽，玩忽、怠忽。文末二句，漢書作「咸喻陛下意，毋忽」，文選作「使咸喻陛下之意，無忽」。

難

難蜀父老文

〔題解〕此係諭巴蜀父老檄的姊妹篇，文中有「漢興七十有八載」及「通夜郎之塗，三年於兹」語，可知作於武帝元朔元年（前一二八）。據史記相如本傳：元光五年秋，相如爲信使責唐蒙並諭告巴蜀民後還報。是時邛、莋之君長聞南夷與漢通，得賞賜多，多欲爲内臣妾，請吏，比南夷。帝問相如，相如曰：「邛、莋、冉、駹者近蜀，道亦易通，秦時常通爲郡縣，至漢興而罷。今誠復通，爲置郡縣，愈於南夷。」天子以爲然，乃拜相如爲中郎將，建節往使，略定西南夷。其時蜀長老言通西南夷之不爲用，大臣亦以爲然。相如乃爲此文，藉蜀父老爲辭，而己詰難之，以諷天子；且因宣其使指，令百姓皆知天子意。餘參諭巴蜀父老檄題解。

漢興七十有八載，德茂存乎六世〔一〕，威武紛紜〔二〕，湛恩汪濊〔三〕，羣生澍濡，洋溢乎方外〔四〕。於是乃命使西征，隨流而攘，風之所被，罔不披靡〔五〕。因朝冉從駹，定莋存邛，略斯榆，舉苞蒲〔六〕。結軌還轅，東鄉將報〔七〕，至於蜀都。

〔一〕茂，通懋，勉勵。書皋陶謨「懋哉懋哉」，漢書董仲舒傳引文即作「書云『茂哉茂哉』」。德茂，以德勉勵臣民。書仲虺之誥：「德懋懋官，功懋懋賞。」傳：「勉於德者則勉之以官，勉於功者則勉之以賞。」疏：「以此美湯也。」相如亦用此以美漢政。六世，指漢高祖、惠帝、呂后、文帝、景帝、武帝。

〔二〕威武，指武功。賈誼新書制不定：「以高皇帝之明聖威武也，既撫天下，即天子之位。」紜，通緼。紛紜，同紛緼，盛貌。楚辭橘頌：「紛緼宜脩，姱而不醜兮。」注：「紛緼，盛貌。」「紜」，漢書作「云」。

〔三〕湛恩，即深恩、厚澤。汪濊，深廣貌，此謂恩澤廣被。漢書禮樂志郊祀歌：「澤汪濊，輯萬國。」注：「汪濊，言饒多也。」

〔四〕羣生二句：羣生，所有生物。漢書文帝紀詔曰：「方春和時，草木羣生之物皆有以自樂。」澍，雨水霑潤萬物。説文：「澍，時雨也，所以樹生萬物也。」論衡雷虚：「雨潤萬物名曰澍。」濡，亦浸潤也。澍濡，猶霑濡，謂雨水滋潤，以喻朝廷恩澤。方外，中國以外四荒之地，參大人賦注〔三〇〕。此處指四方少數民族之鄰國。楚辭遠遊：「覽方外之荒忽兮。」漢書文帝紀詔曰：「朕既不明，不能遠德，使方外之國或不寧息。」「澍」，漢書、文選作「霑」。

〔五〕於是四句：流，行、走也。荀子議兵：「是故刑罰省而威流。」攘，退、却也。公羊傳僖四年：「桓公救中國而攘夷狄。」　披靡，倒伏，喻軍隊驚慌潰敗。史記項羽本紀：「於是項王大呼馳下，漢軍皆披靡。」　此四句指唐蒙及相如爲使通西南夷事，見諭巴蜀父老檄及本文題解，詞有夸飾。

〔六〕因朝冉四句：朝，使之來朝。　從，使之服從。　略，經略，略定。　舉，攻克。　孟子梁惠王下：「以萬乘之國伐萬乘之國，五旬而舉之。」　此四句緊接上文，謂因此得以臣服西南夷各國。　冉、駹（máng盲）、莋、邛、斯榆、苞蒲，皆西南夷國名。　史記西南夷列傳：「西南夷君長以什數，夜郎最大；其西靡莫之屬以什數，滇最大；滇以北君長以什數，邛都最大；此皆魋結，耕田，有邑聚。其外西至同師以東，北至楪榆，名爲巂、昆明，皆編髮，隨畜遷徙，毋常處，毋君長，地方可數千里。自巂以東北，君長以什數，冉、駹最大，其俗或土著，或移徙，在蜀之西。」要之，其散居區域約在今四川岷江以西、長江以南及雲、貴境。　考諸漢書地理志及華陽國志，冉、駹當在蜀郡岷江流域之西，莋、邛及斯榆當屬越巂郡。　苞蒲待考。「莋」，史記作「筰」，文選作「笮」，下同。　「斯榆」，原作「斯揄」，據衆本改，華陽國志作「斯臾」。「苞蒲」，史記作「苞滿」。

〔七〕結軌二句：結，旋，轉過來。楚辭遠遊：「結余軫於西山兮。」注：「結，旋也。」結軌、還轅，同義叠用，猶言回車。　鄉，同嚮。東鄉將報，謂將東返長安以報武帝。　「軌」，史記作「軼」。

耆老大夫、縉紳先生之徒二十有七人〔八〕，儼然造焉〔九〕。辭畢，進曰：「蓋聞天子之於夷狄也，其義羈縻勿絕而已〔一〇〕。今罷三郡之士，通夜郎之塗，三年於茲，而功不竟，士卒勞倦，萬民不贍；今又接之以西夷，百姓力屈，恐不能卒業，此亦使者之累也〔一一〕，竊爲左右患之。且夫邛、筰、西僰之與中國並也〔一二〕，歷年茲多〔一三〕，不可記已。仁者不以德來，強者不以力并，意者其殆不可乎〔一四〕？今割齊民以附夷狄，弊所恃以事無用〔一五〕，鄙人固陋，不識所謂。」

〔八〕耆老，此泛指受人敬重之老人。禮檀弓上魯哀公誄孔子曰：「天不遺耆老，莫相予位焉。」國語吳語：「有父母耆老。」注：「六十曰耆，七十曰老。」大夫，此指漢代較低級之爵位。據漢書百官公卿表：「爵分二十級。」大夫爵從高到低爲五大夫九級，公大夫七級，官大夫六級，大夫五級。而大夫僅高於不豫更卒之事之四級爵不更。縉紳，同搢紳，一作薦紳，謂插笏於紳，以喻士大夫。荀子禮論：「設褻衣，襲三稱，縉紳而無鉤帶矣。」注：「縉與搢同，扱也。紳，大帶也。搢紳謂扱於帶，鉤之所用弛張也。」莊子天下：「其在於詩書禮樂者，鄒魯之士、搢紳先生多能言之。」又史記五帝紀：「然尚書獨載堯以來，而百家言黃帝，其文不雅馴，薦紳先生難言之。」「縉」，史記作「薦」，漢書、文選均作「搢」。

〔九〕儼然，莊重貌。論語子張：「君子有三變：望之儼然，即之也溫，聽其言也厲。」疏：「人遠望之，則正其衣冠，尊其瞻視，常儼然也。」造，造訪、至。書盤庚：「咸造勿褻在王庭。」傳：

「造，至也，衆皆至王庭無褻慢。」禮王制：「造乎禰。」疏：「造，至也，謂至父祖之廟也。」

〔一〇〕辭畢四句：羈縻，聯絡、維繫，此含貶意。史記索隱：「羈，馬絡頭也。縻，牛韁也。漢官儀：『馬云羈，牛云縻。』言制四夷如牛馬之受羈縻也。」按：自古以夷狄區別於華夏。公羊傳成十五年：「春秋内其國而外諸夏，内諸夏而外夷狄也。」又左傳閔元年管仲言於齊侯曰：「戎狄豺狼，不可厭也；諸夏親暱，不可棄也。」國語周語上祭公謀父以周先王之制諫穆王，主要意思是説對夷狄要懷柔與征伐並行，而以懷柔爲主。此即相如「羈縻勿絶」之所本。漢書匈奴傳及西南夷傳之贊詞論之尤備，讀者可參，不煩引。「進曰」上史記有「因」字。「於」，文選作「牧」。

〔一一〕「今罷」至「使者之累也」：三郡，指巴（治所江州）、蜀（治所成都）、廣漢（治所梓潼），皆今四川省境内。夜郎，夜郎國。轄境約爲今四川南部、貴州西北及雲南東北相聯接之山區。使者，相如自指。累，憂患，危難。莊子至樂：「皆生人之大累也。」此言唐蒙通夜郎之事，見史記相如本傳：「唐蒙已略通夜郎，因通西南夷道，發巴蜀廣漢卒，作者數萬人。治道二歲，道不成，士卒多物故，費以億萬計。蜀民及漢用事者多言其不便。」

〔一二〕西僰，指古僰國，轄境約爲今宜賓市所轄長江以南地區，即有古懸棺遺迹者。見諭巴蜀父老檄注〔八〕。與中國並，謂其皆在三王所封五服之外而與中國並存。「西僰」，文選作「西夷」。

〔一三〕歷年兹多，謂其歷時久遠。孟子萬章上：「舜之相堯、禹之相舜也，歷年多。」

〔一四〕仁者三句：漢書注：「言古往帝王雖有仁德，不能招來之；雖有強力，不能并吞之：以其險遠，理不可也。」「意者」下漢書無「其」字。

〔一五〕今割二句：齊民，平民，此指中國之民。管子君臣下：「齊民食於力，則作本。」所恃、無用，漢書注：「所恃即中國之人也，無用謂西南夷也。」按：自古對開拓疆宇，内附夷狄，皆存異義；逮至漢代，争論尤烈。反對開邊之著例有：戰國策秦一：司馬錯欲伐蜀，張儀曰：「今夫蜀，西辟之國而戎狄之長也，弊兵勞衆不足成名，得其地不足以爲利。」史記主父偃列傳：秦王欲攻匈奴，李斯諫曰：「不可。夫匈奴無城郭之居，委積之守，遷徙鳥舉，難得而制也，得其利不足以爲利也，遇其民不可役而守也。」又韓長孺列傳有「千里而戰，兵不獲利……得其地不足以爲廣，有其衆不足以爲強，自上古不屬爲人」云云，皆相如託言蜀父老爲辭之所本。「弊」，文選作「敝」。

使者曰：「烏謂此乎〔一六〕？必若所云，則是蜀不變服而巴不化俗也〔一七〕，僕尚惡聞若説〔一八〕。然斯事體大，固非觀者之所覯也〔一九〕。余之行急，其詳不可得聞已，請爲大夫粗陳其略〔二〇〕：

〔一六〕烏，疑問助詞。「乎」，史記作「邪」。

〔一七〕變服，改變服飾。　化俗，革除舊俗。　此謂巴蜀乃古蠻夷之國，若非司馬錯率兵滅其國而置郡縣，迄今仍不得開化。　戰國策秦一司馬錯與張儀爭論於秦惠王前曰：「夫蜀，西辟之國也，而戎狄之長也，而有桀紂之亂。　以秦攻之，譬如使豺狼逐羣羊也。」漢書地理志：「巴、蜀、廣漢本南夷，秦并以爲郡。」又華陽國志巴志：「巴蜀世戰爭。　周慎王五年，蜀王伐苴侯，苴侯奔巴，巴爲求救于秦。　秦惠文王遣張儀、司馬錯救苴、巴，遂伐蜀，滅之。　儀貪巴、苴之富，因取巴，執王以歸，置巴蜀及漢中郡，分其地爲（三十）一縣。」

〔一八〕僕，謙稱。　惡，厭惡、憎恨。　若，如此。　孟子梁惠王上：「以若所爲，求若所欲，猶緣木而求魚也。」史記索隱引張揖曰：「惡聞若曹之言也。」訓若爲爾、汝，亦通。　「僕」，史記作「余」。

〔一九〕然斯事二句：　斯事，指通西南夷事。　體大，規模大。　後漢書附范曄獄中與諸甥姪書：「自古體大而思精，未有此也。」　覯，説文：「遇見也。」詩召南草蟲：「亦既見止，亦既覯止。」傳：「覯，遇也。」

〔二〇〕其詳二句：　孟子萬章下：「其詳不可得聞也……嘗聞其略也。」注：「詳，悉也。　不可得備知也。……略，粗也。　言嘗聞其大綱如此矣。」

「蓋世必有非常之人，然後有非常之事；　有非常之事，然後有非常之功〔二一〕。　非常者，固常人之所異也。　故曰：　非常之原，黎民懼焉；　及臻厥成，天下晏如也〔二二〕。

〔二一〕蓋世四句：非常，非同尋常。漢武帝求賢詔：「蓋有非常之功，必待非常之人。」

〔二二〕非常之原四句：原，始也。黎民，衆民、百姓。書堯典：「黎民於變時雍。」傳：「黎，衆。」臻，説文：「至也。」晏如，安然。説文「晏」注：「晏之言安也，古晏安通用。」史記吕太后本紀：「高后女主稱制，政不出房户，天下晏然。」漢書諸侯王表：「高后女主攝位，而海内晏如。」按：左傳襄三〇年：「（子産）從政一年，輿人誦之曰：『取我衣冠而褚之，取我田疇而伍之。孰殺子産，吾其與之。』及三年，又誦之曰：『我有子弟，子産誨之；我有田疇，子産殖之。子産而死，誰其嗣之！』」又史記商君列傳：「秦孝公用商鞅變法，「令行於民期年，秦民之言初令之不便者以千數……行之十年，秦民大説，道不拾遺，山無盜賊，家給足，民勇於公戰，怯於私門，鄉邑大治。」此皆相如論之著例。　史記奪「人」字。「原」，漢書作「元」。

「昔者，洪水沸出，氾濫衍溢，民人升降移徙，崎嶇而不安〔二三〕。夏后氏慼之，乃堙洪塞源，決江疏河，灑沉澹菑，東歸之於海〔二四〕，而天下永寧。當斯之勤，豈惟民哉〔二五〕！心煩於慮，而身親其勞，躬胝無胈，膚不生毛〔二六〕，故休烈顯乎無窮，聲稱浹乎于茲〔二七〕。

〔二三〕「昔者」至「不安」：衍溢，水盛而溢出，與氾濫互文同義。文選注及王補均謂古漢書作「溢溢」，涌溢也，義同。　此言帝堯時天下洪水爲患事，見書堯典堯曰：「湯湯洪水方割，蕩蕩懷山襄陵，浩浩滔天，下民其咨。」　史記「洪」作「鴻」，「沸」作「浡」，「崎嶇」作「陭嶇」。

〔二四〕「夏后氏」至「之於海」：夏后氏，指禹。　慼，憂戚。　灑沈澹菑，漢書注：「灑，分也。沈，深也。澹，安也。言分散其深水，以安定其災也。」「慼」，史記、漢書作「戚」。　史記「堙洪塞原」作「堙鴻水」，「灑」作「漉」，「澹」作「贍」。　漢書奪「塞」字。　「菑」，漢書、文選作「災」。

〔二五〕當斯二句：史記索隱：「謂非獨人（人即民，司馬貞避太宗諱改）勤，禹亦親其勞也。」

〔二六〕躬胝二句：躬，説文：「身也。」　胝，通骶，玉篇：「骶，臀也。」　胈，白肉。　莊子天下：「禹親自操橐而九雜天下之川，腓無胈，脛無毛，沐甚雨，置萬國。禹大聖也，而形勞天下也如此！」又在宥：「股無胈，脛無毛。」成疏：「股瘦無白肉，脛禿無細毛。」「躬胝」，原作「躬傶骿胝」，漢書同。　文選作「躬腠胝」。　今從王補辯證，據史記改。

〔二七〕故休烈二句：休，美也。　烈，業也。　休烈，猶今言光輝業績。　史記秦始皇本紀之罘刻石：「從臣嘉觀，原念休烈，追誦本始。」又會稽刻石：「皇帝休烈，平一宇内，德惠脩長。」　聲稱，聲名。　史記甘茂傳贊：「甘羅年少，然出一奇計，聲稱後世。」　浹，爾雅釋言：「徹也。」

「且夫賢君之踐位也，豈特委瑣喔躪，拘文牽俗，循誦習傳，當世取説云爾哉〔二八〕！必將崇論閎議〔二九〕，創業垂統，爲萬世規〔三〇〕。　故馳騖乎兼容并包〔三一〕，而勤思乎參天貳地〔三二〕。且詩不云乎：『普天之下，莫非王土；率土之濱，莫非王臣〔三三〕。』是以六合之內，八方之外〔三四〕，浸潯衍溢，懷生之物有不浸潤於澤者〔三五〕，賢君恥之〔三六〕。今封疆之內，冠帶之倫，咸獲嘉祉，靡有闕遺矣〔三七〕。而夷狄殊俗之國，遼絕異黨之域，舟車不通〔三八〕，人跡罕至，政教未加，流風猶微〔三九〕，內之則犯義侵禮於邊境，外之則邪行橫作，放殺其上，君臣易位，尊卑失序〔四〇〕，父兄不辜，幼孤爲奴虜，係縲號泣〔四一〕，內鄉而怨，曰：『蓋聞中國有至仁焉，德洋恩普，物靡不得其所，今獨曷爲遺己〔四二〕！』舉踵思慕，若枯旱之望雨，盭夫爲之垂涕〔四三〕，況乎上聖，又烏能已？故北出師以討強胡〔四四〕，南馳使以誚勁越〔四五〕。四面風德〔四六〕，二方之君。鱗集仰流，願得受號者以億計〔四七〕。故乃關沬若〔四八〕，徼牂牁〔四九〕，鏤靈山，梁孫原〔五〇〕。創道德之塗，垂仁義之統，將博恩廣施，遠撫長駕〔五一〕，使疏逖不閉，曶爽闇昧。得燿乎光明〔五二〕，以偃甲兵於此，而息討伐於彼〔五三〕。遐邇一體，中外提福〔五四〕，不亦康乎！夫拯民於沈溺〔五五〕，奉至尊之休德〔五六〕，反衰世之陵夷，繼周氏之絕業〔五七〕，天子之急務也。百姓雖勞，又烏可以已哉〔五八〕？

〔二八〕「豈特」至「云爾哉」：委瑣，史記索隱引孔文祥云：「委璅，細碎。」璅同瑣。王補以爲即嵬瑣，荀子非十二子：「喬宇嵬瑣。」注：「嵬，謂爲狂險之行者也。瑣，謂爲姦細之行也。」又儒效：「英傑化之，嵬瑣逃之。」　喔躖，史記索隱引孔文祥云：「局促也。」亦作握齱、偓促。史記酈生列傳：「過高陽者數十人，酈生問其將，皆握齱好苛禮。」集解引應劭曰：「握齱，局促之貌。」楚辭劉向九歎憂苦：「偓促談於廊廟兮。」注：「偓促，拘愚之貌。」　拘文，囿於成法，墨守陳規。　循誦，因循自誦，不思進取。　習傳，習於傳聞，不求創新。　説通悦。當世取説，取悦於當世。　按：莊子漁夫：「故聖人法天貴真，不拘於俗。愚者反此，不能法天而恤於人，不知貴真，禄禄而受變於俗。」商君書更法：「三代不同禮而王，五霸不同法而霸。故知者作法，而愚者制焉；賢者更禮，而不肖者拘焉。」　「喔」，史記、漢書作「握」。「循」，文選作「脩」。

〔二九〕崇，小爾雅廣詁：「叢也。」玉篇：「衆也。」崇論，廣集衆論。　閎，通宏。説文：「宏，屋深也。」引申爲深。閎議，謂深議國事之根本。　「閎」，漢書作「竑」，文選作「吰」。

〔三〇〕創業二句：業，帝業。　統，世代相繼之皇統、傳統。　規，典範。孟子梁惠王下：「君子創業垂統，爲可繼也。」賈長沙集過秦論上：「秦王之心，自以爲關中之固，金城千里，子孫帝王萬世之業也。」

〔三一〕兼容并包，指兼併天下，而不僅守國土。　賈長沙集過秦論上：「（秦孝公）有席卷天下，包舉宇内，囊括四海之意，并吞八荒之心。」

〔三二〕參，同三。貳，同二，兩也。易説卦：「參天兩地而倚數。」注：「參，奇也。兩，耦也。」疏：「取奇數於天，取耦數於地。……天三，覆；地二，載。」耦同偶。參爲天，爲奇數之始；貳爲地，爲偶數之始。數由奇偶而生發至無窮，萬物因有天地而得覆載和養育。勤思乎參天貳地，謂天子受天之命，應勤思於天地之澤及四海，利兼萬物。舊説天子比德於地，是爲貳地；地與己并天，即爲參天。見史記索隱、漢書注、文選注。此説所據爲禮經解：「天子者，與天地參。」雖通，但牽強。蓋經解所謂「與天地參」，孔疏爲「與天地相參齊等」，非三天二地之義。録以供參。

〔三三〕「普天」至「王臣」：此詩小雅北山之文，「普」作「溥」。傳：「溥，大；率，循；濱，涯也。」箋：「此言王之土地廣矣，王之臣又衆矣，何求而不得，何使而不行。」

〔三四〕六合二句：六合，指上下和東南西北四方，上爲天，下爲地。莊子齊物論：「六合之外，聖人存而不論，六合之内，聖人論而不議。」史記秦始皇紀會稽刻石：「聖德廣密，六合之中，被澤無疆。」八方，指四方和四維。維者隅也，四維即東南、西南、東北、西北等四方之隅。

〔三五〕浸潯二句：浸潯，逐漸。參大人賦注〔四二〕。衍溢，滿布。春秋繁露十指：「德澤廣大，衍溢于四海。」懷生，惜生。吴子論將：「果者，臨敵不懷生。」懷生之物，猶芸芸衆生，此處據上下文意，特指生民。澤，德澤。浸潤於澤，謂被德如受雨水之潤澤。書畢命：「道洽政治，澤潤生民。」荀子臣道：「功參天地，澤被生民。」「潯」，漢書、文選作「淫」。

〔三六〕賢君恥之，謂賢君以不能包容宇内，澤及荒外爲恥。漢書文帝紀詔曰：「夫四荒之外，不安其生；封圻之内，勤勞不處。二者之咎，皆自於朕之德薄而不能達遠也。」即相如説之著例。

〔三七〕今封疆四句：封疆，本指田界。史記商君書：「爲田開阡陌封疆。」正義：「封，聚土也；疆，界也，謂界上封記也。」此指國界。戰國策燕三：「國之有封疆，猶家之有垣牆，所以合好掩惡也。」冠帶，帽子和帶子，古代華夏族的服飾特徵，引申爲文明有教養之臣民。韓非子有度：「兵四布於天下，威行於冠帶之國。」嘉祉，好福氣。詩大雅大明：「文王嘉止。」止通祉。按：相如身歷文景盛世，故此所稱漢德並非全是套話或虛美。漢書文帝紀贊曰：「是以海内殷富，興於禮義，斷獄數百，幾致刑措。」又匈奴傳文帝遺匈奴書曰：「長城以内，冠帶之室，朕亦制之，使萬民耕織射獵衣食，父子毋離，臣主相安，俱無暴虐。」又景帝紀詔曰：「孝文皇帝臨天下……德厚侔天地，利澤施四海，靡不獲福。」

〔三八〕遼絶二句：黨，類。異黨，猶異類。禮仲尼燕居：「辯説得其黨。」注：「黨，類也。」文選李陵答蘇武書：「終日無親，但見異類。」異類、異黨，皆對少數民族之蔑稱。史記「域」作「地」，「車」作「輿」。

〔三九〕政教二句：流風，遺風。孟子公孫丑上：「紂之去武丁未久也，其故家遺俗，流風嘉政，猶有存焉。」微，少也、細也。此謂受漢民族之文化風尚影響不大。淮南脩務：「絶國殊俗，僻遠幽閒之處，不能被德承澤。」

〔四〇〕「内之」至「失序」：内之，指對待中國；外之，指四夷在其本國。自古以中國爲内，四夷爲外。此言夷狄對中國常背信棄義侵犯邊界，而在其國内亦無禮義約束，強凌弱，臣弑君。吕氏春秋恃君：「僰人、野人、篇笮之川……其民麋鹿禽獸，少者使長，長者畏壯，有力者賢，暴傲者尊，日夜相殘，無時休息，以盡其類。」後漢書南蠻西南夷傳論曰：「蠻夷雖附阻巖谷，而類有土居……然其凶勇狡筭，薄於羌狄，故陵暴之害，不能深也。西南之徼，尤爲劣焉。」足見西南夷之爲邊患，不如匈奴西羌嚴重，此所以論者以開發西南夷非急務，而相如亦僅以「犯義侵禮於邊境」一句帶過，而詳言其國内之暴亂，思慕内附也。「殺」，史記作「弑」。

〔四一〕父兄三句：係，通繫。累，繩索。係累，綑綁、拘囚。墨子天志下：「民之格者勁拔之，不格者係累而歸。」孟子梁惠王下：「若殺其父兄，係累其子弟……如之何可也？」「父兄」，文選作「父老」。「累」，史記作「纍」，漢書作「絫」，文選作「縲」。史記無「虜」字。

〔四二〕蓋聞四句：洋，多。普，遍。德洋恩普，謂恩德遍布。曷，何，何故。遺，遺棄。何爲遺己，謂其渴望内附中國。典出書仲虺之誥：「（湯）克寬克仁，彰信兆民。乃葛伯仇餉，初征自葛。東征西夷怨，南征北狄怨，曰：『奚獨後予？』攸徂之民，室家相慶，曰：『徯予后，后來其蘇！』」按：相如所言西南夷思慕内附之情況，雖辭有誇飾，然以其時中國國富民殷，軍威亦盛，要求内附亦屬實情。後漢書南蠻西南夷傳論曰：「漢氏征伐戎狄，有事邊遠，蓋亦與王業而終始矣。……雖叛服難常，威澤時曠，及其化行，則緩耳雕脚之倫，獸居鳥語之類，莫不舉種盡落，回面而請吏，陵海越障，累譯以内屬焉。」「恩普」上史記有「而」字。

〔四三〕舉踵三句：舉踵，跕起脚跟，以狀思慕之殷切。　盭，同戾。戾夫，狠戾之人。　莊子胠篋：「今遂至使民延頸舉踵曰：『某所有賢者，贏糧而趣之。』」孟子梁惠王上：「民望之，若大旱之望雲霓也。」注：「言遠國思望聖化之甚也。」「盭」，文選作「戾」。

〔四四〕況乎三句：上聖，對武帝之敬稱。　強胡，指匈奴。　按：在元封元年相如爲此文前，漢對匈奴之戰爭皆屬防禦性質。然自此時起，便改防禦性質爲主動進攻、開疆拓土之戰。相如於此時言之者，蓋武帝部署已定，所以揚聖意而壯軍威也。漢書文帝紀：三年，匈奴入居北地、河南爲寇，上遣丞相灌嬰擊之，匈奴走。　武帝紀：元光二年，遣韓安國、李廣等將三十萬衆屯馬邑谷中，誘致單于。單于入塞犯邊，覺之，走出。六年，匈奴入上谷，殺略吏民。遣衛青等出擊。青至龍城，獲首虜七百級。皆可證前此皆防禦之戰。

〔四五〕誚，責讓。　勁越，強悍之越，指南越王趙佗。此言文帝遣陸賈爲使遺書責讓其自立爲帝並發兵寇邊之事，已見諭巴蜀父老檄注〔七〕。越，漢書作粤。漢書兩粵傳載文帝賜佗書曰：「皇帝謹問南粤王……前日聞王發兵於邊，爲寇災不止。當其時長沙苦之，南郡尤甚，雖王之國，庸獨利乎！必多殺士卒，傷良將吏，寡人之妻，孤人之子，獨人父母，得一亡十，朕不忍爲也。……雖然，王之號爲帝。兩帝並立，亡一乘之使以通其道，是爭也；爭而不讓，仁者不爲也。」佗恐，遂奉貢職。

〔四六〕風，教化、感化。書説命下：「咸仰朕德，時乃風。」風德，爲其德行所感化。

〔四七〕二方，指西夷和南夷各國。鱗，代指魚。鱗集，喻其多。參子虛賦注〔九三〕。流，水流。鱗集仰流，謂羣魚相集而仰向承受水流，以喻西南夷各國渴求承受大漢之流風遺德。

〔四八〕關沫若，謂以沫若二水爲關。沫，沫水，即大渡河。水經沫水：「沫水出廣柔徼外，東南過旄牛縣北，又東至越嶲靈道縣，出蒙山南，東北與青衣水合，東入於江。」按：因史記河渠書有「蜀守冰鑿離堆避沫水之害，穿二江成都之中」語，古籍多誤以爲李冰所鑿爲灌縣之離堆，從而誤以岷江爲沫水，實則李冰所鑿乃今樂山市之離堆，即烏尤山。清人陳登龍所著蜀水考辯之甚詳，可參。若，若水，即今雅礱江之下游。水經注若水：「若水出蜀郡旄牛徼外，東南至故關，爲若水也。南過越嶲邛都縣西……又東北至棘道縣，入於江。」蜀水考：「若水即雅龍江下流之打沖河，至會理州（今四川省會理縣）西南入金沙江。」龍通礱。

〔四九〕徼，邊界。徼牂牱，謂以牂牱爲界。牂牱（zāng gē 臧戈），本南夷且蘭國水名。楚莊蹻伐夜郎，過且蘭，以且蘭有椓船牂牱處，乃改且蘭爲牂牱（見華陽國志南中志）。元鼎六年（前一一一），中郎將郭昌、衛廣破越後引兵還，行誅阻滇道者且蘭，斬首數萬，遂平南夷爲牂牱郡（見漢書西南夷傳）。「牂」，原作「牂」，據衆本改。「牱」，史記、華陽國志作「柯」，漢書作「泂」。

〔五〇〕鏤靈山二句：鏤，喻鑿通道路。靈山，即靈關道，後改靈道縣。靈亦作零。水經沬水：「又東至越嶲靈道縣。」酈注：「靈道縣，一名靈關道，漢制，夷狄曰道。縣有銅山，山又有利慈。」梁，架橋。孫原，孫水之源頭。孫水，即今安寧河，源於今四川涼山州之冕寧縣，至米易縣境注入雅礱江。蜀水考：「（打沖河）至迷易（今米易縣）所會安寧河，一名孫水，一名長河，一名白沙江。」

〔五一〕駕，駕馭。長駕，文選注：「謂所駕者遠。」與遠撫均謂撫馭遠方。

〔五二〕使疏逖二句：逖，遠也。書牧誓：「逖矣，西土之人。」傳：「逖，遠也。遠矣，西土之人勞苦之！」疏逖，即疏者遠者，以指四方夷狄。曶，通昧。曶爽，即昧爽，指天將明時。漢書郊祀志上：「十一月辛巳朔旦冬至，曶爽，天子始郊拜泰一。」史記封禪書即作「昧爽」。書牧誓：「甲子昧爽。」傳：「爽，明也。昧爽，謂早旦也。」闇，黑夜。禮祭義：「周人祭日，以朝及闇。」注：「闇，昏時也。」闇昧，即昏夜。文選注：「言疏遠之國不被壅閉，曶爽闇昧後得乎光明，言化之所被者遠也。」「曶爽」，史記作「阻深」。

〔五三〕偃甲兵二句：偃，止息。書武成：「乃偃武修文。」甲，鎧甲。兵，武器。詩唐風無衣：「王于興師，脩我甲兵。」此反用其義。「討」，史記作「誅」。「伐」，原作「罰」，據衆本改。

〔五四〕遐邇二句：遐邇，猶遠近。文選楊子雲羽獵賦：「遐邇五三，孰知其是非？」禔（zhī之），説文：「安也。」禔福，即安福。「禔」，史記作「提」。

〔五五〕沈溺，喻大患。孟子梁惠王下：「今燕虐其民，王往而征之，民以爲拯己於水火之中也。」

〔五六〕至尊，帝位，以喻天子。賈長沙集過秦論上：「履至尊而制六合。」休德，美德。國語齊語：「有功休德。」楚辭遠遊：「貴真人之休德兮。」

〔五七〕反衰世二句：衰世，盛世之反。此指西周之季世及東周。陵夷，同陵遲，衰落。此指周道（即文武周公之道）衰落。詩葛藟序：「周世道衰，棄其九族。」又采葛序：「禮義陵遲，男女淫奔。」春秋序：「周德既衰，官失其守。」又史記十二諸侯年表第二：「周道缺……仁義陵遲。」絶業，漢人認爲，周道自季世而陵夷，經戰國而崩壞，至暴秦而絶。劉氏誅暴秦而建漢，雖非周代姬姓之統，却繼文武周公已絶之業，故云。史記太史公自序：「維我漢繼五帝末流，接三代統（應作絶）業。」「陵夷」，史記作「陵遲」。

〔五八〕烏，史記、漢書、文選皆作「惡」。文選「已」下有「乎」字。

「且夫王者固未有不始於憂勤，而終於逸樂者也〔五九〕。然則受命之符合在於此〔六〇〕。方將增太山之封，加梁父之事〔六一〕，鳴和鸞，揚樂頌〔六二〕，上咸五，下登三〔六三〕。觀者未覩指，聽者未聞音，猶鷦鵬已翔乎寥廓，而羅者猶視乎藪澤〔六四〕，悲夫！」

〔五九〕且夫二句：逸樂，恬逸安樂。語本詩小雅魚麗序：「文武以天保以上治內，采薇以下治外，始于憂勤，終于逸樂。」疏：「此篇武王詩之始，而武王因文王之業，欲見文治内外而憂勤，武承其後而逸樂。」「逸」，史記、漢書作「佚」。

〔六〇〕受命，受天之命。書湯誓：「式商受命。」詩大雅靈臺序：「文王受命，而民樂其有靈德。」符，指受天命爲帝之憑證。 合在於此，漢書注引張揖曰：「合在於憂勤逸樂之中也。」王補則以爲：「謂天子通西南夷憂民勤遠之事。」史記下句末有「矣」字。

〔六一〕方將二句：太山，即泰山，一名岱山、岱宗、岱嶽，五嶽之一，在今山東省中部。 梁父，一作梁甫，泰山下一小山，在今山東新泰市西。 皆古帝王封禪處。 大戴禮保傅：「是以封泰山而禪梁甫，朝諸侯而一天下。」詳見封禪文題解。 「太」，史記作「泰」。

〔六二〕鳴和鸞二句：和鸞，天子之車鈴。 鳴和鸞，謂四方諸侯來朝，天子宴見。 詩小雅蓼蕭：「和鸞雝雝，萬福攸同。」傳：「在軾曰和，在鑣曰鸞。」箋：「此説天子之車飾者。 諸侯燕見天子，天子必乘車迎於門，是以云然。」詩序：「蓼蕭，澤及四海也。」 樂頌，天子所用歌舞。 阮元揅經堂一集釋頌云：樂章而兼有舞容者爲頌，與徒歌之風、雅有别。 史記周本紀：「民和睦，頌聲興。」文選班孟堅西都賦：「揚樂和之聲，作畫一之歌。」

〔六三〕上咸二句：五指五帝，三指三王。 咸，同也。 詩魯頌閟宫：「敦商之旅，克咸厥功。」箋：「咸，同也。」 登，上升、進入、達到。 此謂漢之功德，就前代而言能同於五帝，就後代而言亦可臻於三王。 「咸」，文選作「減」，注引李奇曰：「五帝之德比漢爲減。」

〔六四〕觀者四句：指，通旨，意向、意思。　鷦鵬，一作焦明，南方神鳥。説文：「鷫，五方神鳥也。東方發明，南方焦明，西方鷫鷞，北方幽昌，中央鳳凰。」又文選注引樂緯曰：「鷦鵬，狀如鳳皇。」　寥廓，曠遠，此指天空。　參大人賦注〔四七〕。　羅者，張羅網捕鳥之人。　藪澤，泛指沼澤地。禮月令：「山林藪澤，有能取蔬食田獵禽獸者。」注：「大澤曰藪。」疏：「以有水之處謂之澤，旁無水之處謂之藪。」　此四句言諸耆老大夫眼光短淺，不審時度勢，猶鷦鵬已去，捕鳥之人猶注目於藪澤之中，必無所聞無所見也。　文選「指」作「旨」，「寥廓」下增「之字」二字。　「鷦鵬」，史記作「鷦明」，漢書作「焦朋」。

於是諸大夫茫然喪其所懷來，而失厥所以進〔六五〕，喟然並稱曰：「允哉漢德〔六六〕，此鄙人之所願聞也。百姓雖勞〔六七〕，請以身先之。」敞罔靡徙〔六八〕，遷延而辭避〔六九〕。

〔六五〕於是二句：所懷來，來時所懷之意。　厥，其。　進，謂進諫。　漢書、文選均無「而」字。

〔六六〕允，誠信、言行一致。詩小雅車攻：「允矣君子，展也大成。」箋：「允，信。展，誠也。大成，謂致太平也。」

〔六七〕「勞」，史記作「怠」。

〔六八〕敞罔，失意貌；史記索隱：「失容也。」漢書注：「失志貌。」　靡徙，抑退貌；史記索隱：「失正也。」漢書注：「自抑退也。」

〔六九〕遷延，退却貌。左傳襄十四年：「乃命大還，晉人謂之遷延之役。」注：「遷延，却退。」文選注引尚書大傳曰：「魏文侯問子夏，子夏乃遷延而退。」「遷延」上史記有「因」字。「避」，原作「退」，據衆本改。

符命

封禪文

〔題解〕封禪，帝王祭祀天地之大典，是功隆德洽的盛世象徵。封者，培土；在泰山上培土爲壇以祭天，報天之功，謂之封。禪，本作墠，墠者，除地；在泰山下之梁父除草闢場以祭地，報地之功，謂之禪。史記相如本傳謂：相如病甚，武帝使所忠往其家取書，至其家，相如已死。文君曰：「長卿固未嘗有書也。時時著書，人又取去，即空居。長卿未死時，爲一卷書，曰有使者來求書，奏之。無他書。」此書即封禪文，可見乃其有心之絶筆。揣其爲此文之遺意，不特以爲生逢盛世，欲彰大漢之德，尤其是武帝之文治武功，勉其舉此盛典；亦且意在諷其「興必慮衰，安必思危」，敬順天心，顧省厥遺也。信乎人之將死，其言也善！而朱熹竟以「其將死而猶以封禪爲言」爲「亦足以知其阿意取容之可賤也」，非特持論欠公，亦不明相如晚年，目睹武帝招賢俊，尊儒術，潰匈奴，擴疆土，功勳赫赫，正東方朔所謂「自唐虞之隆，成康之際，未足以喻當世」也，豈朱熹所處之河山半壁，君昏臣懦之南宋季世可以同日而語哉？又據武帝紀及相如本傳，相如既卒之八年，武帝乃禮中嶽，封於泰山，至梁父，禪肅然，然則所謂「阿意取容」者，豈相如之鬼魂乎？抑朱熹之囈語歟？餘詳本書前言。

伊上古之初肇，自昊穹兮生民〔一〕。歷撰列辟，以迄乎秦〔二〕。率邇者踵武，逖聽者風聲〔三〕。紛綸葳蕤，堙滅而不稱者〔四〕，不可勝數也。續昭、夏，崇號謚，略可道者七十有二君〔五〕。罔若淑而不昌，疇逆失而能存〔六〕。

〔一〕伊上古二句：伊，助詞，無義。爾雅釋詁下：「伊，維也。」注：「發語辭。」詩邶風谷風：「不念昔者，伊予來塈。」　肇，始也。　昊，爾雅釋天：「夏爲昊天。」説文作「昦」：「春爲昦天，元氣昦昦也。」昊穹，泛指天。　昊穹生民，猶言天生斯民。　漢書「昊」作「顥」，無「兮」字。

〔二〕歷撰二句：撰，數也。歷撰，猶言歷數。易繫辭上：「陰陽合德，而剛柔有體，以體天地之撰。」注：「撰，數也。」此處作動詞。　辟（bì璧），君主。書洪範：「惟辟作福，惟辟作威，惟辟玉食。」　此謂歷數各代君主，以迄於秦代。　「撰」，漢書、文選作「選」。　「乎」，史記、文選作「于」。

〔三〕率邇者二句：率，依循。　邇，近也。　踵，追踪。　武，足迹。詩大雅生民：「履帝武敏歆。」傳：「武，迹。」　逖，遠也。　逖聽，聽逖之倒文，謂聽察遠古。　參難蜀父老文注〔五二〕。此謂近代帝王之業績尚可追循其迹，聽察遠古則只能聞其遺聲。　「逖聽」，漢書作「聽逖」。

〔四〕紛綸二句：紛綸、葳蕤，皆衆多雜亂貌。參子虛賦注〔六一〕。　堙，通湮。堙滅，猶言湮没。「葳」，漢書、文選作「威」。　「堙」，文選作「湮」。

〔五〕續昭夏三句：昭，通韶，舜樂。見上林賦注〔一七一〕。　夏，大夏，又稱夏籥，禹樂。周禮大司樂：「舞大夏以祭山川。」呂氏春秋古樂：「禹立，勤勞天下。……於是命皋陶作爲夏籥九成，以昭其功。」　王補：「繼昭夏，謂繼舜禹而起。」崇號謚，謂生時上尊號，死後上美謚。七十有二君，史記封禪書引管仲曰：「古者封泰山、禪梁父者七十二家，而夷吾所記者十有二焉。」按：史記所言據管子，大戴禮保傅亦有「封泰山而禪梁甫」之説，二書皆成書於戰國以後，而管子封禪書又早佚。至於韓詩外傳所云「孔子升泰山，觀異姓而王可得而數者七十餘人，不得而數者萬數也」，更不知何所依據。故王通文中子已謂：「封禪非古也，其秦漢之侈心乎？」不爲無見。秦始皇統一天下，欲揚其受命於天，功蓋湯武，東巡泰山，乃與諸儒生博士議封禪之禮，而議各乖異難施用，足見文獻無徵。漢文帝即位之十四年，亦曾議及巡狩封禪事，未果。故所謂「七十二家」，或係秦漢人託古以興制之辭。　漢書、文選「續」作「繼」，「謚」作「諡」。

〔六〕罔若二句：罔，無、没有。　若，順，順天而行。書堯典：「乃命羲和，欽若昊天。」詩大雅烝民：「天子是若，明命使賦。」　淑，善良。　疇，誰也。書堯典：「疇咨若時登庸。」傳：「疇，誰；庸，用也。」　逆失，若淑之反，猶言倒行逆施。　此總言歷代帝王興衰成敗之教訓。漢書注：「言行順善者無不昌大，爲逆失者誰能久存也。」

軒轅之前，遐哉邈乎，其詳不可得聞已〔七〕。五三六經載籍之傳，維見可觀也〔八〕。書曰：「元首明哉！股肱良哉〔九〕！」因斯以談，君莫盛於唐堯，臣莫賢於后稷〔一〇〕。后稷創業於唐，公劉發迹於西戎〔一一〕，文王改制，爰周郅隆，大行越成〔一二〕，而後陵夷衰微，千載無聲，豈不善始善終哉〔一三〕！然無異端，慎所由於前，謹遺教於後耳〔一四〕。故軌迹夷易，易遵也〔一五〕；湛恩濛涌，易豐也〔一六〕；憲度著明，易則也〔一七〕；垂統理順，易繼也〔一八〕。是以業隆於繦緥，而崇冠於二后〔一九〕。揆厥所元，終都攸卒，未有殊尤絶迹可考於今者也〔二〇〕。然猶躡梁父，登泰山，建顯號，施尊名〔二一〕。大漢之德，逢涌原泉，沕潏漫衍〔二二〕；旁魄四塞，雲尃霧散〔二三〕；上暢九垓，下泝八埏〔二四〕。懷生之類，霑濡浸潤〔二五〕，協氣橫流，武節飄逝〔二六〕，邇陿游原，迥闊泳沫〔二七〕，首惡湮没，闇昧昭晰〔二八〕，昆蟲凱澤，回首面内〔二九〕。然後囿騶虞之珍羣，徼麋鹿之怪獸〔三〇〕，䆃一莖六穗於庖，犧雙觡共抵之獸〔三一〕，獲周餘珍，放龜於岐，招翠黄，乘龍於沼〔三二〕。鬼神接靈圉，賓於閒館〔三三〕。奇物譎詭，俶儻窮變〔三四〕。欽哉，符瑞臻兹，猶以爲薄，不敢道封禪〔三五〕。蓋周躍魚隕杭，休之以燎〔三六〕。微夫斯之爲符也，以登介丘，不亦恧乎〔三七〕！進讓之道，其何爽與〔三八〕？

〔七〕軒轅三句：軒轅，即黄帝。據史記五帝紀：黄帝姓公孫，居軒轅之丘，因以爲名。有土德之瑞，故號黄帝。遐、邈，均言遼遠。「已」，史記作「也」。

〔八〕五三二句：五三，五帝三王之省稱。載，記録。籍，書籍。載籍，指别於六經以外的典籍。史記伯夷列傳：「夫學者載籍極博，猶考信於六藝（即六經）。」傳，記載。孟子梁惠王下：「於傳有之。」維，猶伊，語助，無義。易解：「君子維有解。」總上共五句，謂黄帝以前之事，遐遠而不得聞其詳；五帝三王之事，通過六經及其他典籍乃可得而觀。

〔九〕書曰三句：書益稷載皋陶贊美禹奉堯命治水，及益稷等佐禹有功之辭。元首，指帝堯。股肱，大腿和臂膊，以喻輔佐堯的禹及益稷等人。

〔一〇〕因斯三句：斯，此、這個，指上引書益稷歌辭。唐堯，黄帝之五世孫，號唐，名放勛，謚堯。堯立，親睦九族，昭明百姓，合和萬國，舉用賢良，訂曆法，種百穀，興禮樂，敷五教，齊七政，頒五刑，平水土。在位七十年，辟位於舜二十八年而崩，百姓如喪父母。參書堯典、舜典，史記五帝紀。后稷，黄帝四世孫帝嚳之子，姜原所生，因曾棄之隘巷，故名曰棄。好耕農，事堯舜爲農官，教民播時百穀，天下得其利，封於邰，號曰后稷，别姓姬氏，爲周之始祖。參詩大雅生民、史記周本紀。「唐堯」，漢書奪「唐」字。

〔一一〕后稷二句：唐，即唐堯。公劉，后稷四世孫。避夏亂，遂平西戎而遷其民邑於豳，務耕種，行地宜，民有餘糧，國有積累。及其西遷，諸侯從之者十有八國；定居於豳，百姓亦多徙而保歸。周之興自此始。參詩大雅公劉、史記周本紀。

〔一三〕文王三句：制，準則、制度、法式之總稱。改制，謂周本爲殷之諸侯，爵位爲伯，至文王而改爲王制。按：舊多疑文王在殷紂尚存之時，何得稱王改制，以爲此係易緯之説，鄭玄誤信而用之。然考諸典籍，文王在世時實已稱王。詩大雅文王：「文王在上，於昭於天。周雖舊邦，其命維新。」序：「文王受命作周也。」傳：「受天命而王天下，制立周邦。」所謂「維新」、「受命」、「制立」，實即稱王改制之意。史遷亦作如是觀，史記周本紀：「詩人道西伯，蓋受命十年稱王而斷虞芮之訟。後十年而崩，謚爲文王，改法度，制正朔矣。」明言其所據爲詩經而非易緯，與若干年後始出世之東漢鄭玄更毫無干涉。可證相如「文王改制」之説可信。爰，於是。詩魏風碩鼠：「樂土樂土，爰得我所。」郅，至也、大也。郅隆，猶言至隆、大興。大行越成，漢書注、文選注皆引文穎曰：「行，道也。文王始開王業，改正朔服色，太平之道於是成也。」按：各家治史、漢及文選者多采文穎之説，余以爲有兩點可疑：其一，上句既已言「爰周郅隆」，至隆者周道也，下句若重言周道於是成，則文義複出；其二，自古言周德皆文武並稱，何以此處僅言文王而不及武王？且與下文「崇冠乎二后」不相接應。故此句「大行」疑當訓帝王崩，謂文王崩後武王乃繼而成帝業也。蓋秦漢以來，多稱帝王崩爲大行。史記李斯列傳載始皇崩，趙高讒胡亥與丞相李斯議篡帝位，胡亥歎曰：「今大行未發，喪禮未終，豈宜以此事干丞相哉！」正字通：「韋昭曰：『大行者，不反之辭。』風俗通：『天子新崩未有謚號，故總其名曰大行皇帝也。』」皆其證。武王伐紂，載文王木主於軍中，假文王受命於天以伐，故謂「大行越成」。

〔一三〕而後三句：陵夷，衰落。見難蜀父老文注〔五七〕。無聲，漢書注引鄭氏曰：「無有惡聲也。」善始善終，言周之季世，雖國勢衰弱，然未出現夏桀、殷紂一類暴君，故周德自始至終皆完美無缺。禮祭統：「善終者如始。」莊子大宗師：「故聖人將遊於物之所不得遯而皆存，善妖（夭）善老，善始善終。」戰國策燕二樂毅報燕惠王書：「臣聞善作者不必善成，善始者不必善終。」「後」，漢書作「后」。「夷」，文選作「遲」。「無」，漢書、文選作「亡」。

〔一四〕然無三句：異端，謂不合正道之詭説。論語爲政：「攻乎異端，斯害也已。」文選注：「言周之先王創制垂業，既慎其規模，又謹其遺教也。」

〔一五〕故軌迹二句：軌，本義爲車兩輪間的距離，即轍之廣，古有定制，故引申爲法則、制度。軌迹，此言周之先王所循制度之故迹。夷、易，皆平也。此謂周先王之故迹平易，故易於遵循。

〔一六〕湛恩二句：湛，通沈，深也。湛恩，猶言深恩。濛，通厖，大也。涌，水滿而溢出。濛涌，遍布、廣被之貌。此謂周先王之恩澤廣被，故易於豐厚。「濛涌」，漢書作「厖洪」，文選作「厖鴻」。

〔一七〕憲度二句：憲，典章。書説命：「監于先王成憲，其永無愆。」度，法度。左傳昭四年：「度不可改。」著明，昭著顯明。禮中庸：「誠則形，形則著，著則明。」則，以爲準則，按此實行。易繫辭上：「河出圖，洛出書，聖人則之。」此謂周先王之典章制度明白易曉，故易於實行。

〔一八〕垂統二句：垂統，世代相繼之皇統，見上林賦注〔一八七〕。理順，王念孫讀書雜志以爲理亦訓順，猶上文之夷易皆平，厖洪皆大，著明皆明。順之爲言，謂順秩而進，自然諧和。此謂周之帝業乃世代順秩和諧相傳，故易於繼承。

〔一九〕是以二句：繦緥，通襁褓，背負嬰兒的寬帶和布兜，以喻人之幼年。此指成王。后，帝也。二后，文王、武王。此謂周之帝業興隆於成王年幼之時而功德在文武之上。史載：武王崩，成王少，周公攝政，任賢與能，平管、蔡、武庚之叛，朝諸侯於明堂，七年而返政於成王。成王秉政，以周公爲師，召公爲保，興正禮樂制度，天下大安而民和睦，頌聲作。見書周書金縢至周官各篇、史記周本紀及魯周公世家。「緥」，漢書作「保」，史記作「褓」。「冠於」，漢書作「冠乎」。

〔二〇〕揆厥三句：揆，揣度、估計。元，始也。都，爾雅釋詁：「於也。」終都，猶終於。攸，所也。詩小雅蓼蕭：「萬福攸同。」卒，指周之滅亡。尤，優異突出。殊尤絶迹，特殊卓絶的業迹。此謂揣度周之所始至其終結，其政不過平和易行，順秩承繼而已，未有特異之功業可供考察者也。

〔二一〕然猶四句：躡，亦登也。方言：「躡……登也。自關而西，秦晉之間曰躡。」按：周王封禪事僅見史記封禪書引管仲曰：「周成王封泰山，禪社首。」社首，集解引應劭曰：「山名，在博縣。」據漢書地理志，博縣在泰山東南，有泰山廟。此言「躡梁父」云者，與封禪書稍異。此謂周雖無特異之功業，猶封禪以尊顯其名號。用以烘雲托月，引出漢天子更宜封禪。「泰」，漢書作「大」。

〔二二〕大漢三句：大漢，漢之尊稱。逢涌，文選注引張揖曰：「逢，遇也，喻其德盛若遇原泉之涌出也。」王補則以爲逢讀爲漨，逢涌即漨浡之義，水盛貌。或訓逢之本義，大也，逢涌即盛涌，均通。原，同源。沕（mì密）潏，泉流貌。漫衍，漫延衍溢。山海經序：「昔洪水洋溢，漫衍中國。」此謂漢德如泉水之盛滿，涌流漫衍。「逢」，原作「逄」，從皋本改。「漫衍」，漢書、文選作「曼羨」。

〔二三〕旁魄二句：魄（bó薄），與薄同聲通假。旁魄，猶旁薄，亦作磅礴、旁礴，充塞、廣被之義。荀子性惡：「襍能旁魄而無用。」莊子逍遥遊：「之人也，之德也，將旁礴萬物以爲一世蘄乎亂。」四塞，充塞四方。尃，通敷，分布。此謂漢德如雲布霧散，充塞四方。「尃」，原作「專」，形近而誤，據史記改。漢書、文選作「布」。

〔二四〕上暢二句：暢，通也。九垓，九垠、九重天，謂天空之極高處。淮南子道應：「吾與汗漫期于九垓之外。」　泝，同溯，本義逆水而上，此泛指水流。　八埏（yán 延），淮南子墬形作八殥，謂九州外之八方極遠處。參大人賦注〔三〇〕。

〔二五〕懷生二句：懷生，惜生；浸潤，被德澤浸淫。並見難蜀父老文注〔三五〕。　霑濡，猶澍濡，見難蜀父老文注〔四〕。此謂有生之物，皆被大漢雨露深恩。　「霑」，漢書、文選作「沾」。

〔二六〕協氣二句：協氣，協和之氣。　橫流，充溢、遍布。孟子滕文公上：「洪水橫流，氾濫於天下。」　節，符節。武節，猶言兵符，以喻軍威。漢書武帝紀詔曰：「朕將巡邊垂，擇兵振旅，躬秉武節。」　飄，通猋。　飄逝，如猋風之疾流，以喻遠舉。楚辭九歌雲中君：「猋遠舉兮雲中。」　此謂和氣遍布九州，武威遠播四夷。　「飄」，漢書作「猋」，文選作「猋」。

〔二七〕邇陿二句：邇，近也。　陿，同狹，狹隘、狹窄。　原，同源，江河之源頭。　迵（jiǒng 炯），同迥，遠也。　泳，浮也。　沫，末之借字。　此以漢德比江河，謂近者狹者游其源，遠者闊者浮其末。　「邇」，漢書作「爾」。　「陿」，史記作「陜」。　「迵」，史記作「迥」，文選作「遐」。　「沫」，漢書、文選作「末」。

〔二八〕首惡二句：首惡，罪魁。公羊傳僖二十二年：「虞，微國也，曷爲序乎大國之上，使虞首惡也？」　湮没，滅亡、消失。　闇昧，昏昧、愚蠢。　昭晰，光昭明晰，此指開化、受到化育。　此謂四夷之首惡已受到征誅而消失，昏昧者則受到化育。　「湮」，漢書、文選作「黮」。　「闇」，文選作「晻」。　「晰」，史記作「晢」。

〔二九〕昆蟲二句：昆蟲，代指四方有生萬物。荀子富國：「然後昆蟲萬物生其間，可以相食養者不可勝數也。」 凱，通愷，和也。澤，懌之假，歡喜。凱澤，和樂。 回首，回頭。 此謂漢德廣大，四方有生之物皆回頭向内。 「凱澤」，漢書作「闓懌」，文選作「闓澤」。

〔三〇〕然後二句：囿，在苑囿中畜養禽獸。 騶虞，一作騶吾，瑞獸。詩召南騶虞傳：「騶虞，義獸也。白虎黑文，不食生物，有至信之德則應之。」山海經海内北經：「林氏國有珍獸，大若虎，五采畢具，尾長於身，名曰騶吾。乘之日行千里。」注：「吾，宜作虞也。」 珍羣，指飼養騶虞之衆。 徼，邀也，謂阻截而獲之。 麋鹿之怪獸，王補：「麋鹿非怪獸……所謂『麋鹿之怪獸』，即其狀若麋之騶虞也。非麋似麋，故云『麋鹿之怪獸』。一事而對舉成文，古人多用此法。」 按：自此至「俶儻窮變」，皆謂因漢德廣大，天賜符瑞之事，此雖無稽之談，但漢代人是看得很神聖的。此指元狩元年（前一二二）獲騶虞。史記東方朔傳：「建章宫後閣重櫟中有物出焉，其狀似麋……於是朔乃肯言曰：所謂騶牙（虞）者也。」

〔三一〕䆃一莖二句：䆃，擇也。説文：「䆃，䆃米也，从禾，道聲。司馬相如曰『䆃一莖六穗』也。」注：「䆃，擇也。擇米曰䆃米，漢人語如此，雅俗共知者。漢書百官表、後書殤帝、和帝紀皆有䆃官，注皆云『䆃官主擇米』。」 一莖六穗，指嘉禾。此謂天降嘉禾，擇其米於庖廚烹之以供祭祀。 犧，犧牲，祭祀所用之純色牲畜。此作動詞，謂屠宰犧牲。 觡（gé 胳），中無肉、外無理之骨角。 抵，通柢，根。雙觡共柢，雙角之根併而爲一，若一角然。 此指元狩元年

(前一二二)獲麟，燎以薦五時事。史記封禪書：「其明年，郊雍，獲一角獸，若麃然。有司曰：『陛下肅祇郊祀，上帝報享，錫一角獸，蓋麟云。』於是以薦五時，時加一牛以燎。」褚先生所補武帝紀所記同。「蘽」，原譌作「導」，從史記改。

〔三〕獲周餘珍二句：珍，指周鼎。原有九，武帝獲其一，故曰「餘珍」。放龜，周代放生之龜。龜壽千歲，在武帝時當有存者。岐，岐山，又名天柱山。周先祖古公亶父自豳遷此建邑。故其鼎和龜皆遺留於此。翠黄，即乘黄，神馬。初學記引符瑞圖：「騰黄者，神馬也。其色黄，一名乘黄，亦曰飛黄，或作古黄，或曰翠黄。」管子小匡：「河出圖，洛出書，地出乘黄。」乘龍，古車輿以四馬爲一乘，因以乘爲四之代稱，故乘龍即四龍，任駕之龍。或以乘爲雙數之代稱，訓爲六龍、八龍均可，義同。易乾及楚辭多已言及，不煩引。此皆言元狩三年(前一二〇)瑞應事。先是，余吾渥窪水中出神馬。夏六月，汾陰巫錦爲民祠魏脽后土營旁，得鼎。其秋，武帝幸雍，或有建言宜立太一而上親郊之，上疑未定，齊人公孫卿上書稱今年得寶鼎神策(即神馬)，與黄帝之得寶鼎神策等，黄帝問於鬼臾區，以爲寶鼎出而與神通，故上泰山封禪。武帝意遂決，乃幸甘泉，令祠官寬舒具太一祠壇，十一月郊拜太一，舉司馬相如等數十人造爲詩賦，配以吕律，作十九章之歌。其日出入云：「吾知所樂，獨樂六龍。……訾黄(即乘黄)其何不徠下！」天馬云：「太一況，天馬下。……今安匹，龍爲友。」景星云：「汾脽出鼎，皇祐元始。」所歌即招翠黄、乘龍及獲鼎諸瑞應，唯未及放龜，疑爲缺失。按：關於諸瑞應之繫年，史記封禪書、漢書郊祀志皆稱爲改三元（即元狩元年）之「明年冬」，又「其春」後之「其夏六月」，當是元狩三年（前一二〇）。史遷乃同時代人，所記當可信。但漢書禮樂志既已稱「元狩三年馬生渥洼水中」，與封禪書、郊祀志吻合；又復稱「元鼎五年（前一一二）得鼎汾陰」，武帝紀更稱元鼎五年「六月，得寶鼎后土祠旁。秋，馬生渥洼水中」。不僅諸記自相扞格，而且將諸瑞應繫於相如死後五年，顯誤。通鑑改爲元鼎四年，亦疏於考證。因恐讀者沿其誤而疑及本注，故詳論之如上。　漢書無「珍」字。　「放」，史記作「收」。

〔三三〕鬼神二句：靈圉，衆仙人，已見上林賦注〔七九〕。　賓，此作動詞，以賓禮相待，即禮遇。閒館，見美人賦注〔一八〕。此指元朔四年（前一二五）或五年得女巫事。時武帝病甚，聞上郡有巫，病而鬼神下之，遂求得長陵女子，號爲神君，如古之仙人，舍之上林中磃氏館，療病輒愈云，事頗荒誕淫穢，見史記封禪書、漢書郊祀志。按：關於此事之繫年，史記封禪書以爲獲麟改元之前二年，漢書郊祀志以爲前三年，當爲元朔四年或五年。通鑑繫於元狩六年（前一一七），即相如之卒年，顯誤。

〔三四〕奇物二句：譎詭，怪誕、變幻。文選宋玉高唐賦：「狀似走獸，或象飛禽，譎詭奇偉，不可究陳。」　俶儻（tì tǎng 替倘），同倜儻，卓異不凡。　窮變，窮盡事物之變化。

〔三五〕欽哉四句：欽，敬慎。欽哉，歎美之辭，猶言始終敬慎哉。書益稷皋陶曰：「屢省乃成，欽哉！」　臻，達到。符瑞臻茲，意謂祥瑞多到這樣程度。　薄，指漢德。「薄」字上文選有

「德」字。

〔三六〕蓋周躍魚二句：周，指周武王。　隕，墜落。　杭，通航，渡船。楚辭九章惜誦：「昔余夢登天兮，魂中道而無杭。」休，美善、喜慶。　燎，焚柴以祭天。此謂周武王伐殷，白魚躍入舟中，爲慶其事而祭天。按：秦漢之時，讖緯之説大行，一些讖緯書之作者，編造瑞應故事以附會六經，白魚入武王之舟即屬此一類。文選注引尚書旋機鈐：「武得兵鈐，謀東觀，白魚入舟，俯取魚以燎。」

〔三七〕微夫三句：微，微不足道、渺小。　介丘，沈欽韓漢書疏證謂：「册府元龜封禪三十五：『貞觀十一年封禪議曰：請介丘山圓壇廣五丈、高九尺，用五色土加之。高宗乾封元年，帝登於泰山，封玉牒於介山。』按此，則介丘本山名，服注非。」所言服注，指漢書注引服虔曰：「介，大也。丘，山也。」謂介丘爲山名，當是。然此介丘山爲泰山附近之小山，周武王足迹不當至此，故相如所言介丘，疑當爲今山西聞喜縣之介山。漢書武帝紀詔曰：「朕用事介山，祭后土，皆有光應。其赦汾陰、安邑殊死以下。」注引文穎曰：「介山在河東皮氏縣東南。其山特立，周七十里，高三十里。」或因其特立如丘，故又名介丘也。　恧（nǜ女去聲），慚愧。　此謂周武王以白魚這樣微不足道之物爲瑞符，以登介丘封禪，應該感到慚愧。按：周武王封禪事當亦是讖緯之説，不可考。

〔三八〕進讓二句：進，苟進、勉強行事。禮樂記：「禮減而進，以進爲文。」注：「進，謂自勉強也。」

此指周武不可封禪而封。讓，謙讓，此指漢之可封禪而不封。爽，相差。與，同歟。「讓」，漢書作「攘」。「其何」，漢書、文選作「何其」。

於是大司馬進曰：「陛下仁育羣生，義征不憓〔三九〕；諸夏樂貢，百蠻執贄〔四〇〕；德侔往初，功無與二〔四一〕。休烈浹洽，符瑞衆變〔四二〕，期應紹至，不特創見〔四三〕。意者泰山、梁父設壇場望幸，蓋號以況榮〔四四〕，上帝垂恩儲祉，將以薦成，陛下謙讓而弗發也〔四五〕。挈三神之驩，缺王道之儀，羣臣恧焉〔四六〕。或謂且天爲質闇，示珍符固不可辭〔四七〕；若然辭之，是泰山靡記而梁父靡幾也〔四八〕。亦各並時而榮，咸濟厥世而屈，説者尚何稱於後而云七十二君乎〔四九〕？夫修德以錫符，奉符以行事，不爲進越〔五〇〕。故聖人弗替，而修禮地祇，謁款天神，勒功中嶽〔五一〕，以彰至尊，舒盛德，發榮號，受厚福，以浸黎民也〔五二〕。皇皇哉斯事，天下之壯觀，王者之丕業，不可貶也〔五三〕。願陛下全之〔五四〕。而後因雜薦紳先生之略術，使獲燿日月之末光絶炎，以展采錯事〔五五〕。猶兼正列其義，祓飭厥文，作春秋一藝〔五六〕。將襲舊六爲七，攄之無窮〔五七〕，俾萬世得激清流，揚微波〔五八〕，蜚英聲，騰茂實〔五九〕。前聖之所以永保鴻名而常爲稱首者用此，宜命掌故悉奏其義而覽焉〔六〇〕。」

〔三九〕於是三句：大司馬，武帝元狩四年（前一一九）置，加於將軍之號上。有此尊號者僅二人，即以衞青爲大司馬大將軍、霍去病爲大司馬票騎將軍，極寵榮。因封禪爲大典，故相如假其先進議。參漢書百官公卿表。　仁育，出於仁愛之心以撫育。　義征，興義師以征誅。　憓（huì惠），順從。不憓，指不服從朝廷的侯國及百蠻。「憓」，漢書、文選作「譓」。

〔四〇〕諸夏，指漢民族的宗室王侯和功臣侯。　百蠻，指四方夷狄。參難蜀父老文注〔一〇〕。樂貢，樂於入朝納貢。　贄，聘享的禮物。　執贄，持禮物以享天子。　儀禮士相見禮注：「贄，所執以至者。君子見於所尊敬，必執贄以將其厚意焉。」左傳成十二年：「凡晉楚無相加戎……交贄往來，道路無壅。」交贄，即交相執贄。

〔四一〕德侔二句：侔，相等。　往初，猶往古，指五帝三王。　韓非子難言：「時稱詩書，道法往古。」　與，類也。　國語周下：「夫禮之立成者爲飫，昭明大節而已，少典與焉。」注：「與，類也。」功無與二，謂再無第二人之功能相類比。

〔四二〕休烈二句：休烈，盛美的事業。　見難蜀父老文注〔一七〕。　浹，周匝。浹洽，遍及。　荀子儒效：「盡善挾洽謂之神。」注：「讀挾爲浹。浹，周洽也。」　衆變，謂符瑞之多。　「浹」，漢書作「液」。

〔四三〕期應二句：漢書注：「言符瑞衆多，應期相續而至，不獨初創而見也。」

〔四四〕意者二句：意者，抑或、料想。　墨子公孟：「今吾事先生久矣，而福不至。意者先生之言有不善乎？」韓非子顯學：「今乃欲審堯舜之道於三千歲之前，意者其不可必乎？」壇場，舉行祭祀等大典的場所。　幸，天子臨幸。　蓋，釋名釋語言：「加也，加物上也。」蓋號，加尊號。　況，比也。荀子非十二子：「成名況乎諸侯。」　王補：「言泰山、梁父望帝臨幸，加上尊號以比榮於往代。」

〔四五〕上帝三句：上帝，天帝。　垂恩，下施恩惠。　儲祉，積畜福祉。　薦，進獻。　發，致禮以往。此指登泰山封禪。禮檀弓：「晉獻文子成室，晉大夫發焉。」注：「文子，趙武也。作室成，晉君獻之，謂賀也。諸大夫亦發禮以往。」此謂衆符瑞之應期相繼而至，乃天帝降恩積福，用以獻天而成封禪之大禮。只因武帝謙讓而未致禮以往。　漢書「薦」作「慶」，「謙」作「嗛」。　文選奪「上帝垂恩儲祉，將以薦成」二句及下句之「也」字。

〔四六〕挈三神三句：挈，契字之假，絶也。　三神，指地祇、天神、山岳。　驩，通歡。　儀，禮儀。王道之儀，意謂行王道之聖主，其儀當祀三神而封禪。　「驩」，漢書、文選作「歡」。　「臣」，原譌「生」，據衆本改。

〔四七〕或謂二句：質闇，質直幽微。天道質直則不可抗拒，幽微則難於揣度。此即莊子天地所謂：「夫道，淵乎其居也，漻乎其清也。」「淵乎其居」，言其幽微；「漻乎其清」，言其質直。珍符，指獲麟、得鼎等符瑞。　漢書注：「言天道質昧，以符瑞見意，不可辭讓也。」「謂」，文選作「曰」。　史記無「示」字。

〔四八〕靡，無。　記，表記。　幾，隱微、神妙。易繫辭下：「知幾其神乎？」又曰：「顏氏之子，其殆庶幾乎！」正義：「言聖人知幾，顏子亞聖，未能知幾，但殆近庶慕而已。」漢書注引張揖曰：「泰山之上無所表記，梁父壇場無所庶幾也。」「靡」，漢書、文選作「罔」。

〔四九〕亦各三句：並（bàng 蚌），通傍。並時，一時、一個時期内。屈（jué 絶），窮盡。稱，稱頌，留名。　七十二君，指據傳管仲所言歷代封禪之帝王。此謂倘歷代帝王皆辭讓而不封禪，則各自顯榮於一時，但終其一生即名隨身滅，管仲之輩又何得稱頌七十二君於後代乎？　史記無「厥」字。　「乎」，漢書、文選作「哉」。

〔五〇〕夫修德三句：錫符，天賜符瑞。　行事，指行封禪之事。　進越，苟進越禮。　「進越」下漢書、文選有「也」字。

〔五一〕故聖人四句：替，廢。弗替，謂不廢封禪之事。　地祇（qí 其），地神。祇或作示，音義俱同。周禮春官大宗伯：「大宗伯之職，掌建邦之天神、人鬼、地示之禮。」　款，誠敬。荀子修身：「愚款端慤。」注：「誠款也。」謁款，奠告自己的誠敬之心。　勒，刻。禮記月令：「物勒工名。」勒功，刻石以記功德。史記秦始皇本紀之罘刻石：「羣臣誦功，請刻於石，表垂於常式。」　中嶽，即嵩山，一名嵩高，在今河南登封市北。按：古代帝王禮山川，見於古籍者自舜始：舜既受禪，巡狩四嶽。逮於三代，其居皆在河洛之間，故以嵩山爲中嶽。秦併天下，以山東之名山五，首曰太室，即嵩山，故以後帝王禮山川，先中嶽而後泰山。參書舜典、史記封禪書。「嶽」，漢書、文選作「岳」。

〔五二〕以彰五句：彰，彰明、表彰。至尊，天子。舒，舒展。浸，喻逐漸受到化育。「彰」，漢書、文選作「章」。「榮號」，史記、漢書、文選皆倒置。「黎民」，文選作「黎元」。漢書、文選均無「也」字。

〔五三〕皇皇四句：皇皇，美盛貌。詩大雅假樂：「穆穆皇皇，宜君宜王。」丕業，重大業績。書大禹謨：「嘉乃丕績。」傳：「丕，大也。」貶，説文：「損也。」「丕」，漢書、文選作「卒」。

〔五四〕全，保全。漢書注引張揖曰：「願以封禪全其終也。」

〔五五〕而後三句：因雜，因襲雜采，猶言兼納。薦紳，即縉紳。見難蜀父老文注〔八〕。略術，謀略、術數。絶，遠也。炎，光也。絶炎與末光爲互文，皆言餘光。采，官職。字或作寀，爾雅釋詁上：「寀、寮，官也。」疏：「寀謂寀地，主事者必有寀地。寀，采也，采取賦税以供己有。寀地及言同寮者，皆謂居官者也。」書堯典：「疇咨若予采。」馬注：「采，官也。」錯，通措，措置。錯事，猶言盡其職責。此謂願武帝於行封禪之大禮後，兼納才智之士各人之所長，使其得獲帝德之餘光，以盡其職責。「後」，漢書作「后」。「采」，文選作「寀」。

〔五六〕猶兼三句：猶，庶幾、可以。詩魏風陟岵：「上慎旃哉，猶來無止。」正列其義，正天時、列人事以紹春秋大義。祓（fú拂），拂除。飭（chì赤），修整。祓飭，謂除去舊事，更修新文，即用春秋大義記述大漢之盛德以垂之史册，故下句言「作春秋一藝」。「祓飭」，漢書、文選作「祓飾」，史記作「校飭」，按：史記集解引徐廣曰：「校，一作『祓』。祓猶拂也，音廢也。」可證原作「祓飭」有據，文義亦賅洽。

〔五七〕將襲二句：襲，因襲、繼承。舊六，已有之六經。爲七，已有之六經加新修漢之春秋，合而爲七。攄，散布、傳播，謂通過新修之春秋傳播漢德。淮南子泰族：「故攄道以被民而民弗從者，誠心弗施也。」無窮，猶言萬世。

〔五八〕俾萬世二句：此以清流、微波喻風俗之淳厚，民皆沖和而無僥倖淫濫之心。

〔五九〕蜚英聲二句：蜚，古飛字。史記索隱引徐廣曰：「飛揚英華之聲，騰馳茂盛之實也。」以喻名揚四海，影響深遠。

〔六〇〕前聖二句：前聖，指五帝、三王等前代聖主。鴻名，大名。稱首，謂名聲最著。掌故，漢代太史之屬官。史記鼂錯傳：「以文學爲太常掌故。」索隱引漢舊儀：「太常博士弟子試射策，中甲科補郎，中乙科補掌故。」義，通儀，指封禪之儀式。「義」，漢書、文選作「儀」。

於是天子沛然改容，曰：「愉乎，朕其試哉〔六一〕！」乃遷思回慮，總公卿之議，詢封禪之事〔六二〕，詩大澤之博，廣符瑞之富〔六三〕。乃作頌曰：

〔六一〕於是四句：沛然，漢書注：「感動之意也。」愉，通俞，然、可以。書堯典：「帝曰：『俞。』」試，用也。朕其試哉，書堯典：「我其試哉。」「沛」，文選作「俙」。「愉」，漢書、文選作「俞」。

〔六二〕乃遷思三句：遷思回慮，猶言回心轉意。總，總匯。詢，咨詢。

〔六三〕詩大澤二句：詩，用作動詞，謂作詩以歌詠漢之恩澤。一說詩，志也，志，記也，謂作頌以記漢之恩澤。兩通。大澤，巨大的恩澤。廣，宣揚。按：舊注多從孟康說，以爲「詩大澤之博」指下録頌歌之第一章，「廣符瑞之富」指其後三章。王補引劉奉世説，以爲第一章之「嘉穀六穗」亦符瑞之一，故此二句但包舉作頌之意，不必作此分别，似較衆注爲勝。

自我天覆，雲之油油〔六四〕。甘露時雨，厥壤可遊〔六五〕。滋液滲漉，何生不育〔六六〕！嘉穀六穗，我穡曷蓄〔六七〕？

〔六四〕自我二句：天覆，天之所覆蓋，猶言普天之下。禮中庸：「天之所覆，地之所載。」油油，雲行貌。孟子梁惠王上：「天油然作雲，沛然下雨。」

〔六五〕甘露二句：甘露，甘美的雨露。老子：「天地相合，以降甘露。」時雨，應時之雨。國語齊：「時雨既至。」韓非子主道：「暖乎如時雨，百姓利其澤。」厥，其。文選注：「言祥瑞屢臻，故可遊遨也。」「遊」，史記、漢書作「游」。

〔六六〕滋液二句：滲漉，水下濾貌。此謂有雨露滋潤，任何有生之物均可成長。

〔六七〕嘉穀二句：六穗，即一莖六穗之禾，既指符瑞，又言豐收。穡，收穫。書盤庚上：「若農服田力穡，乃亦有秋。」疏：「穡是秋收之名，得爲耕穫總稱。」　曷蓄，猶今言怎不滿倉。

非唯雨之，又潤澤之〔六八〕；非唯濡之，氾尃濩之〔六九〕。萬物熙熙，懷而慕思〔七〇〕。名山顯位，望君之來〔七一〕。君乎君乎，侯不邁哉〔七二〕！

〔六八〕雨（yù玉），降雨。　此謂不僅天降甘霖時雨，又潤澤有生之物。　「非」，漢書作「匪」。

〔六九〕非唯二句：濡，亦潤澤之意。　氾，普遍、廣泛。　尃，説文：「布也。」尃濩，猶布濩，散布。見上林賦注〔五八〕。　「非」，漢書作「匪」。　「濡之」，漢書作「偏我」，文選作「偏之我」。「尃濩」，漢書、文選作「布護」。

〔七〇〕萬物二句：熙熙，和樂貌。　老子：「衆人熙熙，如享太牢，如登春臺。」左傳襄二十九年：「廣哉！熙熙乎！」　懷，懷念。　慕思，思慕，因押韻而倒。　「思」，漢書作「之」。

〔七一〕名山二句：名山，指泰山。　顯位，顯揚其地位，指禮泰山而封禪。　君，漢武帝。　此謂泰山欲因封禪而顯揚其地位，望武帝早日臨幸。

〔七二〕侯，疑問辭。　侯不，猶言何不。　邁，行也。　史記索隱引李奇曰：「言君何不行封禪之事也。」

般般之獸，樂我君囿〔七三〕；白質黑章，其儀可喜〔七四〕；旼旼睦睦，君子之能〔七五〕；蓋聞其聲，今觀其來〔七六〕。厥塗靡蹤，天瑞之徵〔七七〕。茲亦於舜，虞氏以興〔七八〕。

〔七三〕般般，同斑斑，文彩貌。般般之獸，指騶虞，見上林賦注〔一九八〕。囿，飼養禽獸之處。「囿」，漢書、文選作「圃」。朱一新漢書管見謂囿、喜古音叶，作「圃」非是。按：文選五臣本亦作「囿」。

〔七四〕白質二句：章，文也。白質黑章，指騶虞。詩召南騶虞傳：「騶虞，義獸也，白虎黑文。」「喜」，原從史記、文選作「嘉」，朱一新已辯其誤，今據漢書改。按：今中華書局標點本史記已改作「喜」。

〔七五〕旼旼二句：旼（mín珉）旼，漢書注引孟康曰：「和也。」睦睦，同穆穆，恭謹、肅敬貌。詩大雅文王：「穆穆文王，於緝熙敬止。」能，通態，容態、儀表。漢書注引孟康曰：「言容態和且敬，有似君子也。」漢書、文選「睦睦」作「穆穆」，「能」作「態」。

〔七六〕蓋聞二句：漢書注：「言往昔但聞其聲，今親見其來也。」其，指騶虞。「觀」，漢書作「視」，文選作「親」。

〔七七〕厥塗二句：塗，道路。靡蹤，無迹。徵，徵驗、證明。此謂騶虞乃天降符瑞，來無踪迹。「蹤」，漢書、文選作「從」。

〔七八〕茲亦二句：虞氏，虞本爲舜子商均之封地，其後世即以爲姓氏。此謂騶虞在舜時亦見，舜之子孫從而昌盛。按：書舜典言舜命夔典樂，使神人以和，夔答曰：「於！予擊石拊石，百獸率舞。」故史記索隱引文穎曰：「舜百獸率舞，則騶虞亦在其中者已。」「亦」，漢書作

「爾」。王念孫讀書雜志及王補均以爲「爾」字在此於義無取，疑由「亦」譌「尒」，由「尒」通「爾」所致。

濯濯之麟，遊彼靈畤〔七九〕。孟冬十月，君徂郊祀。馳我君輿，帝以享祉〔八〇〕。三代之前，蓋未嘗有。

〔七九〕濯濯二句：濯濯，肥澤貌。詩大雅靈臺：「麀鹿濯濯，白鳥翯翯。」畤，説文：「天地、五帝所基址祭地。」秦有四畤，漢增置一畤，合稱五畤。因元狩元年十月武帝祠五畤而獲白麟，故云「遊彼靈畤」。

〔八〇〕「孟冬」四句：孟冬，古時以孟、仲、季記四季月分之次第，孟冬即十月。君，指武帝。下句之君字同。徂，説文作退，云：「往也。」又行也。詩大雅桑柔：「云徂何往？」帝，指天帝。祉，福。此謂十月武帝郊祀，白麟馳於其乘輿之旁，因燎以祭天帝。天帝享用之而答以祉福。「徂」，史記作「狙」。

宛宛黄龍，興德而升〔八一〕；采色炫燿，熿炳煇煌〔八二〕。正陽顯見，覺寤黎烝〔八三〕。於傳載之，云受命所乘〔八四〕。

〔八一〕宛宛二句：宛宛，同蜿蜿，回旋屈曲貌，狀龍之行走。楚辭離騷：「駕八龍之蜿蜿兮，載雲旗之委蛇。」　興德而升，古人謂龍爲靈物，天子有至德乃現。此即易乾「飛龍在田，利見大人」、「飛龍在天，利見大人」之義。　此指文帝十五年黄龍見於成紀之應。見漢書文帝紀、郊祀志、張蒼傳。

〔八二〕采色二句：炫燿，光采奪目貌。楚辭遠遊：「建雄虹之采旄兮，五色雜而炫燿。」　熿，集韻：「同晄，明也。」晄同晃。炳，説文：「明也。」熿炳，即言明亮。　「炫」，漢書作「玄」。「熿炳」，漢書作「炳炳」，文選作「焕炳」。

〔八三〕正陽二句：正陽，夏曆之四月。漢書五行志下之下：「正月謂周六月，夏四月，正陽純乾之月也。」藝文類聚三傳玄述夏賦：「四月惟夏，運臻正陽。」　顯見，指黄龍現。龍爲陽類，故顯現於正陽之月。　易乾「九二，見龍在田」疏：「陽處二位，故曰九二。陽氣發見，故曰見龍。」後漢書五行志注引應劭風俗通：「龍者陽類，君之象也。」按：漢書文帝紀：「十五年春，黄龍見於成紀。」所謂「春」，當爲春三月。因黄龍見而後改曆，此春三月爲秦曆，即太初曆之夏四月也。　參長門賦注〔四九〕。　覺寤，同覺悟，醒悟、認識到。國語吴語：「王若不得志於齊，而以覺寤王心，而吴國猶世。」荀子成相：「不覺悟，不知苦，迷惑失指易上下。」黎烝，黎民。　文選「寤」作「悟」，「烝」作「蒸」。

〔八四〕於傳二句：於傳載之，泛指書傳所載。　孟子梁惠王下：「於傳有之。」　受命，受天命。乘，加也。　淮南子氾論：「强弱相乘。」　此謂按書傳所載，漢滅秦承周，當爲土德。此乃天命所加，故黄龍爲之應而見於成紀。按：此本公孫臣之説。漢書張蒼傳：「蒼爲丞相十餘年，魯人公孫臣上書，陳終始五德傳，言漢土德時，其符黄龍見，當改正朔，易服色。事下蒼，蒼以爲非是，罷之。其後黄龍見成紀，於是文帝召公孫臣以爲博士，草立土德時曆制度，更元年。」

厥之有章，不必諄諄〔八五〕。依類託寓，諭以封巒〔八六〕。

〔八五〕厥之二句：厥，此也。章，同彰，彰明，此指漢德。諄諄，教誨不倦之貌。詩大雅抑：「誨爾諄諄。」此總述上五章頌辭，謂既然天降符瑞以彰明漢德，不必諄諄然有所語言。語本孟子萬章上萬章問曰：「舜有天下也，孰與之？」孟子曰：「天與之。」萬章又問：「天與之者，諄諄然命之乎？」孟子曰：「否。天不言，以行與事示之而已矣。」

〔八六〕依類二句：寓，寄也。託寓，猶言寄託。墨子非儒下：「何爲舍其家而託寓也。」巒，山巒，指泰山。封巒，謂在泰山封禪。此謂天降符瑞皆依其類而寓其意，告以行封禪之典也。「諭」，文選作「喻」。

披藝觀之，天人之際已交，上下相發允答〔八七〕。聖王之德，兢兢翼翼也〔八八〕。故曰興必慮衰，安必思危〔八九〕。是以湯武至尊嚴，不失肅祗〔九〇〕；舜在假典，顧省厥遺〔九一〕：此之謂也。

〔八七〕披藝三句：披，披露，翻閱。藝，典籍。交，通也。天人之際已交，天道和人事已經貫通。易泰：「天地交而萬物通也。」上下，指天和人。允，允洽。答，應也。上下相發允答，意謂人有至德，則天有所應而降符瑞；天有所示，則人敬肅而恪依天命，上下允洽和諧。

〔八八〕聖王二句：兢兢，戒慎貌。書皋陶謨：「兢兢業業，一日二日萬機。」詩小雅小旻：「戰戰兢兢，如臨深淵，如履薄冰。」翼翼，敬慎貌。詩大雅常武：「緜緜翼翼，不測不克。」又大明：「維此文王，小心翼翼。」「德」，漢書作「事」。漢書、文選均無「也」字。

〔八九〕故曰二句：書周官：「制治於未亂，保邦於未危。」易繫辭下：「危者安其位者也，亡者保其存者也，亂者有其治者也。是故君子安而不忘危，存而不忘亡，治而不忘亂，是以身安而國家可保也。」左傳襄十一年：「居安思危。」「故曰」下漢書、文選有「於」字。

〔九〇〕是以二句：湯武，商湯和周武王。肅祇，敬順。此謂湯武滅夏、殷而有天下，居於至尊之位，猶不失敬順之道。書太甲伊尹作書曰：「先王顧諟天之明命，以承上下神祇，社稷宗廟，罔不祗肅。」下祗字通祇，祗肅同肅祇。詩商頌長發：「帝命不違，至於湯齊。湯降不遲，聖敬日躋。」疏：「湯之下士尊賢甚疾而不遲也，其聖明恭敬之德日升而不退也。」又大雅下武：「媚兹一人，應侯順德。」箋：「可愛乎武王，能當此順德。」

〔九一〕舜在二句：在，觀察。詩大雅文王：「在帝左右。」箋：「在，察也。」假，通嘏，大也。方言：「凡物之壯大者而愛偉之，謂之夏，周鄭之間謂之假。」假典，至大之典則，即天意、天命。　顧省，察看、反省。　厥遺，其所失誤、不足。　此謂大舜至聖，猶察看琁璣玉衡，反省其遺失不合天意之處，以喻漢亦當順應天意而封禪。書舜典：「（舜）受終於文祖（指受禪爲帝），在璿璣玉衡，以齊七政。」傳：「察天文，齊七政，以審己當天心與否。」「厥」，文選作「闕」。

傳

自敍傳 附張溥跋

〔題解〕劉知幾史通謂史記司馬相如傳係相如所爲自傳，見於其集中，史遷録以爲列傳。且以爲此文乃後人自敍傳之祖。疑之者非之，以爲劉氏所見，或即隋書經籍志著録之司馬相如集一卷本，不知何時何人所輯，或乃輯集者取本傳以爲自傳，未能確考史遷取自傳以爲本傳也。張溥承史通之説，而以「相如既病免，家居茂陵」以下文涉相如死後事，爲史遷所補足，爲跋辨之甚詳，可參看。今仍張氏之舊，按例爲此文作注，供研究者參考。

司馬相如者，蜀郡成都人也，字長卿〔一〕。少時好讀書，學擊劍，故其親名之曰犬子〔二〕。相如既學，慕藺相如之爲人，更名相如〔三〕。以貲爲郎，事孝景帝，爲武騎常侍，非其好也〔四〕。會景帝不好辭賦，是時梁孝王來朝，從遊説之士齊人鄒陽、淮陰枚乘、吴莊忌夫子之徒〔五〕，相如見而説之，因病免，客遊梁。梁孝王令與諸生同舍，相如得與諸生遊士居〔六〕。數歲，乃著子虛之賦。

〔一〕漢書無「者」字，「字長卿」三字置於「司馬相如」之下。

〔二〕犬子，相如之初名。按：史記索隱引孟康曰：「愛而字之也。」漢書注：「父母愛之，不欲稱斥，故爲此名也。」皆非是。蓋不省何以以畜爲名，故曲爲之説。余以爲其親所以爲之取名犬子者，以相如「少時好讀書，學擊劍」，頗有天下志，故名以勉其志也。國語越語上：「生丈夫，二壺酒，一犬。」注：「犬，陽畜，知擇人。」則名犬子者，冀其長成爲擇主而事之大丈夫也。自敍傳文義甚明，細讀便知余説不謬。漢書奪「故其親」及「之曰」五字，顯係班固誤删，可證此處文義不明自班固始。

〔三〕相如三句：既學，或指相如曾至長安受七經。三國志蜀書秦宓傳：「文翁遣相如東受七經，還教吏民，於是蜀學比於齊魯。」藺相如，史記藺相如傳：相如本爲趙宦者令繆賢舍人，使秦不畏強暴，完璧歸趙，拜爲上大夫，隨趙王入秦與盟，勇屈秦王而威伸諸侯。既歸，以功拜爲上卿，位在良將廉頗之右。頗以爲羞，數辱相如，相如以人臣先國家之急而後私仇，避匿之。太史公曰：「其處智勇，可謂兼之矣。」更名，更犬子爲相如。按：此亦可知謂犬子爲「字」、爲愛稱皆誤。「爲人」下漢書多「也」字。

〔四〕以貲四句：貲，財貨。以貲爲郎，謂以家貲而得郎官，非謂買官也。漢書景帝紀後二年詔曰：「今訾算十以上乃得宦。」注引應劭曰：「古者疾吏之貪，衣食足知榮辱，限訾十算乃得爲吏。十算，十萬也。」郎，侍衛武官。漢書百官公卿表上：「郎掌守門户，出充車騎，有議郎、中郎、侍郎，郎中，皆無員，多至千人。」武騎常侍，一名騎郎將，郎中之被選者主騎郎，秩比六百石。貲，漢書作「訾」。

〔五〕是時二句：梁孝王，見美人賦注〔一〕。鄒陽、枚乘、莊忌，皆善辭賦，以文辯著稱，先仕吳王濞。吳王以太子事怨望，陰有邪謀，鄒陽、枚乘分别上書諫，不納，三人皆去梁，從孝王游。莊忌或作嚴忌，蓋後人避明帝（劉莊）諱而易字。見漢書賈鄒枚路傳。參美人賦注〔三〕。「遊」，史記、漢書作「游」，下同。

〔六〕相如五句：説，通悦。因病免，以病爲由請准免官。客遊梁，以賓客身份去梁國旅居。舍，天子諸侯之客館。周禮天官冢宰掌舍：「掌舍掌王之會同之舍。」遊士，遊説之士。諸生、遊士，皆指鄒陽、枚乘、莊忌等人。漢書無「梁孝王」至「相如」十一字，「諸生」作「諸侯」。

會梁孝王卒，相如歸，而家貧無以自業〔七〕。素與臨邛令王吉相善，吉曰：「長卿久宦遊不遂，而來過我〔八〕。」於是相如往，舍都亭〔九〕。臨邛令繆爲恭敬，日往朝相如〔一〇〕。相如初尚見之，後稱病，使從者謝吉，吉愈益謹肅〔一一〕。

〔七〕會梁孝王三句：梁孝王卒，據史記梁孝王世家：梁孝王與羊勝、公孫詭輩陰使人刺殺袁盎及他議臣十餘人。事發，景帝遣使覆按梁，乃令勝、詭皆自殺。三十五年（前一四四），復入朝，請留京，弗許。歸國，意忽忽不樂，染熱病死。自業，自謀生計。「卒」，漢書作「薨」。

〔八〕素與四句：臨邛，今四川邛崍市。不遂，不如意。過，至。呂氏春秋異寶：「五（伍）員過於吴。」過我，到我這兒來。「而」字下漢書多「困」字，則句讀應改斷於「困」字下。

〔九〕舍，居住。都亭，漢承秦制，十里一亭，郡縣治所之亭稱都亭。此指臨邛郭下之亭。

〔一〇〕臨邛令二句：繆，通穆，虔誠貌。史記魯周公世家：「太公召公乃繆卜。」集解引徐廣曰：「古書穆字多作繆。」如秦穆公或作秦繆公。朝，拜會、訪問。禮王制：「耆老皆朝于庠。」史記張丞相列傳：「蒼爲丞相……常先朝（王）陵夫人上食，然後敢歸家。」

〔一一〕使從者二句：謝，辭却。謹肅，恭謹莊敬。

臨邛中多富人，而卓王孫家僮八百人，程鄭亦數百人，二人乃相謂曰：「令有貴客，爲具召之〔一二〕。」并召令。令既至，卓氏客以百數。至日中，謁司馬長卿，長卿謝病不能往，臨邛令不敢嘗食，自往迎相如。相如不得已，彊往，一坐盡傾〔一三〕。酒酣，臨邛令前奏琴曰：「竊聞長卿好之，願以自娱。」相如辭謝，爲鼓一再行〔一四〕。是時卓王孫有女文君新寡，好音，故相如繆與令相重，而以琴心挑之〔一五〕。相如之臨邛，從車騎，雍容閒雅甚都〔一六〕。及飲卓氏，弄琴〔一七〕，文君竊從户窺之，心説而好之，恐不得當也〔一八〕。既罷，相如乃使人重賜文君侍者通殷勤，文君夜亡奔相如〔一九〕。相如乃與馳歸成都。家居徒四壁立〔二〇〕。卓王孫大怒曰：「女至不材，我不忍殺，不分一錢也〔二一〕。」人或謂王孫，王孫終不聽〔二二〕。文君久之不樂，曰：「長卿第俱如臨邛，從昆弟假貸猶足爲生，何至自苦如此〔二三〕！」相如與俱之臨邛，盡賣其車騎，買一酒舍酤酒，而令文君當鑪〔二四〕。相如身自著犢鼻褌，與保庸雜作，滌器於市中〔二五〕。卓王孫聞而恥之，爲杜門不出〔二六〕。昆弟諸公更謂王孫曰〔二七〕：「有一男兩女，所不足者非財也〔二八〕。今文君已失身於司馬長卿，長卿故倦遊，雖貧，其人材足依也，且又令客〔二九〕，獨奈何相辱如此！」卓王孫不得已，分予文君僮百人，錢百萬，及其嫁時衣被財物。文君乃與相如歸成都，買田宅，爲富人。

〔一二〕而卓王孫五句：卓王孫，臨邛巨富。史記貨殖列傳：「蜀卓氏之先，趙人也，用鐵冶富。秦破趙，遷卓氏。卓氏見虜略……乃求遠遷。致之臨邛，大喜，即鐵山鼓鑄，運籌策，傾滇蜀之民，富至僮千人。田池射獵之樂，擬於人君。」僮，奴僕。按：此言卓氏「家僮八百人」，與貨殖列傳言「富至僮千人」小異，似可作爲本文乃相如自敍傳之旁證。豈言其妻父家貲，故略有損抑歟？具，指酒肴食物。禮內則：「昧爽而朝，問何食飲矣。若已食則退，若未食，則佐長者視具。」注：「具，饌也。」召，請也。呂氏春秋分職：「令召客者酒酣。」漢書「卓王孫」上無「而」字，「家僮」作「僮客」。

〔一三〕自往四句：彊，勉強。管子牧民：「不求不可得者，不彊民以其所惡也。」傾，傾慕、傾倒。漢書注：「皆傾慕其風采也。」漢書「自往」作「身自」。

〔一四〕臨邛令五句：奏，呈進。自娱，婉轉之語，王補引周壽昌漢書注補正：「不敢云娱客，故以自娱爲言。」鼓，彈奏。論語先進：「鼓瑟希。」詩小雅鹿鳴：「鼓瑟鼓琴。」再，二也。行，樂章。一再行，謂一二曲。

〔一五〕好音三句：好音，喜愛音樂。繆（miù 謬），假裝。重，尊重。以琴心挑之，漢書注：「寄心於琴聲以挑動之。」參琴歌題解。

〔一六〕相如三句：從車騎，車騎相隨。謂相如此時雖家貧，仍頗氣派。雍容，温文而有威儀。史記貨殖列傳：「南陽行賈盡法孔氏之雍容。」閒雅，安舒高雅。吕氏春秋士容：「趨翔閑雅，辭令遜敏。」甚都，很美。參上林賦注〔一七五〕、美人賦注〔一一〕。「之臨邛」，漢書作「時」，兩句併一句讀。

〔一七〕弄，説文：「玩也。」引申爲奏弄樂器。

〔一八〕文君三句：竊，私下、暗地。左傳莊十年：「公弗許，自雩門竊出。」户，指窗户。窺，從暗中偷看，從内往外看。老子：「不窺牖，可以知天道。」心説而好之，漢書注：「悦其人而好其音也。」不得當，不能相當、不匹配，極言其愛慕之情深。「窺之」，漢書無「之」

字。「説」，史記作「悦」。

〔一九〕既罷三句：罷，歸也。國語吴語：「遠者罷而未至。」重賜，厚賞。侍者，指侍婢。殷勤，親切的情意。奔，指私奔，古謂女子不經媒妁而與男子幽會。國語周上：「恭王遊於涇上，密康公從，有三女奔之。」注：「奔，不由媒氏也。」

〔二〇〕相如二句：徒，僅有。徒四壁立，謂家中空無一物，僅有四壁豎立，以極言其窮。原奪「成都」二字，據史記補。漢書無「乃」、「居」二字。

〔二一〕女至三句：至，最也。不材，無用之木，此以喻人之不長進，不成器。莊子山木：「此木以不材得終其天年，今主人之雁以不材死。」漢書奪「至」字。「不分一錢」，漢書作「一錢不分」。

〔二二〕人或二句：謂，議論、批評。論語八佾：「孔子謂季氏八佾舞於庭，是可忍，孰不可忍。」疏：「謂者，評論之稱。」聽，聽從、采納。詩大雅蕩：「曾是莫聽，大命以傾。」

〔二三〕長卿第三句：第，但、且。如，往也。左傳僖二十八年：「宋人使門尹般如晉師告急。」昆弟，兄弟。莊子徐無鬼：「聞人足音跫然而喜矣，又況乎昆弟親戚之謦欬其側者乎？」假貸，借貸。國語晉八：「假貸居賄。」自苦，自找苦吃。漢書「曰長卿」作「謂長卿曰」，「第」作「弟」，「爲生」上有「以」字。

〔二四〕盡賣三句：酤酒，賣酒。晏子春秋問上：「宋人有酤酒者，爲器甚潔清，置表甚長，而酒酸不售。」　鑪，壚字之假，放酒罈的土墩。當鑪，掌管打酒。　漢書無「其」、「一」、「酤酒」四字，「而」作「乃」，「鑪」作「盧」。

〔二五〕相如三句：褌（kūn昆），説文作幝，云：「幝，幒也。」注：「方言：『褌，陳楚江淮之間謂之䘸。』釋名：『褌，貫也，貫兩脚上繫腰中也。』按：今之套褲古之絝也；今之滿襠褲古之褌也。」犢鼻褌，形如牛鼻之有襠短褲，一説圍裙。　保庸，同保傭，傭工、僕役。　方言三：「宋楚之間保庸謂之甬。」「甬……奴婢賤稱也。」　雜，俱也，共也。　國語越語下：「雜受其刑。」注：「雜，猶俱也。」雜作，共同勞作。　滌器，洗刷食器。　「保庸」二字漢書倒置。

〔二六〕卓王孫二句：杜，閉也、塞也。杜門不出，閉門不出。　國語晉一：「讒言益起，狐突杜門不出。」　漢書無「聞而」二字。

〔二七〕諸公，史記集解引郭璞曰：「父行也。」　更，交替、輪流。

〔二八〕有一男二句：謂人生得有一男二女，則不患少財。

〔二九〕長卿故四句：倦遊，厭於遊宦。　依，依靠。　國語晉語二：「託在草莽，未有所依。」注：「依，倚也。」　令客，縣令之客。　漢書無「獨」字。

居久之，蜀人楊得意爲狗監，侍上〔三〇〕。上讀子虛賦而善之，曰：「朕獨不得與此人同時哉！」得意曰：「臣邑人司馬相如自言爲此賦。」上驚，乃召問相如。相如曰：

「有是。然此乃諸侯之事，未足觀也。請爲天子遊獵賦〔三一〕，賦成奏之。」上許，令尚書給筆札〔三二〕。相如以「子虛」，虛言也，爲楚稱〔三三〕；「烏有先生」者，烏有此事也，爲齊難〔三四〕；「無是公」者，無是人也〔三五〕，明天子之義。故空藉此三人爲辭，以推天子諸侯之苑囿〔三六〕。其卒章歸之於節儉，因以風諫〔三七〕。奏之天子，天子大說。

〔三〇〕蜀人二句：狗監，主天子獵犬之官。侍上，在武帝左右。論語先進：「閔子侍側，誾誾如也。」疏：「卑在尊側曰侍。」

〔三一〕未足二句：漢書無「也」字，「賦」字上有「之」字。

〔三二〕上許二句：尚書，少府屬官，掌殿內文書。札，古時書寫所用小木簡。漢書無「許」字。

〔三三〕相如三句：子，古時對男子的尊稱，如子墨子、子思、子貢之類。相如在子虛、上林賦中假托「子虛」爲辭，取「虛」字爲虛無之義，故曰：「子虛，虛言也。」下文之「烏有先生」、「無是公」同此義。爲楚稱，稱美楚國苑囿畋獵之盛。

〔三四〕爲齊難，謂爲齊國詰難楚國淫樂侈靡之事。

〔三五〕無是公二句：漢書「無」字皆作「亡」，下同。

〔三六〕故空藉二句：藉，通借。空藉，假借、假託。推，推許、獎譽。「空」，漢書作「虛」。

〔三七〕其卒章二句：卒章，文章之末段。風，同諷。

賦奏,天子以爲郎。無是公言天子上林廣大〔三八〕,山谷水泉萬物,及子虛言楚雲夢所有甚衆〔三九〕,侈靡過其實,且非義理所尚〔四〇〕,故删取其要,歸正道而論之〔四一〕。

〔三八〕上林,上林苑,見上林賦題解。

〔三九〕雲夢,雲夢澤,見子虛賦注〔四〕。

〔四〇〕侈靡二句:尚,推崇、提倡。漢書「過其實」上有「多」字,「尚」作「止」。

〔四一〕故删取二句:漢書注:「言不尚其侈靡之論,但取終篇歸於正道耳,非謂削除其辭也。」

相如爲郎數歲,會唐蒙使略通夜郎、西僰中,發巴蜀吏卒千人〔四二〕;郡又多爲發轉漕萬餘人,用興法誅其渠帥〔四三〕,巴蜀民大驚恐。上聞之,乃使相如責唐蒙〔四四〕,因喻告巴蜀民以非上意。

〔四二〕會唐蒙二句:唐蒙,見諭巴蜀父老檄注〔一二〕。夜郎、西僰,見諭巴蜀父老檄注〔八〕、難蜀父老文注〔六〕、〔一二〕。巴蜀,見諭巴蜀父老檄題解。

〔四三〕郡又二句:轉漕,車運曰轉,水運曰漕。即諭巴蜀父老檄所説的「轉粟運輸」。興法,即軍興法,見諭巴蜀父老檄注〔一三〕。渠,大也。渠帥,魁首,指被征調而逃亡自賊殺之領頭人。漢書「興法」前有「軍」字,「帥」作「率」。

〔四四〕漢書「使」字作「遣」，「唐蒙」後有「等」字。

相如還報〔四五〕。唐蒙已略通夜郎，因通西南夷道，發巴、蜀、廣漢卒，作者數萬人〔四六〕。治道二歲，道不成，士卒多物故，費以巨萬計〔四七〕。蜀民及漢用事者多言其不便〔四八〕。是時邛、筰之君長聞南夷與漢通，得賞賜多，多欲願爲内臣妾〔四九〕，請吏，比南夷〔五〇〕。天子問相如，相如曰：「邛、筰、冉、駹者近蜀，道亦易通，秦時嘗通爲郡縣，至漢興而罷〔五一〕。今誠復通，爲置郡縣，愈於南夷。」天子以爲然，乃拜相如爲中郎將，建節往使〔五二〕。副使王然于、壺充國、吕越人馳四乘之傳，因巴蜀吏幣物以賂西夷〔五三〕。至蜀，蜀太守以下郊迎，縣令負弩矢先驅，蜀人以爲寵〔五四〕。於是卓王孫、臨邛諸公皆因門下獻牛酒以交驩〔五五〕。卓王孫喟然而歎，自以得使女尚司馬長卿晚，而厚分與其女財，與男等同〔五六〕。司馬長卿便略定西夷，邛、筰、冉、駹、斯榆之君皆請爲内臣〔五七〕。除邊關，關益斥〔五八〕，西至沫、若水，南至牂牁爲徼〔五九〕。通零關道，橋孫水，以通邛都〔六〇〕。還報天子，天子大説〔六一〕。

〔四五〕還，返回。還報，謂相如完成使命返長安報告武帝。吕氏春秋樂成：「魏攻中山，樂羊將。已得中山，還反報文侯。」注：「報，白也。」

〔四六〕發巴蜀二句：廣漢，廣漢郡，高帝置，屬益州，在蜀郡之北，轄縣十三。見漢書地理志。作者，指修築西南夷道之士卒。

〔四七〕士卒二句：物，通歾，説文：「歾，終也。」物故，死亡。荀子君道：「人主不能不有遊觀安燕之時，則不得不有疾病物故之變焉。」漢書蘇武傳「武官屬前以降及物故」，南本作「歾故」。巨萬，形容數目之大。史記索隱：「巨萬，猶萬萬也。」漢書「巨」作「億」。

〔四八〕用事，執政、當權。戰國策秦三：「今秦太后、穰侯用事，高陵、涇陽佐之。」不便，指通西南夷道。事又見史記西南夷列傳，難蜀父老文已引。又見平津侯列傳：「是時通西南夷道，置郡，巴蜀民苦之，詔使（公孫）弘視之。還奏事，盛毁西南夷無所用，上不聽。」

〔四九〕是時三句：卭、筰，皆西夷，見難蜀父老文注〔六〕。臣妾，猶言臣僕，臣下的謙稱。内臣妾，即内臣，中國以内的臣僚。左傳僖七年：「我以鄭爲内臣，君亦無所不利焉。」注：「以鄭事齊，如封内臣。」願爲内臣妾，即願按漢之諸侯國或郡縣相待。

〔五〇〕請吏二句：請吏，請朝廷委派郡縣官吏。比，比類、等同。比南夷，和朝廷之置南夷爲犍爲郡等同。

〔五一〕卭、筰四句：冉、駹，皆西夷，見難蜀父老文注〔七〕。秦時嘗通爲郡縣，史記西南夷列傳：「秦時常頞略通五尺道，諸此國頗置吏焉。」至漢興而罷，史記西南夷列傳：「及漢興，皆棄此國而開蜀故徼。」漢書無「亦」字，「秦」作「異」，「郡縣」下有「矣」字。

〔五二〕中郎將，史記、漢書西南夷傳皆言：「使相如以郎中將往喻。」諭巴蜀父老檄注〔一二〕已言中郎將秩比二千石，郎中將秩比千石。今自敍傳既言其副使亦「馳四乘之傳」，且「至蜀，太守以下郊迎，縣令負弩矢先驅」，則以中郎將近是。而史記索隱引張揖曰：「秩四百石，五歲遷補大縣令。」不類張揖之説，不知刊者從何篡入。

〔五三〕副使二句：王然于、吕越人，史記西南夷列傳：元狩元年（前一二二），因張騫言，天子令王然于、吕越人等使閒出西夷西，指求身毒國，至滇。其後，又使王然于以越破及誅南夷兵威風喻滇王入朝。元封二年（前一〇九），朝廷發兵臨滇，滇王舉國降。壺充國，漢書百官公卿表：太初元年（前一〇四），壺充國爲大鴻臚。乘，車輛。傳，驛站之車馬。漢書吴王濞傳：「條侯將乘六乘傳，會兵滎陽。」又武五子傳：昭帝崩，無嗣，大將軍霍光徵昌邑王賀乘七乘傳詣長安典喪。「其日中，賀發，晡時至定陶，行百三十五里，侍從者死相望於道。」漢書「西夷」作「西南夷」。

〔五四〕蜀太守三句：郊迎，出城郊相迎，以示尊重。戰國策秦一：「（蘇秦）路過洛陽，父母聞之，清宫除道，張樂設飲，郊迎三十里。」弩矢，弓和箭。負弩矢先驅，古時大臣出行的一種儀仗，四人持弓矢前行，導引傳呼，行者止，坐者起，違者射之。見古今注。按：此言縣令親自負弩矢導行，以喻相如此行之威風。寵，光寵、榮耀。

〔五五〕門下，門庭之下。戰國策齊四：「齊人有馮煖者，貧乏不能自存，使人屬孟嘗君，願寄食門下。」驩，通歡。交驩，結交而取得對方的歡心。戰國策韓二：「故直進百金者，特以爲夫人麤糲之費，以交足下之驩。」

〔五六〕卓王孫四句：喟然，歎息貌。論語先進：「夫子喟然歎曰。」女，指卓文君。下「女」字同。尚，匹配、婚嫁。男，指卓文君之兄弟。漢書「而厚分」之「而」字作「乃」，「等同」作「等」。

〔五七〕司馬長卿二句：斯榆，西夷，見難蜀父老文注〔六〕。內臣，同內臣妾，已見上注。漢書「便」字作「使」，王補以爲因形近致誤；又「西夷」作「西南夷」，衍「南」字；「內臣」作「臣妾」。

〔五八〕除邊關二句：除，罷除。因西夷爭相內附，故罷除舊日之邊關。斥，遠也。史記天官書：「斥小疏弱。」關益斥，謂舊日邊關已除，於更遠之處另闢新關。史記索隱引張揖曰：「斥，廣也。」謂新闢之邊關更加廣拓，亦通。漢書少一「關」字，一本則作「除邊關，邊關益斥」。

〔五九〕西至二句：沫、若水，沫水和若水，見難蜀父老文注〔四八〕。牂牁，牂牁江，見難蜀父老文注〔四九〕。徼，邊塞、邊界。此謂邛、筰等西夷已內附，中國的版圖擴張，西至沫水、若水，南至牂牁江以爲邊塞。「牂」，原作「牂」，據衆本改。「牁」，史記作「柯」，漢書作「牱」。

〔六〇〕通零關三句：零關，即靈關。通零關道，謂修通去靈關之道路；橋孫水，謂架設跨孫水的橋梁。並見難蜀父老文注〔五〇〕。邛都，即邛，在今四川西昌市東南。按：從此文可知，司馬相如此次開邊，西至今雅安地區，西南囊括今涼山自治州，南抵貴州西北部，縱横均約千里之遥。未費兵卒而得如此廣大的土地，武帝如何不大喜過望？故下文即言：「還報天子，天子大説。」

〔六一〕漢書「天子」二字未重出。

相如使時，蜀長老多言通西南夷不爲用，唯大臣亦以爲然〔六二〕，相如欲諫。業已建之，不敢〔六三〕，乃著書，籍以蜀父老爲辭，而己詰難之，以風天子〔六四〕；且因宣其使指，令百姓知天子之意〔六五〕。其後，人有上書言相如使時受金，失官〔六六〕。居歲餘，復召爲郎。

〔六二〕蜀長老二句：長老，對年高者的敬稱。不爲用，猶言無用。難蜀父老文者老大夫薦紳先生之徒進曰：「今割齊民以附夷狄，弊所恃以事無用。」大臣，指公孫弘等。史記平津侯主父列傳：「是時通西南夷……弘數諫，以爲罷敝中國以奉無用之地，願罷之。」參本文注〔四八〕。漢書「不爲用」上有「之」字，「大臣」上無「唯」字。

〔六三〕業已二句：漢書注：「本由相如立此事，故不敢更諫也。」

〔六四〕乃著書四句：書，古人凡文字均可稱書，易繫辭下：「上古結繩而治，後世聖人易之以書契。」此指難蜀父老文。籍，通借，假借。風，通諷。參難蜀父老文題解。漢書「籍」作

「藉」，下無「以」字。

〔六五〕且因二句：宣，宣布、説明。指，通指，意旨、意向。書盤庚上：「王播告之脩，不匿厥指。」使指，出使巴蜀的目的。漢書「知天子之意」作「皆知天子意」。

〔六六〕其後三句：使時，使西南夷之時。受金，接受賄賂。按：相如使時卓王孫厚分財與文君，相如歸長安時自是多金，未必受賄所得。而政見與之相左之公孫弘，史稱「其性意忌，外寬内深」，或疑忌而毁之，恐亦情理中事。若果失廉受賄，何歲餘復召爲郎？由于史料無徵，此事僅置疑以待方家。失官，謂罷其官。

相如口吃而善著書。常有消渴疾〔六七〕。與卓氏婚，饒於財〔六八〕。其進仕宦，未嘗肯與公卿國家之事，稱病閒居，不慕官爵〔六九〕。嘗從上至長楊獵〔七〇〕。是時天子方好自擊熊彘，馳逐野獸，相如上疏諫之〔七一〕。上善之。還過宜春宫〔七二〕，相如奏賦以哀二世行失也〔七三〕。

〔六七〕相如二句：口吃，一種言語功能障礙症。消渴疾，或即今之糖尿病，有多食、渴飲、溲多、發癰疽等徵候。素問奇病論：「脾癉者，數食甘美而多肥也。肥者令人内熱，甘者令人中滿，故其氣上溢，轉爲消渴。」馬蒔注：「胃中熱盛，津液枯涸，水穀即消，謂之曰消，有上消、中消、下消。」漢書「疾」作「病」。

〔六八〕饒，豐富。漢書陳平傳：「平娶張氏，資用益饒。」

〔六九〕其進四句：進，登也。進仕宦，謂登於仕宦之途。與（yù預），參預。易繫辭上：「非天下之至精，其孰能與之乎？」公卿，三公六卿，本周官。漢隨秦制，已無公卿之設。此用古官名，泛指位居中樞之執政大臣。列入漢書百官公卿表者有丞相、太尉、御史大夫、列將軍、奉常等。漢書「其進」作「故其」，「仕」譌「事」，「病」作「疾」。

〔七〇〕上，指武帝。長楊，長楊宮。故址在今陝西周至縣東南。三輔黄圖宮：「長楊宮，在今盩厔縣東南三十里，本秦舊宮，至漢修飾之，以備行幸。宮中有垂楊數畝，因爲宮名。」

〔七一〕是時三句：彘，即豬。古時之豬皆獸畜並稱。爾雅釋獸：「豕子，豬。」注：「今亦曰彘，江東呼豨，皆通名。」疏引字林云：「豕後蹄廢謂之彘。」又小爾雅云：「彘，豬也。其子曰豚，大者謂之豣。」又方言云：「關東西或謂之彘，或謂之豕。」上疏，向皇帝書面陳述意見。此指諫獵書，詳參諫獵書題解。漢書「彘」作「豕」，「野」作「壄」。

〔七二〕宜春宮，秦離宮，其東爲宜春苑。故址在今陝西長安區南。秦二世葬於此。史記秦始皇本紀：「以黔首葬二世杜南宜春苑中。」

〔七三〕賦，指哀二世賦。行失，行爲之所失，即錯誤。詳參哀二世賦題解。漢書無「也」字。

相如拜爲孝文園令〔七四〕。天子既美子虛之事，相如見上好僊道〔七五〕，因曰：「上林之事未足美也，尚有靡者〔七六〕。臣嘗爲大人賦，未就，請具而奏之〔七七〕。」相如以爲列僊之傳居山澤間，形容甚臞〔七八〕，此非帝王之僊意也，乃遂就大人賦〔七九〕。相如既奏大人之頌〔八〇〕，天子大説，飄飄有淩雲之氣，似遊天地之間意〔八一〕。

〔七四〕孝文園，漢文帝之陵園。孝文園令爲太常屬官。後漢書百官志二：「先帝陵，每陵園令各一人，六百石。」本注曰：「掌守陵園，案行掃除。」原無「相如」二字，據史記、漢書補。

〔七五〕天子二句：美，贊美。戰國策齊一：「客之美我者，欲有求於我也。」上好僊道，指武帝好神仙之事。史記封禪書載：「今天子初即位，尤敬鬼神之祀。」方士李少君詭稱嘗游海上，見仙人安期生之屬，求而未得。其後少翁、欒大等皆拜將軍，賞賜無數，「貴震天下，而海上燕齊之間，莫不搤捥而自言有禁方，能神僊矣。」又有公孫卿言龍迎黄帝升天事，「上遂東巡海上，行禮祠八神。齊人之上疏言神怪奇方者以萬數，然無驗者。乃益發船，令言海中神山者數千人求蓬萊神人。」事皆荒誕不經。漢書「天子」作「上」，無「道」字。

〔七六〕靡，美也。楚辭宋玉招魂：「靡顔膩理。」

〔七七〕未就二句：就，成就。具，完備，指續成大人賦。

〔七八〕相如二句：列僊，衆多仙人。傳居山澤間，相傳皆居於山澤中。臞（qú渠），爾雅釋言：「瘠也。」説文：「少肉也。」淮南子修務：「神農憔悴，堯瘦臞。」形容甚臞，謂像貌消瘦。漢書「傳」作「儒」。王念孫讀書雜志、沈欽韓漢書疏證皆以爲仙與儒不相屬，「儒」爲「傳」之形誤，是。

〔七九〕此非二句：謂帝王求仙之本意在於長享榮華富貴，而神仙則餐風飲露，清貧消瘦，非帝王之意也，故完成大人賦以諷武帝。

〔八〇〕此句原脱，據史記補。漢書「之頌」二字作「賦」。

〔八一〕飄飄二句：飄飄，輕舉貌。凌雲，高入雲霄。漢書「凌」作「陵」，無上「之」字及「似」字。

相如既病免，家居茂陵〔八二〕。（下闕）

〔八二〕相如二句：病免，因病免官。茂陵，漢初爲茂鄉，屬槐里縣。武帝時置縣，屬右扶風。武帝死後葬此。故址在今陝西興平市境内。見漢書地理志上。

跋

〔明〕張溥

劉子玄史通云：「馬卿爲自傳，具在其集中。子長録爲列傳，班氏仍舊，曾無改尋。固於馬、揚傳末皆云遷、雄自敘，至相如篇下獨無此言，蓋止憑太史之書，未見文園之集耳。」余謂此傳果馬卿自作，安得有相如已死，天子遣所忠索書？又安知没後數歲，上始祭后土及禮中岳事乎？然則自敍傳應至「相如既病免，家居茂陵」爲止，此後別有結束，惜今不傳，而「天子曰」以下，還是太史公補足之。

近世學士謂相如集中傳乃校集者取子長所作附之，非其自筆。然史通序傳一章詳言作者自敍基于騷經，降及相如，始以自敍爲傳。史通之意，直以後人序傳皆作祖于相如，斷非影響。而俗儒多以亡奔、滌器等事胡不少諱，以此爲非馬卿筆。不知馬卿正自述慢世一段光景，委曲周至，他人不能代之寫照阿堵中也。又按南史云：「古之名人相如、孟堅、子長皆自敍風流，傳芳末世。」則言此文之出相如手，非一人矣。

歌

琴歌 二首

〔題解〕歌，古詩體之一種，與民謡相近，故常歌謡並稱。此歌最早見於徐陵所編玉臺新咏，有序，云：「司馬相如遊臨卭，富人卓王孫有女文君新寡，竊於壁間窺之。相如鼓琴，歌以挑之。」司馬貞史記索隱節録此歌爲本傳「以琴心挑之」的注脚，曰「詩曰」云云。觀其格調雖具古歌辭之韻味，然句式皆用整齊之七字，似非西漢體製，或係魏晉間人託名之作。然相如琴挑文君之事及此歌辭已爲歷代歌詩及民間文學之題材，樂府琴曲又因此歌而有鳳求凰之名，影響深遠，習定俗成，姑一仍張溥之舊，置此歌於卷末。

鳳兮鳳兮歸故鄉，遨游四海求其凰〔一〕。時未遇兮無所將，何悟今夕兮升斯堂〔二〕？有艷淑女在閨房，室邇人遐毒我腸〔三〕。何緣交頸爲鴛鴦，胡頡頏兮共翺翔〔四〕！

〔一〕鳳兮二句：鳳，雄鳥，故以比相如。凰，雌鳥，故以比文君。歸故鄉，指相如宦遊長安及梁後返歸蜀郡。高祖紀大風歌：「大風起兮雲飛揚，威加海内兮歸故鄉。」史記索隱及藝文類聚四三「遨遊」二字倒置，「凰」作「皇」。太平御覽五七三「求其」作「索我」。

〔二〕時未二句：將，去也。荀子賦：「聖人共手，時幾將矣。」無所將，謂不知再往何處去求凰。何悟，何嘗想到。升斯堂，登此堂，指到卓王孫家客廳。史記本傳載：相如應臨邛令王吉召去臨邛，舍都亭。卓王孫聞縣令有貴客，具食相邀。相如謝病不能往。卓王孫、王吉先後謁迎，相如不得已，強往。「遇兮」，玉臺新詠作「通遇」。

〔三〕有艷二句：艷，光彩貌、美麗貌。淑女，賢良的女子。詩周南關雎：「窈窕淑女，君子好逑。」邇，近。遐，遠。室邇人遐，謂文君藏身室内，不得親近，雖近猶遠也。「有艷淑女」，史記索隱作「有一艷女」。「閨房」，史記索隱作「此堂」，藝文類聚作「此房」。

〔四〕何緣二句：交頸，親昵相愛之態。莊子馬蹄：「夫馬，陸居則食草飲水，喜則交頸相靡。」後漢書張衡傳：「鳴鶴交頸，雎鳩相和。」因以喻夫婦之相歡。頡頏，鳥飛上下貌。詩邶風燕燕：「燕燕于飛，頡之頏之。」傳：「飛而上曰頡，飛而下曰頏。」「交頸」，史記索隱、藝文類聚作「交接」。「胡頡頏」句，史記索隱所引無。

又

鳳兮鳳兮從我棲，得託孳尾永爲妃〔五〕。交情通體心和諧，中夜相從知者誰〔六〕？雙翼俱起翻高飛，無感我思使余悲〔七〕。

〔五〕鳳兮二句：孳尾，鳥獸雌雄交媾。書堯典：「厥民析，鳥獸孳尾。」傳：「乳化曰孳，交接曰尾。」妃，配偶。左傳桓二年：「嘉耦曰妃，怨耦曰仇。」耦同偶。「我」，史記索隱作「皇」。「棲」，史記索隱、藝文類聚作「栖」。「孳」，史記索隱作「子」，藝文類聚作「字」。

〔六〕交情二句：交情通體，身心合爲一體。中夜，半夜。中夜相從，邀約半夜幽會之語。知者誰，謂無人能知。史記索隱「心」作「必」，「知者」作「別有」。

〔七〕雙翼二句：感，感應。無感我思，謂不爲我之相思感動而有以應之。二句史記索隱所引無。玉臺新詠一本「翼」作「興」，「思」作「心」。

附録

一、殘句

題市門

不乘赤車駟馬，不過汝下也。（華陽國志三「城北十里有昇仙橋，有送客觀。司馬相如初入長安，題市門曰」云云。）

答盛覽問作賦

合綦組以成文，列錦繡而爲質，一經一緯，一宫一商，此作賦之迹也。賦家之心，苞括宇宙，總攬人物，斯乃得之于内，不可得其傳也。（太平御覽五八七引西京雜記「相如友人盛覽，字長通，牂柯名士，嘗問以作賦，相如曰」云云。）

梨賦

唰喇其漿。（文選魏都賦劉逵注引）

凡將篇

淮南宋蔡舞嗙喻。（説文卷二口部）

鐘磬竽笙筑坎侯。（藝文類聚卷四四樂部）

黄潤纖美宜製褌。（文選蜀都賦注引）

烏喙桔梗□芫華，款冬貝母木蘖蔞。芩草芍藥桂漏盧，蜚廉雈菌□荈詫。白斂白芷□菖蒲，芒消□莞椒茱萸。（陸羽茶經下。按：□爲脱字。）

苪菁當門。（北户録注）

蠵從夐。（説文卷一三蟲部）

二、史記司馬相如列傳（節録）

相如既病免，家居茂陵。天子曰：「司馬相如病甚，可往從悉取其書；若不然，後失之矣。」使所忠往，而相如已死，家無書。問其妻，對曰：「長卿固未嘗有書也。時時著書，人又取去，即空居。長卿未死時，爲一卷書，曰有使者來求書，奏之。無他書。」其遺札書言封禪事，奏所忠。忠奏其書，天子異之。

司馬相如既卒五歲，天子始祭后土。八年而遂先禮中嶽，封于太山，至梁父禪肅然。

相如他所著，若遺平陵侯書、與五公子相難、草木書篇不采，采其尤著公卿者云。

太史公曰：春秋推見至隱，易本隱之以顯，大雅言王公大人而德逮黎庶，小雅譏小己之得失，其流及上。所以言雖外殊，其合德一也。相如雖多虛辭濫説，然其要歸引之節儉，此與詩之風諫何異？揚雄以爲靡麗之賦，勸百諷一，猶馳騁鄭衞之聲，曲終而奏雅，不已虧乎？余采其語可論者著于篇。

三、司馬文園集題詞

張溥

梁昭明太子文選登采絕嚴，獨於司馬長卿取其三賦四文，其生平壯篇略具，殆心篤好之，沈湎終日而不能舍也。太史公曰：「長卿賦多虛辭濫説，要歸節儉，與詩諷諫何異？」余讀之良然。子虛、上林非徒極博，實發於天材。揚子雲鋭精揣鍊，僅能合轍；然疎密大致，猶漢書於史記也。美人賦風詩之尤，上掩宋玉。蓋長卿風流誕放，深於論色，即其所自敍傳，琴心善感，好女夜亡，史遷形狀安能及此？他人之賦，賦才也。長卿賦，賦心也，得之於内，不可傳彼。曾與盛長通言之：「歌合組，賦列錦」，均未喻耳。獵獸獻書，長楊志直；馳檄發難，巴蜀諫聽；慕藺生之澠池，跨唐蒙於絕域，赤車駟馬，足名丈夫，抑其文皆賦流也。生賦長門，没留封禪。英主怨后，思眷不忘，豈偶然乎！

龔自珍詩集編年校注	[清]龔自珍著　劉逸生、周錫輹校注
水雲樓詩詞箋注	[清]蔣春霖著　劉勇剛箋注
人境廬詩草箋注	[清]黄遵憲著　錢仲聯箋注
嶺雲海日樓詩鈔	[清]丘逢甲著　丘鑄昌標點

龔鼎孳詞校注	[清]龔鼎孳著　孫克强、鄧妙慈校注
吴嘉紀詩箋校	[清]吴嘉紀著　楊積慶箋校
陳維崧集	[清]陳維崧著　陳振鵬標點 李學穎校補
屈大均詩詞編年校箋	[清]屈大均著　陳永正等校箋
秋笳集	[清]吴兆騫撰　麻守中校點
漁洋精華録集釋	[清]王士禛著 李毓芙、牟通、李茂肅整理
聊齋志異會校會注會評本	[清]蒲松齡著　張友鶴輯校
敬業堂詩集	[清]查慎行著　周劭標點
納蘭詞箋注	[清]納蘭性德著　張草紉箋注
方苞集	[清]方苞著　劉季高校點
樊榭山房集	[清]厲鶚著　[清]董兆熊注 陳九思標校
劉大櫆集	[清]劉大櫆著　吴孟復標點
儒林外史彙校彙評(增訂版)	[清]吴敬梓著　李漢秋輯校
小倉山房詩文集	[清]袁枚著　周本淳標校
忠雅堂集校箋	[清]蔣士銓著　邵海清校 李夢生箋
甌北集	[清]趙翼著　李學穎、曹光甫校點
惜抱軒詩文集	[清]姚鼐著　劉季高標校
兩當軒集	[清]黄景仁著　李國章校點
惲敬集	[清]惲敬著　萬陸、謝珊珊、林振岳 標校　林振岳集評
茗柯文編	[清]張惠言著　黄立新校點
瓶水齋詩集	[清]舒位著　曹光甫點校
龔自珍全集	[清]龔自珍著　王佩諍校點

白蘇齋類集	[明]袁宗道著　錢伯城校點
袁宏道集箋校	[明]袁宏道著　錢伯城箋校
珂雪齋集	[明]袁中道著　錢伯城點校
喻世明言會校本	[明]馮夢龍編著　李金泉點校
警世通言會校本	[明]馮夢龍編著　李金泉點校
醒世恒言會校本	[明]馮夢龍編著　李金泉點校
隱秀軒集	[明]鍾惺著　李先耕、崔重慶標校
譚元春集	[明]譚元春著　陳杏珍標校
張岱詩文集(增訂本)	[明]張岱著　夏咸淳輯校
陳子龍詩集	[明]陳子龍著 施蟄存、馬祖熙標校
夏完淳集箋校(修訂本)	[明]夏完淳著　白堅箋校
牧齋初學集	[清]錢謙益著　[清]錢曾箋注 錢仲聯標校
牧齋有學集	[清]錢謙益著　[清]錢曾箋注 錢仲聯標校
牧齋雜著	[清]錢謙益著　[清]錢曾箋注 錢仲聯標校
牧齋初學集詩注彙校	[清]錢謙益著　[清]錢曾箋注 卿朝暉輯校
李玉戲曲集	[清]李玉著 陳古虞、陳多、馬聖貴點校
吴梅村全集	[清]吴偉業著　李學穎集評標校
歸莊集	[清]歸莊著
顧亭林詩集彙注	[清]顧炎武著　王蘧常輯注 吴丕績標校
安雅堂全集	[清]宋琬著　馬祖熙標校

放翁詞編年箋注（增訂本） ［宋］陸游著　夏承燾、吴熊和箋注　陶然訂補
渭南文集箋校 ［宋］陸游著　朱迎平箋校
范石湖集 ［宋］范成大撰　富壽蓀標校
范成大集校箋 ［宋］范成大撰　吴企明校箋
于湖居士文集 ［宋］張孝祥著　徐鵬校點
稼軒詞編年箋注（定本） ［宋］辛棄疾撰　鄧廣銘箋注
辛棄疾詞校箋 ［宋］辛棄疾著　吴企明校箋
姜白石詞編年箋校 ［宋］姜夔著　夏承燾箋校
後村詞箋注 ［宋］劉克莊著　錢仲聯箋注
劉辰翁詞校注 ［宋］劉辰翁著　吴企明校注
瀛奎律髓彙評 ［元］方回選評　李慶甲集評校點
雁門集 ［元］薩都拉著　殷孟倫、朱廣祁校點
揭傒斯全集 ［元］揭傒斯著　李夢生標校
高青丘集 ［明］高啓著　［清］金檀注　徐澄宇、沈北宗校點
唐寅集 ［明］唐寅著　周道振、張月尊輯校
文徵明集（增訂本） ［明］文徵明著　周道振輯校
震川先生集 ［明］歸有光著　周本淳校點
海浮山堂詞稿 ［明］馮惟敏著　凌景埏、謝伯陽標校
滄溟先生集 ［明］李攀龍著　包敬第標校
梁辰魚集 ［明］梁辰魚著　吴書蔭編集校點
沈璟集 ［明］沈璟著　徐朔方輯校
湯顯祖詩文集 ［明］湯顯祖著　徐朔方箋校
湯顯祖戲曲集 ［明］湯顯祖著　錢南揚校點

歐陽修詞校注	[宋]歐陽修著　胡可先、徐邁校注
蘇舜欽集	[宋]蘇舜欽著　沈文倬校點
嘉祐集箋注	[宋]蘇洵著　曾棗莊、金成禮箋注
王荆文公詩箋注(修訂版)	[宋]王安石著　[宋]李壁箋注 高克勤點校
王令集	[宋]王令著　沈文倬校點
蘇軾詩集合注	[宋]蘇軾著　[清]馮應榴注 黄任軻、朱懷春校點
東坡樂府箋	[宋]蘇軾著　[清]朱孝臧編年 龍榆生校箋
東坡詞傅幹注校證	[宋]蘇軾著　[宋]傅幹注 劉尚榮校證
欒城集	[宋]蘇轍著　曾棗莊、馬德富校點
山谷詩集注	[宋]黄庭堅著　[宋]任淵、史容、 史季温注　黄寶華點校
山谷詩注續補	[宋]黄庭堅著　陳永正、何澤棠注
山谷詞校注	[宋]黄庭堅著　馬興榮、祝振玉校注
淮海集箋注(修訂本)	[宋]秦觀撰　徐培均箋注
淮海居士長短句箋注	[宋]秦觀著　徐培均箋注
清真集箋注	[宋]周邦彦著　羅忼烈箋注
石門文字禪校注	[宋]釋惠洪撰　周裕鍇校注
石林詞箋注	[宋]葉夢得著　蔣哲倫箋注
樵歌校注	[宋]朱敦儒著　鄧子勉校注
李清照集箋注(修訂本)	[宋]李清照著　徐培均箋注
吕本中詩集箋注	[宋]吕本中著　祝尚書箋注
陳與義集校箋	[宋]陳與義著　白敦仁校箋
蘆川詞箋注	[宋]張元幹著　曹濟平箋注
劍南詩稿校注	[宋]陸游著　錢仲聯校注

韓昌黎文集校注　　[唐]韓愈著　馬其昶校注
馬茂元整理
劉禹錫集箋證　　[唐]劉禹錫著　瞿蜕園箋證
白居易集箋校　　[唐]白居易著　朱金城箋校
柳宗元詩箋釋　　[唐]柳宗元著　王國安箋釋
柳河東集　　[唐]柳宗元著　[宋]廖瑩中輯注
元稹集校注　　[唐]元稹著　周相録校注
長江集新校　　[唐]賈島著　李嘉言新校
張祜詩集校注　　[唐]張祜著　尹占華校注
三家評注李長吉歌詩　　[唐]李賀著　[清]王琦等評注
蔣凡校點
樊川文集　　[唐]杜牧著　陳允吉校點
樊川詩集注　　[唐]杜牧著　[清]馮集梧注
温飛卿詩集箋注　　[唐]温庭筠著　[清]曾益等箋注
玉谿生詩集箋注　　[唐]李商隱著　[清]馮浩箋注
蔣凡校點
樊南文集　　[唐]李商隱著　[清]馮浩詳注
錢振倫、錢振常箋注
皮子文藪　　[唐]皮日休著　蕭滌非、鄭慶篤整理
鄭谷詩集箋注　　[唐]鄭谷著
嚴壽澂、黄明、趙昌平箋注
韋莊集箋注　　[五代]韋莊著　聶安福箋注
李璟李煜詞校注　　[南唐]李璟、李煜著　詹安泰校注
張先集編年校注　　[宋]張先著　吴熊和、沈松勤校注
二晏詞箋注　　[宋]晏殊、晏幾道著　張草紉箋注
樂章集校箋　　[宋]柳永著　陶然、姚逸超校箋
梅堯臣集編年校注　　[宋]梅堯臣著　朱東潤編年校注
歐陽修詩文集校箋　　[宋]歐陽修著　洪本健校箋

蕭繹集校注　［南朝梁］蕭繹著　陳志平、熊清元校注
玉臺新咏彙校　吴冠文、談蓓芳、章培恒彙校
王績集會校　［唐］王績著　韓理洲校點
王梵志詩校注（增訂本）　［唐］王梵志著　項楚校注
盧照鄰集箋注　［唐］盧照鄰著　祝尚書箋注
駱臨海集箋注　［唐］駱賓王著　［清］陳熙晉箋注
王子安集注　［唐］王勃著　［清］蔣清翊注
陳子昂集（修訂本）　［唐］陳子昂撰　徐鵬校點
孟浩然詩集箋注（增訂本）　［唐］孟浩然著　佟培基箋注
王右丞集箋注　［唐］王維著　［清］趙殿成箋注
李白集校注　［唐］李白著　瞿蜕園、朱金城校注
高適集校注（修訂本）　［唐］高適著　孫欽善校注
杜詩趙次公先後解輯校　［唐］杜甫著　［宋］趙次公注　林繼中輯校
新刊校定集注杜詩　［唐］杜甫著　［宋］郭知達輯注　聶巧平點校
新定杜工部草堂詩箋斠證　［唐］杜甫著　［宋］魯訔編　［宋］蔡夢弼會箋　曾祥波新定斠證
杜詩鏡銓　［唐］杜甫著　［清］楊倫箋注
錢注杜詩　［唐］杜甫著　［清］錢謙益箋注
杜甫集校注　［唐］杜甫著　謝思煒校注
岑參集校注　［唐］岑參著　陳鐵民、侯忠義校注
戴叔倫詩集校注　［唐］戴叔倫著　蔣寅校注
韋應物集校注（增訂本）　［唐］韋應物著　陶敏、王友勝校注
權德輿詩文集　［唐］權德輿撰　郭廣偉校點
王建詩集校注　［唐］王建著　尹占華校注
韓昌黎詩繫年集釋　［唐］韓愈著　錢仲聯集釋

《中國古典文學叢書》已出書目

詩經今注　　高亨注

楚辭集注　　[宋]朱熹撰　黄靈庚點校

楚辭今注　　湯炳正、李大明、李誠、熊良智注

司馬相如集校注　　[漢]司馬相如著　金國永校注

揚雄集校注　　[漢]揚雄著　張震澤校注

張衡詩文集校注　　[漢]張衡著　張震澤校注

阮籍集　　[魏]阮籍著　李志鈞等校點

陸機集校箋　　[晉]陸機著　楊明校箋

陶淵明集校箋(修訂本)　　[晉]陶潛著　龔斌校箋

世説新語箋疏(修訂本)　　[南朝宋]劉義慶撰　余嘉錫箋疏　周祖謨等整理

世説新語校釋(增訂本)　　[南朝宋]劉義慶撰　[南朝梁]劉孝標注　龔斌校釋

鮑參軍集注　　[南朝宋]鮑照著　錢仲聯增補集説校

謝宣城集校注　　[南朝齊]謝朓著　曹融南校注集説

江文通集校注　　[南朝梁]江淹著　丁福林、楊勝朋校注

文心雕龍義證　　[南朝梁]劉勰著　詹鍈義證

詩品集注(增訂本)　　[梁]鍾嶸著　曹旭集注

文選　　[梁]蕭統編　[唐]李善注